JPC
HK

怪談

Kwaidan

（第二版）

小泉八雲
靈異故事
全集

Lafcadio Hearn
小泉八雲——著
王新禧——譯

責任編輯 俞笛 張娟
書籍設計 吳冠曼

書名 怪談（小泉八雲靈異故事全集）
著者 小泉八雲
譯者 王新禧
出版 三聯書店（香港）有限公司
香港北角英皇道四九九號北角工業大廈二十樓
Joint Publishing (H.K.) Co., Ltd.
20/F., North Point Industrial Building,
499 King's Road, North Point, Hong Kong
香港發行 香港聯合書刊物流有限公司
香港新界荃灣德士古道二二〇至二四八號十六樓
印刷 美雅印刷製本有限公司
香港九龍觀塘榮業街六號四樓A室
版次 二〇一四年五月香港第一版第一次印刷
二〇二〇年四月香港第二版第一次印刷
二〇二三年四月香港第二版第二次印刷
規格 特十六開（150 × 210 mm）三〇四面
國際書號 ISBN 978-962-04-4633-7

目錄

小泉八雲和他的《怪談》

一、小泉八雲這個人

今天，在中國提起小泉八雲這個名字，有不少人可能會感到陌生。這位與馬克・吐溫、契訶夫、左拉、莫泊桑等大文豪身處同一時代的作家，身後卻略顯寂寥。然而，小泉八雲之於日本民間文學的光大、之於東西方文化的交流，卻有着了不起的貢獻與成就。

小泉八雲，愛爾蘭裔希臘人，本名拉夫卡迪奧・赫恩（Lafcadio Hearn），一八五〇年六月二十七日生於希臘的聖毛拉島（Santa Maura）。父親是英軍駐希臘部隊裡的一名少校軍醫，愛爾蘭血統；母親則是一位美貌的希臘女子。她以毛拉島的古名「Leudakia」的變體，為兒子取名為「Lafcadio」。

赫恩只在希臘待了兩年，就去了父親的故鄉愛爾蘭。在他三歲時，母親精神失常；六歲時，父母離異；稍大一些，父親又死於海外。這導致幼年的赫恩缺乏安全感，性格孤僻敏感，常受到其他孩童的欺負。孤獨的童年令他獨自沉迷於民間故事、幽靈、精怪、幻想文學的圖書世界中，這一興趣潛移默化，影響了他的一生。

後來好心的伯父收養了孤苦伶仃的赫恩。可是不幸接踵而至，十三歲時，赫恩的左眼在一次遊戲中被誤傷，導致失明，這給他留下了一生的陰影；十七歲時，伯父破產，他只好被迫輟學；十九歲時，為生計所迫，他搭乘移民船孤身遠赴美國，堅強地走向獨立，開始了人生的風浪顛簸。

初到異國的赫恩舉目無親，為了生存下來，他做過許多工作，包括報童、秘書、記賬員、印刷所雜工等，在貧困中苦苦掙扎。社會底層的經歷，使赫恩目睹了美國社會種種的黑暗與腐朽，對他人生觀的樹立，產生了很大的影響，並培養了他善於從底層、從庶民中發現全社會的觀察能力。

經過數年的努力，一八七四年，他成為了一名新聞記者，並在同年十一月以驚悚、詳盡的筆法，深入報道了一樁殺人案而大受讀者歡迎，開始小有名氣。

在新聞報道的正職工作之外，赫恩嘗試着翻譯改寫法國小說。由於在少年時期，他曾被送往法國學習，所以有着不錯的法文基礎。他陸陸續續地將法國作家福樓拜、法郎士、都德、左拉等人的作品翻譯成英文。但其中的大部分在其生前一直得不到機會發表。這期間，他也在「異國文化和情趣」上投入了大量的業餘精力，大量購買與中國、日本、印度、阿拉伯有關的文學翻譯書籍，初步建立起對奇異東方的文學幻想。他從這些書中選取最感興趣的神話故事和佛教寓言，進行改編，而後在一八八四年合輯出版了《異鄉文學拾零》一書。一八八七年，他又出版了《中國鬼怪故事》一書。此書所收錄的六個故事，都從中國古代神話、民間傳說改編而得，赫恩發揮自己的想像能力，憑藉自己的知識結構和文學觀點，在法譯本的基礎上進行了二度創作。這種再加工、再演繹的「編著」方式，在日後的《怪談》中得到了更廣泛的應用。

由於自幼喪母失怙，孤獨的成長環境，孕育出赫恩喜做夢、愛幻想的性格，以及「泛靈論」的世界觀。他認為天地萬物各有其靈魂的存在，不管是對人或對自然，都要重視「與靈魂的相互接觸」。這一世界觀，對他寫作方向的決定，影響深遠。在美國期間，除以上作品外，他還著有《幻想及其他空想》、《在法屬西印度的兩年》和《尤瑪》等作品。

一八八七年，赫恩在新奧爾良一個博覽會上，看到了英譯本《古事記》，遂對日本的神話和民間傳說，產生了極大的興趣。斯時日本經過明治維新，崛起於東方，西方世界對這個古老神秘的國度充滿了好奇。恰好，哈帕出版公司提出了「日本遊記」採訪計劃，打算採寫一組關於日本歷史文化的報道。這正與赫恩的心思相吻合，於是他主動請纓，以特約撰稿人的身份，橫越太平洋，於一八九〇年四月四日來到了日本第二大城市橫濱。

他來到遠東這個神秘的國度，一開始只是為了尋求創作靈感與新鮮的文學素材，並未設想結束半生漂泊終老日本。然而抵達日本後不久，赫恩就發現日本人的生活方式、性格以及世界觀，與自己是多麼相似，遂由此萌生了長期定居日本的念頭。但根據出版公司的合約，他僅能在日本停留兩個月。

一個偶然的機會，他得知自己的報酬，僅僅是搭檔的一半。於是，矛盾終於爆發了。憤怒的赫恩索性毀約賠錢，義無反顧地留在了日本。經著名語言學家、《古事記》的英譯者張伯倫教授推薦，赫恩在島根縣松江中學得到了一個英語教師的職位。從此，他後半生的命運與事業，就跟這片開滿櫻花的土地緊密聯繫在一起。

島根縣古稱出雲，是日本神話的發祥地。再加上松江地處偏遠，歐化風潮尚未波及，故普通民眾在生活中，仍保有古樸自然的風貌。赫恩非常喜歡這種樸素的民俗，並深深地熱愛着這片土地，課暇即四處遊歷，積極探尋日本神話的奧妙。一八九〇年十二月，赫恩和出身武士家庭的英語教師小泉節子成婚，這更加堅定了他永久居留日本的決心。一八九六年，赫恩正式歸化，加入日本國籍，並用夫人的姓「小泉」，結合和歌「八雲立つ，出雲八重垣」中的「八雲」二字，為自己取了個日本名字「小泉八雲」。

作為近代西方有名的日本通，小泉八雲的名字在日本廣為人知。他在日本生活了十四年，直至生命的終點。這十四年裡，他花了無數心血來研究日本民族的傳統和國民性，研究日本的文學、藝術、宗教、神話，用生花妙筆寫下了多部有關日本的著作，堪稱寫作的豐熟期。其中主要作品有：《陌生日本的一瞥》（一八九四）、《遠東的未來》（一八九五）、《異國風情及回想》（一八九八）、《靈之日本》（一八九九）、《明暗》（一九〇〇）、《日本雜錄》（一九〇一）、《骨董》（一九〇二）、《怪談》（一九〇四）等。不僅向西方介紹了日本的宗教信仰、風俗習慣、歷史文化，還向西方揭示了日本人的心——遠東民族的心。這些著作使他在西方聲譽日隆，成為一面西方人透視日本的鏡子，也為他在世界文學史上取得了一席之地。

自從大洪水以來便被分隔在兩個世界裡的東西方，由於地理上的隔絕造就了文化上的隔膜，單從物質層面進行溝通，想要相互深入瞭解，基本是不可能的。西方人真想瞭解東方，第一必須懷有客觀的無利害衝突的心態；第二必須具備詩人般的同情之心。要不然，單從物質方面是不能抓住東方人的心的。歷來到過東方的諸多西洋觀察家中，能真正做到同東方文明水乳交融的，只有小泉八雲、高羅佩等寥寥數人。

當然，小泉八雲對日本的認識，也經歷了一個由表及裡的過程。他的日本觀從浮淺漸至沉穩、從情緒的宣洩漸至理智的分析，隨時間的推移，產生着深刻的變化。受東方民族與宗教充滿魅力的文化影響，小泉八雲從民俗與情感方面入手，去解釋、透視日本人的靈魂。當時的日本正大踏步地走在全盤西化的道路上，全民沉迷於物質追求與享受中，傳統的習俗、風土、民情逐漸喪失。他看到了明治時期投身於歐化洶湧浪潮中的日本人的各種苦惱與煩躁，並用筆記錄了下來。對於許多日本人而言，小泉八雲質樸的描寫恰好保存了在這個工業化進程中被丟棄的大和民族特色，客觀上起到了發掘並保護傳統的作用。小泉八雲雖然不是日本本土人，卻比日本人更加鍾愛和瞭解日本文化。他曾經聲言：「我在日本喜愛的是整體的日本人民，這個國家裡貧窮質樸的大多數人……我喜愛他們的神、他們的風俗、他們的衣着、他們的房屋、他們的迷信、他們的過失……」從他的大量著作裡可以看出，他對日本文化的傾心，完全出自強烈而真摯的感情。因此，他的作品更容易為日本人民所接受，甚而產生「這就是土生土長的日本人所書」的錯覺。

一八九六年，小泉八雲應邀赴東京（帝國）大學擔任文學部講師，教授西洋文學。由於他沒有正規學歷，薪水卻比同僚高，而且更受學生們的歡迎，故而遭到同事的排擠。一九〇三年，小泉八雲被東大解聘。一九〇四年，他完成了日本研究的集大成之作《日本：一個解釋的嘗試》，並轉入早稻田大學任教，開設英國文學史講座，廣受學生喜愛。同年九月二十六日，小泉八雲因工作過勞，導致心衰竭而驟逝於東京寓所。

小泉八雲身後，以小說家、翻譯家、評論家、民俗學者、英語文學家和日本佛教闡釋者的聲名，為後世留下了寶貴的精神財富。他被讚美為「浪漫的詩人」、「富有異國情調的隨筆家」、「風格多變的東方描繪者」，是「最能理解大和魂的外族人」。這一切，都源於他將自己的生命全部融入了那個菊與刀的國度。

日本，或許真的是小泉八雲靈魂宿命的故鄉！

值得一提的是，小泉八雲對二十世紀二三十年代的中國文學界影響很大。魯迅、周作人、辜鴻銘、朱光潛等文化名流都曾撰寫專文介紹過小泉八雲，在當時的中國引起了熱烈的反響。一九三〇年，胡山源翻譯了《日本與日本人》一書。此書係落合貞三郎從小泉八雲評論日本的文章中選輯編匯而成，從心理上、哲學上解剖了日本人整個的內心生活，堪稱小泉八雲日本觀的代表作品。

二、《怪談》這本書

小泉八雲一生總共改編撰寫了五十餘篇日本怪談故事，但一九〇四年出版的《怪談》一書，實際上只有十七篇怪談故事，其他篇目則分散於《骨董》、《日本雜錄》、《明暗》等多本書中，更有部分故事是在遊記、散文中以轉述的形式出現（詳見本書「譯後記」），且原文係用英文寫就。日本多位作家在翻譯為日文時，將這些故事輯錄綜合起來，匯編到一本書裡，也定名為《怪談》。

《怪談》被譽為日本靈異文學的鼻祖，是小泉在竭力領悟日本文化的精髓後，創作出的最著名的作品，在讀者中影響相當大。小泉八雲因其從小的遭遇及青年時期形成的獨特文學觀，對靈異類作品情有獨鍾。他學識淵博，涉獵典籍廣泛，翻譯介紹之作極多。綜其後半生的主要事業，就是致力於東西方文化的互相交流轉介。他欽佩安徒生，深知寓言及民間故事對於一國文化研究的重要性。因此，在一切文學形式中，他認為發掘整理日本的民間故事傳說，最適宜於自己的研究工作。於是，在日本定居期間，小泉一邊教書，一邊從妻子及其他鄉人那裡聆聽了大量的日本傳統妖怪故事，又從《夜窗鬼談》、《雨月物語》、《古今著聞集》、《佛教百科全書》、《宇治拾遺物語抄》、《十訓抄》等書中鉤沉採集篇章，而後加以整理消化、推敲淬煉，抱着極大的熱情，「煉句枯腸動，霜夜費思量」，陸續加工完成了數十篇怪談故事。他的增補加工，極大地提升了素材的藝術水準，將市井鄉談的「璞石」，雕琢成了一塊塊美玉。結果，使得《怪談》超越了單純的怪力亂神，變為典雅的文學結晶品。

當與他同一時代的西方文豪們，正致力於揭露社會的污穢和腐朽時，他卻沉迷於玄奧的「除卻我與月，天地萬物無」的怪談世界中，難以自拔。

小泉的祖輩據說是中世紀的流浪民族，所以在小泉的血統中實含有流浪者特有的江湖藝術氣質。這一氣質透過他靈敏纖巧、潤澤婉轉的筆觸，深刻地展現在《怪談》中。全書透過鬼眼看人生，描畫了一個個在黑暗中或孤獨或寂寞的靈魂，甚至還平淡地講述了許多人與妖之間的愛情，似幻似真、迷離恍惚，可謂深得日本文學之三昧。搖曳的燭光、暗溢的香熏，虛無縹緲、幻化無常，潛伏在黑夜中的幽靈鬼怪，自小泉八雲筆下飄然而出，那原本陌生的、遙遠的怪談物語竟不可思議地使人有種奇特的親切感。其間的故事大多帶有濃厚的扶桑鄉土氣息，還有一部分則源於中國的古典小說，有的將日本山海的雄渾瑰麗形諸文字，有的把自然描寫和神話傳說糅於一體，試看此中多少篇章，攤開來竟是滿目蕭索，幽雅而淒迷。那種陰陽兩界間的對話、逾越、互換，是那麼地妙趣橫生、奇詭可怖，令讀者在神秘、幽玄中不住地感慨世態炎涼，歎息人間諸多無奈。

此外，不得不佩服的是，《怪談》的敘述方式和語境相當日本化，字裡行間充溢着濃濃的大和氣息。一位從前的西方人，卻用他深具東方意境的疏懶文筆、用地道的東方方式去理解和敘述妖魔鬼怪的世界，以淵博的學識和細膩的審美境界，卸去了鬼怪恐怖的力量，僅僅刻意傳達了纖細哀婉淒幽的美。他的熱情、他的幻想、他的偏執，乍看之下樸質無華；細細品味，卻赫然有如大自然的奪目光華，裂空而來，霹靂一響，予心扉以最深沉最猛烈的撞擊。從某種意義上說，《怪談》就是日本歷史間接的體現，同時也承載着東方共有的文化美感。全書所呈現出的東西方文明交融的美學境界，具有極高的欣賞價值和研究價值。

順帶一提，「妖怪學」在當今的日本，儼然已是一門顯學。作為妖怪文學的濫觴，《怪談》在一九六四年被小林正樹搬上大銀幕，改編為同名電影，在世界影壇上有着舉足輕重的地位。影片從原著中選取四則加以演繹——《無耳芳一》、《黑髮》（書中原題為《和解》）、《雪女》、《茶碗之中》，四個故事表面看上去毫無關聯，內裡卻都表達了「信任與背叛」這一人類亙古不變的道德困境，通篇奇絕懸疑，環環相扣，彷彿無窮無盡，充滿了超現實主義的敘述，處處滲透出陰暗詭異的美，於低迷哀婉中隱顯出噬人的驚悚。再加上對白抒情細膩、場景雅緻華麗，上映後大獲好評，被讚賞為「最精緻的恐怖」，是日本妖怪電影中思想內容均臻上乘的經典代表作！

王新禧　序於福州

〇一 無耳芳一①

耳なし芳一

距今七百多年前，在下關海峽的壇之浦海灣，平家一族與源氏一族之間長期的爭鬥②，終於畫上

① 本篇怪談，最早可追溯到寬文三年（一六六三）刊行的《曾呂利物語》，以及本多良雄的《大和怪談物語集》。小泉八雲以一夕散人所著《臥遊奇談》第二卷《琵琶秘曲泣幽靈》為範本，改寫而成。

② 源平爭霸，始於一一五六年的「保元之亂」。其時後白河天皇與崇德上皇爭位，源義朝和平清盛共同扶保後白河天皇，擊敗上皇一黨。然而三年後的平治元年（一一五九），源義朝因未受重用，與平清盛結怨。十二月四日，源義朝趁平家離開京城參拜神社的機會，聯合藤原信賴拘禁了上皇和天皇，史稱「平治之亂」。在外的平清盛聞訊，立即集結重兵，於翌年正月大敗義朝軍，將義朝一族誅戮殆盡。源義朝嫡系一支，僅年方十三歲的長子源賴朝免於一死。平家勢力由此全面上升，權傾朝野，炙手可熱，被稱為「不入平家休為人」。然而，平家的驕縱跋扈，導致天下怨聲載道。治承四年（一一八〇），源賴朝在鎌倉起兵，討伐平家政權。源氏大軍在有「戰神」美譽的源義經指揮下，屢戰屢勝，終於在文治元年（一一八五）三月，將平家軍逼退到壇之浦海灣。平家雖然擅於海戰，但決戰之日潮流改變，源氏軍順流攻擊，一舉全殲平家軍。平家的重要人物紛紛跳海自殺，年僅八歲的安德天皇也帶着寶璽、神劍投海而死。長期紛爭的源平合戰至此結束，源氏復興，平家連同錦繡一般的平安王朝一起滅亡了。從此，貴族統治日本的公家政治結束，日本歷史進入了武家政治的鎌倉幕府時代。

了句號。平家在這最後的決戰中全軍覆沒，幼帝安德天皇與平家滿門俱喪生於此役。此後的七百餘年間，平家的怨靈就一直在壇之浦及附近的海邊徘徊遊蕩……在那裡有一種奇怪的蟹，它們被稱為「平家蟹」，背上可以看到酷似人臉的花紋。傳說這些蟹就是平家武士的亡魂所變。

許多怪異的事陸續發生在這一帶的海岸邊。每當夜幕降臨，漆黑的壇之浦海面上總有數不清的青白色光球在燃燒，或者盤旋在浪濤之上飛舞——漁夫們管這叫「魔之火」或「鬼火」。風起時，海上還會傳來淒厲的號叫聲，彷彿千軍萬馬正在吶喊廝殺般，喧囂擾攘。

據說在較早前，平家亡靈的狂躁、恐怖尤盛於今時。它們會在半夜裡從夜航的船邊突然冒出，把船弄沉；在海邊游泳的人一個不小心，也會被平家亡靈拖入海底溺死。

地方上的民眾為了平息這些鬼魂作祟，就在赤間關建了一座阿彌陀寺。寺院造好後，又依傍海岸，為投海的幼帝和平家重臣們設了墓地，立起墓碑，並定期舉辦佛事，替往生者祈冥福、求平安。自從佛寺和墓地建好後，平家亡靈比以前稍微平靜了些，但仍然時不時會發生令人毛骨悚然之事。這說明它們尚未得到真正的安息。

時光匆匆流逝，幾百年彈指一揮間。赤間關來了一位名叫芳一的盲琵琶師①。芳一從童年起就苦練彈琵琶之技，少年時技藝便超越了師長，成為一個職業的琵琶琴師。他最拿手的節目，是彈唱以源

① 琵琶師，以彈奏琵琶、傳唱長曲謀生的民間藝人，多唱誦佛經或傳奇物語，雲遊四方。

平合戰為主題的《平家物語》，在當時無人能及，相當出名。其功力已臻化境，連天地鬼神聽了也難免為之動容傷情。每當他和着琵琶，說唱平家一族在壇之浦英勇而悲壯的故事時，聽眾無不摧肝斷腸、潸然落淚。

芳一剛出道時，極為貧困，幸虧阿彌陀寺的住持喜好詩歌雅樂，經常邀請芳一到寺裡彈奏吟唱。住持十分欣賞芳一的絕詣，乾脆就讓他長住寺裡，免卻了奔波流浪之苦。芳一滿心感激，搬進阿彌陀寺的一間宿屋中安頓下來。從此他食宿不愁，作為回報，自然也竭盡全力為住持彈唱。住持一般都是在晚間閒暇時，前來欣賞芳一的技藝。

一個夏日的夜晚，阿彌陀寺的住持帶着小沙彌，去一位過世的檀越家裡做法事，寺中只留下芳一一人。當晚天氣悶熱，芳一獨守空寺，頗覺無聊，便想到臥室前的走廊上乘涼，走廊正對着阿彌陀寺後進的一個小庭院。

芳一靜坐在走廊上，等着住持回來，隨手彈起了琵琶。彈着唱着，不覺過了子夜，住持還未歸來，屋裡又熱得很，令人無法入眠，芳一只得繼續留在走廊上。

忽然，後門外傳來一陣腳步聲，有人正穿過後院，逐漸靠近走廊。這腳步聲十分陌生，不像是寺裡僧人的。芳一正疑惑到底是誰時，腳步聲已在他面前停了下來。一個陰森粗魯的聲音叫道：「芳一！」這嗓門嘶啞低沉，口吻就像是武士在使喚下人。

芳一被這怪異的來人嚇了一跳，一時說不出話來。那聲音變得更嚴厲了：

「芳一！」

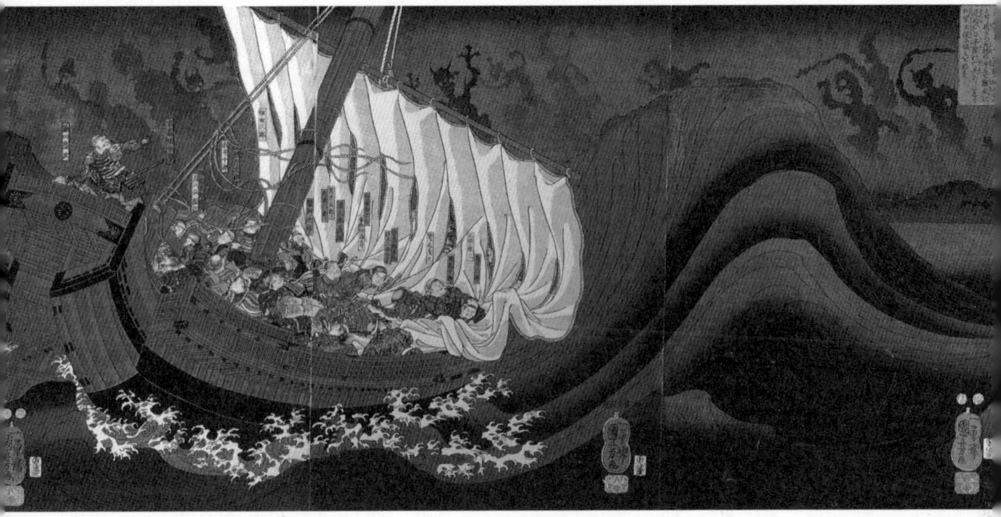

「在！」芳一戰戰兢兢地答道：「請問是哪一位？我的眼睛看不見。」

那人語氣緩和了一些，說道：「不要怕，我就住在這附近，來此有事相商。我家尊貴的主人率家臣們出遊，這兩天正好停留在赤間關，遊歷壇之浦會戰的遺蹟。聽說你是彈『平家物語』的名手，所以想請你去彈奏一曲。請立刻帶上琵琶，隨我去主公的府邸走一趟。」

那個時代，武士的命令，平民百姓是不能違抗的。芳一只好穿上草鞋，抱起琵琶和陌生人一道出發。

武士拉着芳一的手，給他帶路。芳一感覺他的手堅硬冰冷，如鐵鑄一般。伴隨着腳步聲，武士身上還發出鏗鏘咯嚓的聲音，一聽就知道是穿着甲冑。芳一猜測，他可能是某位公卿貴藩府上的值夜武士吧？言念及此，芳一初時的恐懼平息了，反而有些受寵若驚——因為，他記得武士曾說過，主公是一位非常尊貴的大人物。那麼，要聽他彈唱的人，地位決不會低於第一流的大名！

不久，武士停住腳步，芳一仔細聆聽左右，感覺好像是到了一扇大門前。他有點奇怪：方圓百里，除了阿彌陀寺正門外，怎會另有如此巨大的門呢？真是蹊蹺。

「開門！」武士喊道。跟着傳來了門栓拉開的聲音。武士牽着芳一走進門裡，穿過寬闊的庭院，好像又在某個門口停了下來。武士大聲喊道：「裡面的人，還不快點出來迎接？我把芳一帶來了！」登時響起了急促的腳步聲、屏風滑動聲、門禁開啟聲，以及女性交頭接耳的談話聲。從女子的言談中，芳一判斷她們肯定都是大公卿府裡的女侍。但到底自己身處何地，仍然不知。不過也沒時間容他多想了，他被攙扶着走上石階，一級又一級，到了最後一級時，被命令脫掉草鞋。一名女侍牽着芳一的手，引領他走過一長段精心灑掃的光滑地板，繞過曲折的轉角走廊，通過數不清的隔扇門，終於，來到了一個地鋪柔席、異香不絕的地方，似乎是一間寬敞的大廳。

芳一感到眾多貴人正聚集於此，因為他聽到只有高級絲綢才會發出的沙沙摩擦聲，就像森林中風拂葉落的聲音。四周有很多人在低聲交談，說的都是宮廷裡的文雅敬語。

有人在芳一面前鋪上一張柔軟的坐墊，芳一坐了上去，調好琵琶的音弦。一個蒼老的女聲說道：「現在就開始彈，唱一段平家的故事吧，這是我們主人最想聽的曲子！」

芳一聽這口吻，心想可能是府邸中的女侍長。就恭恭敬敬地欠身問道：「平家的故事很長，全部唱完恐怕得花好幾個晚上，不知尊上想聽哪一段呢？」

「就『風雨壇之浦』這一段吧！那是平家諸曲中，最為哀怨的一節。」女聲答道。

芳一領命，手挑琴弦、口中放歌，緩緩彈唱起來。弦音淒切、歌聲悲涼，宛若此役重現目前。琵琶在他手裡彈出了搖櫓聲、船隻前進的破浪聲、箭矢橫飛的颼颼聲、兵士廝殺的吶喊聲、踐踏慘呼聲、刀劍砍在兜鍪上發出的脆響聲、被殺者墜入海中的撲通聲……芳一周圍時不時傳來陣陣讚賞的低語：「多麼出色的琴師啊！」「我在自己的領地內，還從未聽過如此動人的彈奏呢！」「普天之下，再沒有像他這樣優秀的歌者了！」

受到鼓舞，芳一大為振奮，彈唱亦漸入佳境。周圍的貴客們大氣也不敢出一口，四周又寧靜了下來。

終於，芳一唱到了平家悲劇的最高潮——二位尼[①]懷抱安德小天皇投水自盡的那一幕。歌曰：「戰焰滔天，血染波痕。尼懷幼帝，哀訴諸源，再三拜饒，聲聲淒絕。可憐孤寡，膽寒心裂。諸源如狼，持械以脅：『刀兵碧波，爾可擇一。』尼乃靜默，轉擁幼帝。安德稚言：『攜朕何去？』哀哀老尼，淚似雨落：『攜汝共赴，淨土極樂。』幼帝之母，建禮門院[②]，手捧神器，聲聲淒切：『傳國神劍，

① 平清盛之妻平時子法號「二位尼」，她是安德天皇的外祖母。

② 建禮門院即平清盛次女平德子（一一五五—一二一四），一一七一年入宮，一一七八年生下後來的安德天皇。

勿入於賊。』語畢踴身，共赴洪波。平氏一門，於焉族滅。」

和着唱詞，芳一的琵琶彈得如泣如訴，時如萬丈狂濤怒吼，時如鋒利刀劍交鳴，周圍的聽眾都聽入了神。當芳一唱到安德天皇跳進波濤洶湧的大海時，周圍一齊發出了啜泣聲，其中還夾着痛苦的呢喃。慢慢地，啜泣和呢喃變成了撕心裂肺的悲切慟哭，貴客們失態地大放哀聲。芳一嚇壞了，手一顫，琵琶聲戛然而止。

過了好一陣，哀哭聲才漸漸停息。一片死寂中，芳一聽到那蒼老的女聲讚道：「唱得真好。儘管我們事先都已知道你是琵琶名手，並且在吟唱上的功夫也十分了得，但今日耳聞之下，方知你的技藝比傳言更有過之而無不及。你真是世上首屈一指的琴師啊！

「敝上對此相當滿意，令我重重酬謝於你。芳一，敝上還想聽其他唱段，接下來的六天，請你每晚都來為他演唱，直至敝上起駕為止。因此，明天晚上，你務必要在同一時間前來此地。今晚引領你的武士，將繼續負責去接你。

「不過，一定要記住，這件事絕對不能告訴其他人！因為敝上是微服出遊來到赤間關，他不想別人知道。那麼，今晚辛苦你了，請回吧！」

芳一雙手觸地，深深地行了一禮，以示答謝。一個女侍牽着他的手，帶他走到門口，再由那個武士將他送回寺院的走廊上。兩人相互道別分手。

芳一回到寺裡時，天已大亮，但誰也沒注意到他。因為住持自己回來得也很晚，以為芳一自去睡了。

對於昨晚發生的奇事，芳一未向任何人說起。

白天，他稍事休息；到了子夜，那武士如約前來，引領他來到貴客雲集的府邸彈唱平家曲。和上回一樣，芳一的獻藝再次博得了齊聲讚歎。但是，這次有個小沙彌留意到他離開了寺院。當芳一在清晨歸來時，隨即被住持喚去談話。住持面帶慍色，語重心長地對芳一說道：「芳一君，我們都很為你擔心啊！你眼睛不方便，還在半夜裡獨自出門，這樣太危險了！你為什麼不告訴我呢？我可以差遣一個僕人照顧你啊。芳一，你晚上究竟上哪裡去了？」

芳一閃爍其詞，搪塞道：「請您原諒，我有些私事要處理，並且只能在晚上辦，無法安排在其他時間。」

看着芳一蒼白的臉色，住持驚訝更甚於痛惜。他覺得事有蹊蹺，芳一一定有什麼事情瞞着自己。他心頭湧起一個不祥的預感，擔心這個盲目青年可能被什麼妖魔惡靈給附體了。於是他不再追問，暗中吩咐寺院的雜役監視芳一的一舉一動。如果芳一晚上再溜出寺院，就立即尾隨其後，探個究竟。

當天晚上，雜役暗中留心，果然發現芳一揹着琵琶，一隻手像被什麼人牽着似地舉在空中，步出了寺院。雜役立刻提着燈籠，緊緊尾隨着芳一。那晚大雨滂沱、天色昏暗，道路漆黑一團。雜役剛轉過一個街角，前面的芳一已沒了蹤影。

真是怪事！一個盲人在泥濘的道路上，怎能行得如此飛快？雜役既納悶，又不甘，快步跑到鎮上，挨戶向芳一常去的人家詢問，都撲了空，誰也不知道芳一在哪裡。雜役無可奈何，只好沿着海邊的小路趕回寺院。突然，阿彌陀寺的墓園裡，傳出陣陣高亢激越的琵琶聲。雜役舉目眺望，只見墓園周圍有兩三簇鬼火在閃動，深處則晦暗不明。他立刻折向墓園，穿過崎嶇荒蕪的草叢小徑，來到了墓地裡。

就着燈籠的昏黃燈火一看，雜役登時愣住了。但見芳一獨自冒雨坐在平氏家族的墓前，面對着安德天皇的墓碑，失魂落魄地彈着琵琶、聲嘶力竭地唱着壇之浦會戰的故事……在他身後和四周，每一塊墓碑上，都有一團泛着青綠色幽光的鬼火，在不住地上下飄動。亡靈鬼火數量之多，簡直見所未見，聞所未聞！

「芳一君！芳一君！」雜役鼓起勇氣喊道：「你被鬼魂纏住啦。芳一君！」

但是，芳一充耳不聞，伴着琵琶錚錚的彈奏聲，愈發起勁地唱着「壇之浦會戰」。雜役顧不得兇險，上前一把抓住芳一，在他身邊大喊道：「芳一君！芳一君！請立刻跟我回去！」

芳一神色怪異，陰森森地斥責道：「真是胡來！在貴人面前失禮，會受到嚴懲的！」

一句話嚇得雜役汗毛直豎，芳一面前除了墓碑，哪裡有什麼貴人啊！他知道芳一肯定是被鬼迷了心竅，不由分說，拚命拖着芳一離開了墓園。

回到寺裡，芳一精神萎靡，仍然有點癡癡呆呆，甚至沒有察覺自己已被雨淋得透濕。住持先吩咐給芳一換上乾衣裳，接着，堅決要求他對自己反常的舉止做出解釋。芳一躊躇良久，心知已然惹惱了住持，終於一五一十地將詳情說了出來。

住持凝神思索，歎息道：「芳一君，我可憐的朋友，你該早點和我商量的，現在你已身陷險境了！你在琵琶上令人驚歎的造詣，已給自身帶來了離奇的災禍。這是件非常恐怖的事，你所耳聞的種種，皆是幻象。來接你的並不是活人，而是平家的亡魂呀！你也不是到什麼貴人府上去彈琵琶，去的只是寺後那個墓園而已。那些戰歿的平家亡魂，想把你永遠帶去陰間，為他們彈唱，所以就幻化異象引誘於你。你聽從了鬼魂的召喚，鬼魂的意志力就會附着在你身上。如果你繼續服從鬼魂的命令，或遲或早，你鐵定會被撕成碎片，送掉性命！糟糕的是，今晚我又不能留在你身邊，因為我還要主持一場法事。不過，在走之前，我會在你身上寫下辟邪經文，這樣便能保你安全。」

日落之前，住持準備好朱砂、毛筆，叫小沙彌脫去芳一的衣服，沐浴淨身，然後用毛筆沾滿朱砂，在芳一赤裸的全身——頭、臉、頸、胸、背、腹、手、腳、股——密密麻麻地寫滿《般若波羅蜜多心經》的經文。寫完之後，住持告誡芳一道：「今晚，等我外出之後，你立刻去坐到後院走廊上，到了半夜，那個鬼武士便會來接你。但是有了經文的庇護，陰世的鬼魂看不到你的肉體。無論發生什麼事，你都必須保持安靜，絕不能開口說話，也不能挪動身體，只管以入定之心靜坐即可。倘若你動了，或者發出聲響，鬼魂就會發現你，把你撕成碎片。別害怕，也不要試圖呼救——因為沒有人能夠救你。你必須照我說的去做，才可逃過此劫！」

夜幕緩緩降臨，住持和小沙彌都走了。芳一依照吩咐來到走廊，他把琵琶放在地板上，自己則在琵琶後邊以坐禪的姿勢，屏息靜氣地靜坐着，一動也不敢動。

就這樣過了幾個時辰，遠處傳來了武士的腳步聲。那聲音穿過後院，來到走廊邊，在芳一面前停了下來。

「芳一！」一個粗重的聲音焦急地喊道，正是那個武士的大嗓門。芳一屏住呼吸，大氣都不敢透一下。

「芳一，你在哪裡？快出來！」呼聲越發嚴厲，猶如磨刀般刺耳。芳一心頭亂跳，強忍住恐懼一聲不響。

「芳一！」武士第三次呼喚，語氣變得極其兇暴粗野，「你究竟在哪裡啊？真是可恨！我一定要把你找出來！」

武士一面嘟囔，一面搜索着走廊，沉重的腳步聲在芳一周圍來回逡巡。芳一嚇得四肢僵硬，連心跳彷彿都停止了。

緘默死寂中，芳一聽到武士自言自語道：「咦，琵琶就放在這裡，琵琶師怎麼不見了？……奇怪，只有兩隻耳朵漂浮在空中。噢，難怪他沒有回答我，他已經沒有嘴巴了，看來他的身體也沒有了，只留下一對耳朵……好吧，既然找不到人，就把這對耳朵帶回去給主公看，好歹算是找過琴師的證據！」

霎時，芳一只覺得雙耳被一對鐵鉗般的手指拽住，生生地擰了下來。那痛苦簡直無法形容。芳一強忍劇痛，不敢發出聲音，直到腳步聲沿着走廊漸漸遠去。芳一覺得腦袋兩邊熱乎乎地，肩膀上有黏糊糊的液體在往下流，同時頭痛欲裂。但他依然不敢抬起手……

天快亮時，住持趕回來了。剛走到後院，他便踩到一攤黏稠濕滑的東西。「糟了！」住持驚呼一聲，提燈一照，腳下是一攤鮮血，難道芳一終不免劫難？他連忙大步趕到走廊。芳一身子僵直，仍保持着坐禪的姿勢，從耳根傷口處流下來的鮮血，將他全身都染紅了。

「可憐的芳一啊！」住持急切地問道：「怎麼搞的，你受傷了？」

聽到住持的聲音，芳一緊繃的心弦一下子鬆弛下來，隨即放聲大哭，流着淚講述了昨晚的遭遇。

「唉！」住持雙手合十，輕唸佛號，說道：「全怪我，都是我的錯！為圖方便，捏着你的耳朵往臉上寫經文，居然忘了在兩耳上寫了。後來又沒有檢查一番，讓你受苦了……不過，現在後悔也無濟於事了，還是儘快治傷要緊……危險總算過去了，那些亡魂再也不會來糾纏你了，放心吧！」

芳一的傷口經良醫治療，不久就癒合了。這件奇聞很快傳遍了各地，芳一的名字變得無人不曉。許多達官貴人紛紛趕到赤間關來聽芳一彈唱，芳一得到大筆酬金，成了富有的人。從那以後，人們便稱他為「無耳芳一」。

〇二 鴛鴦 おしどり

在陸奧國[①]的田村鄉一帶，有位名叫村上的放鷹獵人住在那兒。有一天，他照常出門打獵，卻徒勞無功，沮喪而返。歸途中，需要在赤沼川乘船渡河。就在等船的工夫，一對相偕相伴的戲水鴛鴦，映入了村上的眼簾。儘管明知獵殺鴛鴦是不吉利的事情，會遭到報應，但連續多日一無所獲的村上實在是太飢餓了，便張弓搭箭，瞄準那對鴛鴦射去。「嗖」地一聲，利箭貫穿了雄鴛鴦，驚惶的雌鴛鴦慌忙向較遠岸上的藺草叢裡逃去，登時不見了蹤影。村上將死掉的雄鴛鴦帶回家，烹為佳餚，美美地飽餐了一頓。

當晚，村上做了一個淒涼可怕的夢。夢中，一個清麗婉約的女子走進屋來，站在他的枕邊低聲啜泣。其聲哀絕悲慟，村上聞之，只覺肝腸欲斷。那女子對着他，憤恨地大聲質問道：「為什麼……

① 此處地名中的「國」，並非「國家」之意，而是指行政分區名詞「令制國」。一國，行政上相當於中國的一個州或縣。全日本共分為六十六國（詳見《日本古代分國圖》）。陸奧國，屬東山道，俗稱奧州，今之福島、宮城、岩手、青森、秋田諸縣。

啊？你為什麼要殺死他？他做了什麼錯事嗎？在赤沼川，我倆比翼雙飛，過着幸福的日子——可你卻殘忍地殺死他！到底他犯了什麼不可恕的罪，你要殺害他？——你知道自己所做的蠢事，是多麼無情、狠毒嗎？……就連我，你也想殺掉。——可是夫君既逝，我也不願苟活於世……我來此，就是想告訴你這事罷了。」語畢，女子潸然淚下，哀聲之淒苦痛徹，直滲入村上的骨髓裡。

女子一邊悲泣，一邊吟起了和歌：

薄暮影淡夕陽斜，
低喚良人期相伴。
無奈赤沼菰草深，
寂寞孤單對愁眠。

吟罷此歌，女子高聲叫道：「啊！你不懂的！你不會知曉自己做了些什麼事！不過，只要你明天來赤沼，就會明白——就會明白了！」說完，她哭着轉身離去。

次日清晨，村上醒來，夢中景象仍歷歷在目。他煩惱萬分，心緒不寧，想起女子所說的：「不過，只要你明天來赤沼，就會明白——就會明白了！」這到底只是一場夢，還是真實的情境呢？他決定立刻動身，到赤沼川一探究竟。

循着原路，村上再度來到赤沼川畔。他走近河堤，看見一隻雌鴛鴦獨自在水裡游着。與此同時，雌鴛鴦也認出了他。但是，雌鴛鴦這次並沒有驚慌逃竄，反而怒視着村上，筆直地衝着他迎面游來。緊接着，雌鴛鴦突然以尖利的鳥喙，使勁地戳啄自己的身體，直至遍體鱗傷，在獵人的眼前死去。

經此慘變之後，村上便落髮剃度，出家為僧了。

〇三

阿貞的故事

お貞の話

很久以前，在越前國的新潟①，住着一位名叫長尾長生的年輕人。

長尾是一個醫生的兒子，從小就受到良好的培養，準備繼承父親的職業。他在幼年時，訂下了一門婚約，女方是父親一位好友的女兒——阿貞。雙方家長約定，只要長尾一完成學業，立即為兩人操辦婚禮。

可惜天不遂人願。阿貞在十五歲時，竟不幸得了肺癆②。在當時，這可是不治之症，無藥可醫。健康狀況日益惡化的阿貞，明白自己時日無多，便想在臨終前，與長尾見最後一面。

悲容滿面的長尾來到阿貞的床前跪下，泣不成聲。阿貞憔悴而消瘦，對他說：

① 實際上，新潟在越後，而非越前。但此處日文版原文為「越前」，英文版亦為「Echizen」，應係小泉八雲的筆誤。特此說明。

② 肺癆，即肺結核，是由結核桿菌引起的慢性傳染病，在二十世紀前，屬於絕症，被稱為「白色瘟疫」。

「長尾樣[1]，我的未婚夫啊，我倆自幼姻緣早定，本想年尾即行合巹之禮。怎料我染此絕症，命在頃刻，死神已在彼岸召喚我。縱然我能多活些日子，也只是給他人徒增煩惱。如此羸弱的身子，已註定我不能成為一個好妻子！請原諒我自私地過早離去，原本我是多麼希望能永遠陪伴在你身邊呀！……不過，請別難過，我堅信，我們會再度相逢的。」

「是的，我們一定會再見面的。」長尾真切地說道，「到那時，我們會在極樂淨土重逢，再無別離之苦」。

「不，不是！」阿貞面色蒼白，虛弱地說，「我指的不是極樂淨土，而是現世。我們命中註定，會在現世重逢，即使明天我已深埋於地底」。

長尾詫異地望着她，她的嘴角浮現出一絲微笑，隨後纖弱地，發出夢囈般的細語：「是的，我的意思就是指現實的人世——你所生活的這個陽間。長尾樣，你娶我為妻的願望一定會實現的。只不過，請再等我十六年，我將再次轉世為女子。也許這段時間很漫長，不過幸好，你今年也才只有十九歲……」

長尾溫柔地安慰着已然氣息奄奄的阿貞，說：「我會一直等你的，你是我唯一的至愛。我倆天意註定要做七世夫妻呢！」

「你不懷疑嗎？」阿貞凝視着長尾的面容，問道。

長尾答道：「我唯一擔心的是，你或許將借他

---

① 此處的「樣」，原文為「さま」，羅馬字「Sama」，中文可作「大人」解。接在人名、身份等後面，表示敬意，一般用於比較親近或特別尊重的人身上。

人的肉身歸來，又或者換成了另外一個名字，有什麼標記能用來識別你嗎？」

「沒有」，阿貞歎息道：「只有上蒼才知曉我們會在哪兒相逢。但絕對可以確信的是，只要長尾樣不嫌棄阿貞，阿貞一定會回到你身邊的。千萬要記住我說的話……」

阿貞強撐着說到這兒，再也支持不住，一陣撕心裂肺的咳嗽聲過後，閉上了雙眼，與世長辭。

長尾打心眼裡愛着阿貞，眼見戀人過世，禁不住哀毀逾恆。他親自為阿貞立了個靈位牌，供奉在家中的佛堂裡，每日焚香祭拜。

對於阿貞臨死前所說的不可思議之事，長尾無時無刻不在回味思索。為了不負阿貞的在天之靈，他嚴肅地提筆寫下一紙婚約，並摁下手印：「如果阿貞藉由他人的軀體歸來，無論是誰，我都一定會與其結為夫妻。」隨後，鄭重地將婚約密封好，藏於阿貞的靈位牌旁邊。

然而，長尾畢竟是家中的獨子，肩負傳繼香火之責，結婚是必須的。迫於家人不斷催逼的壓力，長尾不得不屈服，迎娶了父親挑選的一個女子為妻。婚後，長尾依然每天都到阿貞的靈位牌前祭拜。他對阿貞的愛慕之心，並不因為時光的流逝而稍有遞減。儘管阿貞的一顰一笑，早已如夢般消逝，黯淡在他的記憶深處。

歲月如梭，就這樣過了好多年。

這些年頭裡，似乎所有的噩運，都降臨到長尾的頭上。雙親、妻子、唯一的幼子，相繼與他陰陽永隔。天地雖大，長尾卻已是舉目無親，孤零零地一個人活在這世界上。為了忘卻喪親之痛，他決定離開空空如也的家，踏上旅途，雲遊四海。

一日，行經伊香保村。此地四面環山，以溫泉名聞遐邇，水汽氤氳、風景優美。長尾決定在此多留數日，賞玩景致，遂到當地的客棧投宿。客棧裡，有一位年輕的女侍，長尾和她雖只是初次見面，卻不知為何，一看到這女子，他的心就「撲通撲通」直跳。更奇的是，細看那女子的容貌，竟與阿貞恍然相似。

「我不是在做夢吧？」驚訝的長尾狠狠地掐了掐胳膊。疼痛清晰地告訴他，這不是夢！

女子提燈送酒、鋪床疊被，在房間裡忙忙碌碌，進進出出，舉手投足間，活生生便是與長尾有過婚約的阿貞。年輕時的甜蜜記憶甦醒了，長尾低聲喚住了她。她溫柔地回應着，聲音清脆甜美，令長尾一掃這段日子以來的憂傷陰霾。

半信半疑中，長尾鼓足勇氣，詢問道：「這位姑娘，真不好意思，其實，你長得很像我的一位故人。你第一次進房間時，我就幾乎嚇了一跳。恕我冒昧，你的出生地和芳名，能否見告呢？」

女子默然片刻，忽然似魂靈附體一般，以昔年阿貞的口吻答道：「我名叫阿貞，而你，是越後國的長尾長生，我的未婚夫。十七年前，我在新潟離世，那時，我們約定你要等我再度歸來。你還寫下婚約，並摁上手印，就藏在佛堂裡我的靈位牌旁邊。現在，為了這個約誓，我回來了……」

說完最後一個字，女子登時失去了知覺。

後來，長尾與女子結了婚，兩人情投意合，美滿幸福。但每當長尾問起她在伊香保村的事，或者與阿貞有關的前塵往事時，她卻完全記不起絲毫來。

過往的一切，早已在二人相會的那一瞬間，被神秘之火燃盡。留下的，唯有眼前的緣分需要珍惜！

〇四

乳母櫻

乳母桜

三百年前，在伊予國[①]溫泉郡的朝美村裡，住着一位名叫德兵衛的大善人。這德兵衛是村裡及周邊最有錢的財主，家資萬貫，卻並不恃財驕橫，因此頗受村人愛戴，一致推舉他做了村長。然而美中不足的是，德兵衛到了四十歲，還未嚐過身為人父的滋味。為擺脫膝下無人承歡之苦，德兵衛和妻子常到朝美村著名的西法寺裡，向不動明王燒香許願，期望求得一子半女。

正所謂「心誠則靈」。這一年，德兵衛夫妻如願以償，妻子懷胎十月，產下一女。女娃兒生得粉嫩可愛，人見人誇，德兵衛替她取名「小露」。因為母親的奶水不足，德兵衛便請了位喚作阿袖的女子，來當小露的乳母。

年復一年，小露在父母與乳母的關懷呵護下，逐漸長大，成了一個亭亭玉立的美少女。可是，十五歲那年，小露不幸生了場大病，每個醫生都認為已經無藥可治。視小露如同己出，像親生母親一樣疼愛她的乳母阿袖，焦急萬分。於是便暗中來到

① 伊予國，屬南海道，俗稱予州，今愛媛縣。

西法寺，在不動明王神像前，誠心實意地為小露祈禱。整整二十一天裡，阿袖日日虔誠膜拜，並供上鮮花素果。到了結願之日，小露竟奇跡般地痊癒了。

德兵衛一家上上下下，無不喜出望外。為了慶賀愛女康復，德兵衛把親戚、鄰居、好友等全部請來，熱熱鬧鬧地擺宴款待。然而，就在大宴賓客的當晚，乳母阿袖卻突然染上急病。隔天一早，醫生通知說，阿袖已病危。

德兵衛家中為這突如其來的壞消息悲傷不已，他們聚在阿袖的床邊，唏噓流淚，準備同阿袖告別。阿袖強撐着病體，緩緩道出了一段不為人知的緣由：

「現在，是時候把真相告訴諸位了。事實上，我曾向不動明王許下誓願，只要小姐能安然無恙，我願意代小姐而死。如今，神明已經實現了我的願望，那麼，就該輪到我實踐諾言了。各位，請不要為我的死而感歎悲哀……我還有一個小小的請求，原本，我想把一株櫻樹，作為謝禮及紀念之物，供獻到西法寺內。這也是當時我向神明立下的誓言。但如今我已無法親手種下櫻樹，就請替我履行這最後的心願吧！……在此先告別了。我能代露小姐而死，心滿意足，還請各位多多珍重。」

話語甫畢，阿袖就離開了人世。

阿袖的葬禮結束後，小露的雙親擇了個吉日，親手將一株精選出來的上好櫻樹，栽種在西法寺內。這棵櫻樹茁壯成長，並在來年的二月十六日——阿袖的忌日，開出了美麗燦爛的花朵。

此後的二百五十四年間，這株櫻樹總在二月十六日如期開花，從未間斷過。其花粉紅與素白相間，白裡泛紅，酷似女子因分泌乳汁而濕濡的乳房。世人對此嘖嘖稱奇，因此，就把此樹稱為「乳母櫻」。

〇五 計略

かけひき

已經定好了，死刑就在屋敷裡執行。因此那個男人被押了過來，跪在一片空曠的沙地上，那裡有一條用踏腳石鋪成的小路，如同你現在還能在日式庭院中看到的一樣。他的胳膊被反綁在身後，家臣們在桶中裝滿了水，又在米袋裡裝滿了石頭。他們將米袋堆在那跪着的人四周，擠得他無法動彈。屋敷的主人來了，見到這般安排，對家臣們的工作很滿意，便未置一詞。

突然，那個罪人對主人大聲喊道：

「尊貴的大人啊，我並非有意犯下這致命的過錯。我是因為太愚蠢，才犯下了這個罪過。都是因為命定的報應，我才生得這麼蠢，我才不得不犯錯。但是殺掉一個蠢人，就是您在犯錯了——犯下這種錯是會遭到報應的。如果你殺掉我，我肯定會報復的——冤冤相報，罪惡必將由罪惡來償還……」

任何懷着強烈的怨恨而被殺死的人，他的鬼魂必定會來找兇手復仇。主人明白這一點。他溫和親切地回答道：

「等你死了之後，倒是可以如你所想的那樣，讓我們感到畏懼。不過，我們並不相信你所說的話。

因此，你能在被砍頭後，給我們一點關於你強烈怨恨的證明嗎？」

「我一定會的！」那人回答。

「很好，」主人抽出太刀，說道：「現在我就要砍下你的頭。在你面前有一塊踏腳石。等你的頭顱被砍下後，你試着咬一咬這塊石頭。如果你憤怒的靈魂能幫你做到這一點，我們可能會感到害怕……你能試着咬一咬這塊石頭嗎？」

「我會咬的！」那人憤怒到了極點，大喊着：「我會咬的！——我會咬的！」

一道寒芒嗖地閃過，伴着斷裂聲和撞擊聲，死囚的身體佝僂着倒在米袋上，兩道鮮血從斷開的脖頸處噴湧而出。而頭顱則滾在了沙地上，快速地朝踏腳石滾去，然後，突然躍起，兩排牙齒咬住了石頭的上緣，絕望地堅持了一會兒，最後毫無生氣地落了下來。

沒有人說話，家臣們驚恐地看着他們的主人。主人面不改色，將他的刀遞給身畔的侍從，侍從用一把木勺舀水，從刀柄至刀鋒細細清洗着，而後用一塊軟布認真地擦乾刀刃。至此，行刑正式結束。

此後數月，家臣和族人們無時不在擔心鬼魂前來騷擾。他們毫不懷疑會遭到報復；無休無止的恐慌使他們產生了幻聽與幻視，聽到和看到了許多根本不存在的東西。他們害怕風吹竹子的聲音，甚至害怕花園中晃來晃去的影子。最後，經過一致協商，他們決定去懇求主人為那個死囚做場法事，超度並安撫他渴欲復仇的魂靈。

「完全沒有必要」，當家臣代表把大家的願望告訴主人時，主人說：「我知道死者強烈的復仇情緒，會造成恐懼。但是目前，沒有什麼值得我們恐慌。」

家臣滿臉懇求的神色，望着主人，接着吞吞吐吐地問主人，為何會有這樣堅定的信心。

「啊，原因很簡單。」主人的話解答了他們的迷惑：「那個男人只有最後一個念頭才是最危險的。當我故意挑釁他，讓他給我一個證明時，便把他復仇的對象給轉移了。他死時懷着一個明確的目標，就是要咬踏腳石；他達成了這個目的，就無法再實現別的願望了。其餘的他都忘記了……因此，對於此事，你們無需再擔心。」

果然，那個死囚沒有製造任何麻煩。此後太太平平，什麼事情也沒有發生。

〇六 鏡與鐘

鏡と鐘と

八個世紀之前，在遠江國[①]的無間山上有座寺院，寺裡的僧人們想在正殿裡安放一口青銅大鐘。為此，住持發出佈告，希望女施主們能踴躍捐贈青銅鏡，襄助寺裡打造一口青銅大鐘。

（甚至到了今天，在日本某些寺廟的院子裡，你還可能看到為了這一目的而收集來的，堆積如山的青銅古鏡。我所見過的擁有最多青銅古鏡的寺廟，是位於九州博多的一所淨土宗寺廟，這裡的銅鏡是為了鑄造高達三十三尺的阿彌陀像而募捐來的。——小泉八雲按）

那時候，無間山上住着一位年輕的農夫之妻，為了響應熔鏡鑄鐘的號召，將自己的銅鏡捐了出去。然而，銅鏡剛剛捐出，她就後悔了。她想起母

① 遠江國，屬東海道，俗稱遠州，因境內的濱名湖又稱「遠之淡海」而得名。今靜岡縣西部。

親曾經告訴她，這面鏡子不單是她母親所有，還是由祖母、曾祖母、高祖母等先人，世代相傳下來的。此鏡承載了家族太多的記憶，並映照過諸多幸福的笑靨，實在是彌足珍貴。

可是銅鏡既已捐出，絕無再討回之理。當然，她可以給寺院送去一定數目的金錢，用以贖回傳家之寶。但她很窮，根本拿不出足夠的錢來。因此，她只好天天跑到寺院去，透過隔離的柵欄，在高高堆積的幾百面銅鏡裡，極目搜尋自家的那面鏡子。寶鏡的背面雕刻有象徵吉祥長壽的松竹梅圖案，一眼就能認出。每當此時，她總會回想起母親第一次將鏡子拿給自己看時，那眉開眼笑、愉悅喜慰的情景。

「只要有機會，我一定要把鏡子偷回來，愛護它、珍藏它，直到永遠。」婦人暗暗發誓。可惜，這樣的機會並不是說有就有的。漸漸地，她變得鬱鬱寡歡起來，彷彿失落了生命中最重要的東西，心神備受煎熬。

此時，她想到了一句古老的諺語：鏡子是女性的靈魂（在眾多古鏡的背後，都刻有漢字「魂」，似帶有神秘色彩）。它會配合主人的心思，做出不可思議的事。她害怕這是真的，害怕這種真實會比她曾經幻想的一切更加詭異。然而，她又不敢向他人訴說內心的痛苦。

當無間山為鑄造大鐘而募捐來的數百面青銅鏡，全部被送進了鍛鑄場後，怪事發生了：鑄造師發現裡邊有一面鏡子，連續三次送入熔爐中，都無法熔化。這面鏡子似有靈魂般，在極力抗拒着。很顯然，有個女人後悔了，她捐出銅鏡給寺院，並非出自衷心所願。因此，鏡子上附着了她自私的執念，從而在火爐中變得堅硬冰冷，自然無法被烈火熔化。

這件事一傳十、十傳百，迅速傳播開來，大夥都想知道，到底是誰出爾反爾、使得銅鏡無法燒熔！

終於，真相大白於天下，鄉人們都知道了原來是由於那個女子的過失，才導致銅鐘難以鑄造。女子羞愧莫名，無顏面對這難堪的恥辱，在留下一封遺書後，投河自殺了。遺書如此寫道：

「在我身死之後，銅鏡熔化自會輕而易舉。來敲此大鐘者，若能將大鐘敲破，我將以幽玄之力，賜予他大富貴。」

含怨而死的人所留下的約誓，具有超自然的神秘力量，這在當時是被廣泛認可的。那女子死後，銅鏡果然被順利地熔化了，青銅大鐘亦隨之順利鑄成。人們想起那女子的遺書所言，對此深信不疑，便蜂擁去到寺裡，個個都想試試看能否將大鐘敲破。他們使盡吃奶的力氣，拚命地搖撼撞鐘槌，沉重清脆的鐘聲響徹四方，無時或歇。事實證明，那大鐘的品質也實在是好，無論多麼猛烈的撞擊，都不能損其分毫。

儘管如此，在「敲破大鐘者，可得大富貴」之言激勵下的人們，是不會輕易氣餒的。日復一日，由早至晚，從四面八方湧來的人潮，依然前赴後繼地不停敲鐘。僧人們不堪其擾，屢次勸阻均告無效，鐘聲變成了痛苦的折磨。

終於，忍無可忍之下，住持下令，讓僧人們將造成巨大困擾的青銅大鐘抬到懸崖邊，推了下去。萬丈深淵下，是幽暗的沼澤，將大鐘徹底吞噬，鐘聲也就此成了絕響。——這個古老相傳的軼聞，被稱為「無間山鏡與鐘的傳說」。

時至今日，對於某種因精神作用而導致的，難以置信的效果的信仰，在日本依然是個古老神秘的存在。這種信仰很難表述，只能用「される」這個詞來稍加形容。這個詞本身也無法用英語中的詞彙來充分表現，因為它與許多種關於模仿的魔法有關，也與許多密教裡的信仰行為的施行有關。在字典中，「される」通常的意思是「模仿」、「比較」、或「模擬」，但是它的深層含義卻是在想像中將一種物體或行為「替代」為其他的物體或行為，以便取得某種不可思議的神奇效果。

舉例來說，你無力去建造一座寺廟，但你可以輕易地在你所信仰的佛像面前放上一顆鵝卵石。與此相類的虔誠之心，即可促使你在富有的時候去建造一座寺廟。這種供奉一顆鵝卵石的功德與建造一座寺廟的功德是同等的，或者說是幾乎同等的。你無法遍讀六千七百七十一卷佛經，但是你可以建造一座旋轉的藏書室，把它們放置其中，如同絞轆轤一般使其轉動。只要你懷着讀六千七百七十一卷佛經那樣的熱忱去推動它，那麼你就會獲得如同讀了六千七百七十一卷佛經那樣的功德……這些比擬，差不多就可以解釋「される」的宗教含義了。

不過，沒有大量例子的話，這種神秘的含義依然無法完全解釋清楚。為了理解這種觀念，舉出下面這個事例是必要的。如果你像「丑時之女」詛咒草人那樣，做個小稻草人，到了丑時，用五寸釘將草人釘在神社附近的樹林裡，只要你想像這個稻草人代表某個人，那麼此人就會在極大的痛苦中死去[1]。這也可以說明「される」的含義……或者，讓我們想像有個強盜深夜闖入你家，把你的財物席捲而空。如果你能在你的花園裡發現強盜的腳印，並迅速地在每個腳印上點燃一大捆艾絨，強盜的腳底就會着火，除非他回來，心甘情願地接受你的處置，否則就不得好死。這便是「される」所表達的另一種不可思議之處。第三種不可思議之處，可以在以下這個無間鐘的後續傳說中找到例證。

青銅大鐘被僧人們推入崖下的沼澤後，當然再也不能被敲破了。人們在惋惜之餘，又開始想像，即使敲破的只是青銅鐘的替代品，仍然能夠帶來大富貴。這其中有一個名叫梅枝的妓女，對此說亦深信不疑。梅枝與後來令平氏一門聞風喪膽的武將梶原景季[2]關係密切。某次他們結伴同遊，途中，因景季盤纏用盡，二人陷入窘境。梅枝忽然想起了無間鐘的傳說，便找來一隻青銅缽，心中默默存想，將青銅缽想像成那口大鐘，一邊用力敲打，一邊高呼：「黃金三百兩，黃金三百兩！」

---

① 丑時，凌晨一點到三點，傳說中地獄之門開啟，鬼怪、幽靈活動頻繁之時。丑時之女，又名「丑時參」（うしのときまいり），因其固定於丑時出現而得名。她是日本的知名女妖，兇殘狠厲。據說「丑時之女」標準的穿着是身披白衣，胸口掛一面銅鏡，腳踩單齒木屐，臉上塗抹着朱紅色的粉底，嘴裡啣一把木梳，頭頂三根點着了的蠟燭，蠟燭代表着感情、仇恨、怨念三把業火。火勢越大，則丑時之女越兇惡。

② 梶原景季（一一六二—一二〇〇）：鎌倉前期關東名將，身高七尺，面如冠玉，風流倜儻。曾在「強渡宇治川」和「一之谷會戰」中立下大功，被平家武士稱為「厲鬼景季」。從開篇的「八個世紀之前」到梶原景季的登場，可推知本文的故事，當發生於平安時代末期至鎌倉幕府初期。

有一位與景季、梅枝同宿一間客棧的富商，聽到梅枝邊敲缽邊唸唸有詞，便饒有興致地上前詢問原委。當他得知兩人的窘況後，竟然慷慨地資助給他們三百兩黃金。景季、梅枝狂喜不已。

事後，梅枝敲缽得金的經歷被編成了歌謠，到處傳唱：「梅枝敲銅缽，百金唾手得，勸女應如是，換取自由身。」——沸沸揚揚地弄得幾乎所有人都知道了。

梅枝的成功，使得無間鐘再度聲名大噪。眾多凡夫俗子紛紛傚倣梅枝，希望成為她那樣的幸運兒。其中有一個住在無間山大井川土堤上的農夫，整日裡好吃懶做、遊手好閒，過着放蕩的日子。他也幻想着能不勞而獲，藉助無間鐘來發財。於是，就在自家的院子裡，挖來泥土，照着無間鐘的樣式塑了一口泥鐘，隨後邊敲邊喊：「錢來、錢來、錢快來。」

果然，從地底冒出了一位身穿白衣，長髮披肩的女子。她手執一個有蓋的粗口壺，朝着農夫頷首微笑，說道：「汝之殷殷祈懇，吾俱已知悉。而今賜汝此壺，以示回應。」語畢，女子將粗口壺塞到農夫手裡，隨即消失不見。

農夫高興得合不攏嘴，急忙飛奔入屋，將這個好消息告訴妻子。奇怪的是，本來輕巧的壺，此時卻變得頗為沉重。夫妻倆一起興奮地翻開蓋子，只見到：壺裡的東西迅速充盈，溢過邊緣，然後不斷地漫出來、漫出來……

那是什麼東西呢？抱歉，我真的不能告訴你。但從此之後，再也沒有人想靠無間鐘一夜暴富了。因為，那將帶來可怖的後果。

〇七 食人鬼

食人鬼

昔時，禪宗有道高僧夢窗國師①，曾孤身一人雲遊至美濃國②化緣。美濃嶺脈綿延、山道崎嶇，夢窗不知不覺在山裡迷了路。他彷徨良久，始終尋不到出山的路徑，又找不到鄉人指引，失望之下，見黃昏已過，只得盤算着暫留山中過夜，待次晨再覓路出山。

日影西沉，粼粼餘暉中，夢窗突然望見山頂上

① 「國師」，是歷代封建統治者對佛教中德學兼備的高僧所賜予的稱號。夢窗國師（一二七五—一三五一），日本臨濟宗高僧，俗姓源，名疎石，宇多天皇九世孫。他一生不求名利、不進權門，精研佛法，大揚禪風，曾被朝廷敕賜七大國師尊號，稱「七朝帝師」。其法系後來形成夢窗派（又稱嵯峨門派）。他不但是日本大名鼎鼎的一代名僧，更是修建庭園的巨匠，對日本諸多名寺名園的建造，做出了卓越貢獻。

② 美濃國，屬東山道，俗稱濃州，今岐阜縣南部。

有座孤零零的小廟，頗為陳舊，似乎荒廢已久，急忙趕了過去。破廟裡住着個上了年紀的老和尚，夢窗懇求他讓自己寄宿一晚，不料老和尚卻毫不猶豫地嚴詞拒絕了。不過，他另外給夢窗指點了一個去處，鄰近的山谷裡有個小村子，在那裡或許能找到食宿的地方。

夢窗無奈，唯有依照老和尚的指點，好不容易才找到了那個村子，村裡零散住着大概十一二戶人家。村民們聞知夢窗來意，欣然地帶他來到村長家。夢窗甫一進門，就見四、五十個男子圍坐在正廳中，似乎正商議着什麼。隨即有人上前，將夢窗領到了隔壁的一個小屋裡，屋內被褥、乾糧俱全。夢窗此時已非常疲乏，飽餐一頓後，躺倒便睡，不久就進入了夢鄉。

子夜時分，突然從隔壁屋中傳來陣陣嚎哭聲，夢窗一驚而醒。過得片刻，紙門被輕輕拉開，一個後生提着燈籠進到屋裡，謙恭地行了一禮，說道：

「大師，深夜叨擾，在下實感不安。您風塵僕僕前來投宿，旅途勞頓，在下本當盡力招待，但有一事，有義務告知於您——家父，不幸於一個時辰前故去了。在下忝列家中長子，現已是一家之主。適才正廳中所坐者，皆是村里鄉鄰，專為家父守靈而來。

「依照本地風俗，每當有人去世後，任何人都不得留在村中，只能留下亡者的遺骸。因此，我等即刻就要離開本村，到三里外的另一村去。而留有遺骸的死者家裡，當晚總會有不可思議之事發生。——所以，雖頗難啟齒，但在下還是懇請大師，和我們一道去鄰村吧。那裡可以提供更好的食宿。

「當然，大師乃得道高僧，您法眼觀來，妖魔鬼怪不過等閒，又何懼之有？倘若您不介意獨自與家父遺骸為伴，那麼此間屋子盡可供您歇息。不過，今晚除了您，絕不會再有人膽敢留下來了。」

夢窗聞言，答道：

「貴殿盛情厚意，老僧銘感在心。承蒙告知令尊辭世之消息，老僧雖略有疲乏，然誦經為亡者超度，卻是分所當為。先前聽你言語，本以為要在離去之前，請老僧為令尊誦經。既然別有緣由，那麼老僧就等貴殿離去後再唸吧！至於幽靈鬼怪之事，老僧並不畏懼，請您不必掛懷。我會在令尊身旁守候，直至天明。」

那後生聽了夢窗言之鑿鑿的一席話，欣喜感激之情溢於言表。不一時，家人和正廳裡的村鄰們也都知道了此事，紛紛入屋來致謝。隨後，主人又說道：

「大師，留您獨自一人在此，我等心中實在抱歉萬分，但現在必須啟程了。村約規定，子夜過後，便不得再行停留。此處就請您多費心了。我們不在期間，如果您聽到或看到什麼怪異之事，等我們明晨歸來後，萬乞告知！」

言畢，一眾村人盡皆告辭離去，只剩下夢窗國師。他起身來到斂屍間，但見遺體前擺滿了供品，一盞小明燈熒熒燃照，便在屍首旁低聲誦起了「引導之偈」①。誦偈完畢，夢窗盤腿而坐，冥想入定，逐漸四周一片空明，村子內更無絲毫聲響。

涼夜已深，周遭愈發靜寂。突然，一個巨大且模糊的黑影，無聲無息地飄進屋來。登時，夢窗感

① 「引導之偈」是佛教大德以甚深悲願力，引導亡者魂靈進入極樂淨土的梵頌。

到自己四肢痲痹，喉嚨間也發不出聲來，只能僵坐在原地，眼睜睜地看着黑影飄到屍體旁。只見那黑影伸出手爪，如貓吃老鼠般抓住屍首，狼吞虎嚥地啃吃起來。從頭髮開始，繼而臉部、骨頭、四肢，甚至壽衣，都被飛快地吃了個精光。

妖怪吃完屍體後，又轉向祭奉的供品，也一口氣吃個乾乾淨淨。然後像來時一樣，無聲無息地飄走了……

次日清晨，當村人們返回時，大老遠就望見夢窗站在村長家門前等着大夥。大家逐一向夢窗行禮後，相繼入屋查看，但是竟無一人對屍體和供品的消失不見而感到意外。屋主對夢窗說：

「大師，大概昨夜有什麼不愉快的事情發生了吧？我們一直在擔心您，現在見您平安無恙，實在是太好了。如果有可能的話，我等十分樂意留下陪伴您，但本村村規卻必須遵行。如今，由於您的堅持，破除了這一規定，那妖怪必將得到報應。至於屍首和供品緣何不見的原因，想必您已看到了吧？」

於是，夢窗便將看到那個巨大而朦朧的影子啃食屍體的事情說了一遍，在場的人默默聽完，卻並不感到驚訝。屋主解釋說：

「大師，適才您所敘述之情形，與我們村裡世代流傳下來的傳說完全一致啊！」

夢窗默然半晌，詢問道：

「在村前的山上，不是有一位老和尚嗎？難道他從來不為亡者誦經？」

「什麼老和尚？」屋主頗感詫異，反問道。

「昨日傍晚老僧就是得他指點，才找到貴村投宿的。」夢窗說，「我本意在那山上的廟裡寄宿一晚，不料被他一口回絕。幸而他還指引了來此的路徑。」

村民們聞言面面相覷，都露出了驚愕的表情。沉默良久之後，屋主才說道：「大師，向來都不曾有什麼廟在那座山上。祖祖輩輩居住於此的村民們，也從來沒見到過什麼老和尚。」

夢窗見屋主如此說，便不再多問。很顯然，這裡的村民們已經被傳聞中的妖怪給嚇住了。於是夢窗索性辭行，向村人請教了道路，再帶上些食物，打定主意再去山上的那座小廟瞧瞧，以確定自己是否真的受了誆騙。他毫不費勁地就找到了小廟，這回，那個老和尚非常有禮貌地邀請他進廟。

夢窗剛踏入廟門，老和尚就畢恭畢敬地躬身行禮，惶恐地說道：「慚愧，慚愧！真是慚愧萬分！」

夢窗趕忙回禮，說：「方丈，您無須為昨日婉拒貧僧一事介懷。多虧您的指點，貧僧方能在那村中受到殷勤招待。貧僧感激不盡，今番特來致謝。」

「老衲實是無法容留他人在此過夜，慚愧之至啊！」老和尚說道：「因為，我擔心被人窺破了真面目。大師，您昨晚所見到的那個吃死屍與供品的黑影……正是我。其實，我是個食人鬼，專吃人肉……

「望大師大發慈悲，容我懺悔是如何墮落成這副怪模樣的！

「那是很久以前的事了，那時候，我是這偏僻地方唯一的僧人。方圓數十里，沒有任何其他的僧侶。因此，但凡附近有人亡故，都會被抬上山來，由我來誦經引導，往生極樂。就這樣，日復一日，單調乏味的誦經工作，令我感到厭煩無比。而且這樣的千篇一律，也僅能給我剛夠溫飽的衣食而已，我不由得深感憤憤不平。這些自私的念頭在我腦中不斷滋長，經年累月，終於變成了貪婪的執念。在我死後，執念不滅，導致我的靈魂變成了食人鬼。

「自此，只要這一帶誰家死了人，執念就逼迫我，一到深夜非吃那死屍不可，無法逃避也無從選擇。正如大師您昨夜所見一般……

「大師，現在您已經知道了前因後果，我懇求您，為我做場『施餓鬼會』[1]超度吧！這樣我就能早日脫離苦海穢界，轉世為人了……」

話剛說完，老和尚立即隨着嫋嫋餘音消失不見，小廟也在頃刻間消失得無影無蹤。只剩下夢窗國師獨自一人，若有所思地跪坐在長草叢中。他的身旁，是一座遍生青苔、年久失修的五輪塔[2]。據說，那五輪塔就是老和尚的墳墓……

---

① 「施餓鬼會」，又稱「施餓鬼食」、「施食會」、「水陸法會」、「冥陽會」等，是為墮於惡境之餓鬼施予諸種飲食的經懺法事。食人鬼，是餓鬼中的一種。

② 「五輪塔」是以五種形狀的石頭，分別象徵宇宙五大元素「地、火、水、風、空」，逐層堆疊而成的塔。從下至上分別是：方形（代表地）、圓形（代表火）、三角形（代表水）、半月形（代表風）、寶珠形（代表空）。

〇八

貉

むじな

在東京的赤阪大道上，有條坡道名為「紀國阪」——代表的含義是「紀伊國的斜坡」。為什麼要把斜坡叫這個名字，我並不清楚，也許是因為紀州侯的藩府曾經建邸於此的緣故吧。在這坡道的一側，有一道從古老年代留存下來的壕溝，既深且寬。溝上的土堤長滿青草，蜿蜒攀升直通公園；而坡道的另一側，則一路伸展至皇宮巍峨宏大的高牆下。在以前沒有街燈和人力車的時代，一到天黑，此地就變得冷冷清清，寂靜無聲。因此，晚歸的行人，日落後寧可多繞幾里彎路，也不願單獨爬上紀國阪。

傳說，這其實是因為貉常在附近出沒而造成的。

最後一個看見貉的人，是住在京橋的一位年邁商人，而他早在三十年前就去世了。以下就是他講的故事：

某日的傍晚，日影西斜，天色漸暮，那時商人還很年輕，想趕在天黑透前抓緊時間爬上紀國阪。這時候，他發現一名女子孤伶伶地蹲在壕溝邊抽泣，一副將要投河自盡的樣子。商人擔心不已，便停下腳步，來到女子的身後，想盡力幫助她、安慰她。那女子身材窈窕、氣質高貴，衣着也頗體面，頭髮梳得整整齊齊的，披在肩頭，看上去像來自善良人家。

「這位姑娘」，商人邊說邊靠近那女子，「你別哭啦！有什麼煩心事請告訴我，如果能幫得上忙，我很樂意助一臂之力」。此話確實出自他的真心，因為他本來就是個富有同情心的人。可是女子並不答話，依然哭個不休，還用長袖遮住了臉。「姑娘」，商人以更柔和的口吻輕聲說道：「你聽我說，夜已深，此地不是你這種年輕的女子晚上能待的地方。別再哭了，你只要告訴我，該怎麼做才能幫到你？」

女子緩緩地站起身子，依然背對着商人，一面繼續用袖子掩着臉哭泣，一面碎步輕移，慢慢地挨近商人。商人把手輕輕地搭在女子肩膀上，懇切地說：「姑娘……姑娘，請你說話。姑娘……喂……姑娘！」

終於，那女子轉過身來，放下了袖子，用手朝臉上一抹！商人順勢一看，登時嚇得面色蒼白。原來，那女子的臉面光光的，鼻子、眼睛、嘴巴統統都沒有。商人驚叫一聲，拔腿就跑。

他連滾帶爬、驚慌失措，一眼都不敢往後瞧，沿着坡道向上逃，前方一團漆黑，什麼都看不見。好不容易遠處出現了一點螢光，那是一家亮着燈火的賣蕎麥麵的小攤子。商人忙不迭地逃到麵攤

前，驚魂稍定，趴在攤主的腳下大口地喘息，嘴裡上氣不接下氣地喊着：「哇！——啊！！——呀！！！」

「喂，喂！」攤主粗魯地問道，「發生什麼事啦？有人要害你嗎？」

「不——沒人害我」，商人氣喘吁吁地說，「只是……哇——啊啊！」

「只是什麼？嚇成這樣？」攤主冷冷地問，「是強盜？」

「不是強盜，不是強盜！」被嚇壞的商人邊喘邊答，「我看到……我看到一個女子——就在壕溝旁——她往臉上這麼一抹，就……就……我真不知道該怎樣跟你形容，我看到了什麼！」

「哦。那女人給你看的，是這個樣子嗎？」攤主背過身去，又突然扭過頭，也朝着自己臉上一抹。

商人驚恐地看到：攤主的那張臉，像雞蛋一樣光滑，臉上也是什麼都沒有……

商人當場昏厥，癱倒在地。同時，燈滅了。

○九 轆轤首①

ろくろ首

大約五百多年前，有一個武士，名叫磯貝平太左衛門武連，是九州大名②菊池氏的家臣。磯貝武連的祖先英勇尚武，磯貝也繼承了先輩們的尚武精神，勤練武藝、身強力壯。還是個小男孩的時候，他就在劍術、射箭和長槍上，擊敗了授業恩師，顯示出勇武嫻熟的武士才能。此後，在「永享之亂」③

① 日本民間傳說，脖子會伸長但不脫離身體，或者頭顱與身體可以分離，並四處遊走的長頸妖怪，稱作「轆轤首」（ろくろ首），或「飛頭蠻」。其特徵是脖子伸縮自如，與井邊打水時控制汲水吊桶的轆轤頗為相似，故名。

② 大名，日本封建社會佔有大量土地（通常都在萬石以上）的大領主。江戶時期採用「幕藩體制」，地方各國設藩，藩主亦稱大名。

③ 室町幕府第四代將軍足利義持去世後，因無子繼嗣，諸將決定由其弟義教繼任將軍。關東管領足利持氏對此深為不滿，遂於一四三八年（永享十年）舉兵反叛幕府，後事敗自殺。「永享」是日本年號之一，時在一四二九年至一四四一年。

中，磯貝武連又屢立戰功，威名顯赫。但後來菊池氏沒落，磯貝失去了主家，雖然他輕而易舉地就能投侍另一位大名，可他並不貪戀自我的功名，內心依然忠於前主家菊池氏。抱着「忠臣不事二主」的念頭，他甘願放棄了世俗的一切，削髮出家，成為一名行腳僧，法號「回龍」。

儘管身披僧袍，但回龍仍葆有武士的勇敢與熱忱。當年他藐視危險，如今依然故我。無論什麼季節，他都風雨無阻地四處傳法，沒有其他的僧人敢這麼做。那是個暴力橫行、無法無天的時代，單身行者，即使是僧侶，在路上的安全也毫無保障。

在回龍大師的首次長途旅程中，他曾經去過甲斐國[1]。那天晚上，他孤身一人，翻越甲斐的群山，四周漆黑一片，抬眼不見人煙。他見夜色已深，就想在星光下度過漫漫長夜，正好路邊有一片草地，便和身躺倒休憩。此時此地，也顧不得舒服與否，就算一塊光禿禿的巖石，對他來說也是一張好床；松樹根也算一個好枕頭了。他體魄強健，如鋼似鐵，從不畏懼露宿時風霜雨雪的侵襲。

一個樵夫打從路上經過，扛着一把斧頭，身揹大綑木柴。當時回龍還沒有入睡，樵夫見他躺在荒野中，十分好奇，便停了下來，一言不發地盯着他。過了一會兒，樵夫用極度驚訝的口吻對回龍說：

「大師，您是什麼人？竟敢獨自一人躺在這種地方！這裡時常有許多鬼魂出沒，您不害怕那些多毛的妖物嗎？」

「朋友」，回龍輕鬆地答道：「我只是個雲遊四方的僧人，也就是俗話說的『雲水僧』而已。如

① 甲斐國，屬東海道，亦稱為甲州，今山梨縣。

果多毛妖物是指狐妖、怪獸什麼的，我倒是一點也不怕。至於像這種人跡罕至的地方，其實我是挺喜歡的，因為很適合靜思。我已經習慣露天而眠了，並且還學會了不為自己的生活操心。」

「大師，您真是個勇敢的人。」那個樵夫道：「敢躺在這裡的人都不簡單！這個地方有一個糟糕的名字，非常糟糕的名字。我跟您說，就像俗話裡講的：『千金之子，坐不垂堂』，睡在這裡是非常危險的。所以，儘管我家只有一間茅草屋，但還是請您趕快跟我回家吧。雖然沒有什麼吃的招待您，但至少我家的屋頂能讓您毫無危險地睡上一覺。」

回龍見樵夫說得如此懇切，語氣又十分和善，便接受了他善意的邀請。樵夫領着他從一條捷徑穿越深山老林。這條小路崎嶇不平，險象環生，有時緊鄰懸崖、有時盤曲如蛛網、有時又四壁皆是巉巖。最後，回龍發現自己來到了山頂的一片空地上，當頭一輪滿月，清輝瀉地；眼前一間小小茅草屋，沐浴在如水月色之下。樵夫帶回龍來到屋後的一間小棚子裡，在那裡，有從臨近泉眼處用竹管引來的清水，兩個人在那裡洗了腳。離棚子不遠有一小片菜地，還有一片雪松和竹林。林後有一條小瀑布從高處飛流而下，在月光下如一匹白練垂掛懸崖。

回龍和他的嚮導走進茅屋，看到了四個人，有男有女，正圍在屋中間的爐火旁烤手。見到回龍，他們都向他鞠躬致意，禮數周全。回龍頗感奇怪，這些人這麼窮，又住得如此偏遠，怎會懂得優雅的禮節呢？他心下自語：「看來肯定有哪位懂規矩的人，教過他們這些禮數。」等大家都向他致禮之後，他轉向那個樵夫，也就是主人，說道：

「從您的談吐和您家人的彬彬有禮來看，我想

您不是一個樵夫。也許您以前是個有身份的人？」

那個樵夫笑着回答：

「大師，您說對了。儘管現在境況窘迫，以前我還真是個有地位的人。我的故事，是一個沒落的故事——由於我的過錯而造成的沒落。從前，我是一個大名的家臣，地位還蠻高的。但是我既好色又貪杯，因此變得行為乖張。我的自私導致了家族的毀滅，也害死了許多人。報應如影隨形，迫使我不斷逃亡。所以我經常祈禱，希望自己能夠贖罪，並重振家風。可是恐怕沒什麼機會了。現在，我只希望能盡力幫助那些不幸的人，通過自己的懺悔去洗脫業報。」

回龍聽了樵夫這番話，深受感動，說道：

「朋友，既然我有機會見到你懺悔年輕時的過錯，並想在往後的日子裡追求新生，那麼，我毫不懷疑你有一顆善良的心。佛經裡最重視以大願力尋求新生，懺悔惡行。我希望你會獲得好運。今晚，我將為你唸誦佛經，祈禱你能獲得力量，以擺脫惡業之報。」

說完，回龍向樵夫道聲晚安，主人把他帶到一間小偏房裡，那裡已鋪好了床褥。除了僧人外，大家都去睡了。藉着燈籠的光亮，僧人開始唸誦佛經，直唸了一個多時辰。隨後，他打開偏房的小窗戶，準備臨睡前再看一眼月夜風光。但見黑夜如此美麗：月朗星稀，靜謐無風，植物在明亮月光的照映下留下黑黢黢的影子；菜園的露珠閃閃發亮，瀑布的聲音在暗夜中更顯清越。聽着水聲，回龍突然覺得口很渴。他記得屋後的竹管裡有水，便想不打擾熟睡的主人家，自己去那裡找點水喝。他輕輕推開小偏房和正屋之間的屏風，藉着燈籠的光芒，竟看到正屋裡有五個身體斜躺着——沒有頭！

片時之間，他呆呆地佇立着，心下困惑異常，還以為遇到了強盜殺人。但很快他就意識到，地上沒有血漬，無頭的脖頸也不像是被砍斷的。他喃喃自語道：「這要麼是妖怪造成的幻覺，要麼就是我被騙進了轆轤首的家裡……《搜神記》中曾寫道，如果有人發現了沒有頭的轆轤首的身體，只要把身體挪到別處，頭就無法再與肢體連接了。書中還說，如果頭顱回來，發現身子被移動了，就會在地板上猛撞三次，像個球那樣上下蹦跳，憤恨地喘着粗氣，最終死去。現在，如果這是轆轤首的話，我可不是好惹的，我要按書上說的那樣去做。」

回龍抓住茅屋主人的雙腳，將他的身子拖到窗邊，拋了出去。然後又走到後門，發現門被閂上了。回龍猜想那些頭顱是從屋頂的煙囪飛出去的，因為只有煙囪敞開着。他不再回房，輕輕地取下門閂，來到菜園裡，再小心翼翼地走近小樹林。樹林裡有聲音在談話，他儘量走近些，這樣聽得更清楚。藉着樹蔭的掩蔽，回龍躲在陰暗處，而後從一棵樹幹後面，窺看話聲的來處。只見五顆頭顱飛舞在空中，一邊吃着它們在地面或樹叢間發現的蟲子，一邊閒聊。那樵夫的頭顱說道：

「哎呀，這個半夜來的行腳僧，長得多肥啊！要是吃了他，咱們的肚子早就飽了……我太蠢了，不該跟他講那些話——讓他為了我的懺悔而去唸什麼佛經。只要他在唸經，我們就沒法靠近他。不過天快亮了，說不定他已經睡熟了……你們誰去屋子裡看看那傢夥在幹什麼。」

一顆年輕女子的頭顱，立即快速地朝茅屋飛去，輕盈得像隻蝙蝠。一會兒後，它慌慌張張地飛回來，驚恐地大喊道：

「那個行腳僧不在屋子裡，他走了！但那還不是最糟的，他還移動了主人的身體，我不知道他把身體弄到哪裡去了。」

一言甫畢，茅屋主人的頭顱，在月光下鬚眉怒張，變得萬分猙獰。它雙眼圓睜，頭髮直豎，咬牙切齒，然後大喝一聲，淚落如雨，叫道：

「完啦，我的身體被移動了，再也連不上頭顱了，我要死了！這都是那和尚幹的！我死之前一定得抓住那和尚！我要撕碎他，把他吃掉！……我看到了，他就在這裡，就躲在樹後！快，把這個肥傢夥揪出來！」

說着，茅屋主人的頭顱率領其他四顆頭，向回龍的藏身處猛撲過來。強壯的回龍隨手拗斷一棵小樹當作武器，迎擊五顆瘋狂咬噬的頭顱。四個頭經不住擊打，飛逃而去。但那樵夫的頭儘管遭到多次重擊，卻還是絕望地不斷狠撲上來，最後咬住了僧袍的左袖。回龍抓住它的髮髻，連續重毆，那頭無法擺脫，發出一聲幽長的呻吟，隨即不再掙扎。它死了，但牙齒仍然緊緊咬住袖子。這種垂死前用盡全力的咬噬，使得回龍根本無法將它的下顎掰開。

樵夫的頭顱就這樣掛在回龍的袖子上，回龍回到茅屋後，那四個鼻青臉腫的轆轤首頭顱已經跟身體連到了一起，正縮成一團蹲在角落裡。看到回龍進屋，它們「哇」地一聲尖叫起來：「和尚來了，和尚來了！」慌忙從另一個門逃了出去，消失在樹林裡。

天光大白，回龍心知妖怪的力量只能在黑夜時存在，驚怖之心漸去。他看着掛在自己袖子上血肉模糊的頭顱，不禁笑道：「這個轆轤首也算是甲斐的土特產了！」接着，他收拾行李，從容不迫地下了山，繼續他的旅程。

他闊步前行，來到信濃國諏訪[①]，大大咧咧地走在主街上，那個頭顱一搖一擺地掛在他的肘部。女人們見到了無不昏厥倒地，小孩子則尖叫着四散奔逃，一群人吵吵嚷嚷地圍在他身邊，直到捕手（那個時代的員警）抓住他，把他投進了監獄。人們都認為那顆頭的主人，是被他謀殺致死的，死者在臨死前，用力咬住了僧人的袖子。捕手詢問回龍是怎麼回事，回龍只是微笑着，一言不發。

在監獄裡度過一夜後，回龍被帶到地方官面前。地方官責令他對此事做出解釋，為什麼一個和

① 信濃國，屬東山道，俗稱信州，今長野縣。信濃地分南北，南部為諏訪，號稱神國，寺社林立。

尚，會在袖子上掛着一顆人頭？而且還不知羞恥地帶着罪證，大搖大擺地走在街上！

面對這些責問，回龍大笑着答道：

「大人，我沒法把這顆頭從我的袖子上扯下來，是它自己咬在上面的——這大違我的本意。我沒有任何過錯，因為這不是一顆人頭，而是一顆妖怪的頭。我殺死了這個妖怪，卻不是讓它流血而亡。我只是自衛罷了。」然後他就把自己在樹林裡的全部經歷告訴給地方官——當講到與那五顆頭顱的戰鬥時，他忍不住發出了豪邁的笑聲。

但地方官和其他審訊者均神情嚴峻，他們認定回龍是一個身負血案的罪犯，所講的故事是在侮辱執法者的智商。因此，沒有過多審問，所有的官吏——除了一位年長的法官外——一致同意判處回龍死刑。那位老法官在整個審判過程中都一聲不響，但是，等聽完同僚們的裁決後，他站起身，說道：

「先讓我們仔細瞧瞧那顆頭吧。這是最關鍵的一點，卻沒有人提議。如果這和尚說的是實話，這顆頭本身就能作證——把頭拿上來！」

那頭還咬着僧袍的袖子不鬆口，差役將袖子從回龍的肩膀上撕下來，呈上公堂。老法官來回翻轉頭顱，細細檢查，發現在脖子的頸背處，有幾道奇怪的紅印。他連忙招呼同僚們過來，大家一齊細觀，都沒有找到脖子邊緣有被利器砍斫的痕跡。相反，那紅印彷佛落葉從枝頭自然掉落般，光滑平整。

老法官道：「現在，我確信這和尚說的是實話。這是一個轆轤首，《南方異物志》裡有記載，真正的轆轤首的頸背處，能夠看到紅色的印跡。這就是它的特徵：你們看，紅印可不是畫上去的。自古相傳，這種妖怪向來住在甲斐國的山裡……不過，大師，」他轉向回龍問道：「您可真了不起啊，您顯示出了少數僧人才有的勇氣。您不像是一般的僧人，更像個武士。您以前也屬於武士階層吧？」

「大人，您猜對了。」回龍說道：「出家為僧前，我一直手持武器征戰沙場。那時候，我從不畏懼任何人，也不怕妖魔鬼怪。我的俗家名字，叫磯貝平太左衛門武連，或許你們當中有人聽過。」

聽到他的名字，堂上登時傳來陣陣敬畏的驚歎聲。原來不少人還記得磯貝武連的事跡。回龍立刻發現他已置身於朋友當中，不再是個犯人了。這種氛圍說明官吏們正以兄弟般的情誼對他表達欽佩之情。他們友善地護送回龍去了大名的府邸，大名對他熱烈歡迎，並設宴盛情款待，還送給他大批禮物。當回龍離開諏訪時，他恐怕已是這短暫人世最幸運

的僧人了。至於那個頭顱，他一直帶着——為此，他詼諧地打趣道，就當是留個土特產作為紀念吧！

最後，還需要說說那顆頭顱的歸宿。

離開諏訪一兩天後，回龍遇到了一個強盜，強盜在一個人跡罕至的地方攔住了他，要他脫掉衣服。回龍立刻脫下僧袍，遞給強盜。強盜見有什麼東西掛在衣袖上，定睛一看——儘管他頗有膽色，還是被嚇了一跳。他急忙扔下僧袍，往後跳了一步，大喊道：「你，你真的是和尚？你竟然比我還要兇惡！我雖然殺過人，但從來沒有把人頭繫在袖子上……天啊，你這和尚，太狠了。我想我們是一路人，我得說，我很佩服你！這個頭對我十分有用，我可以用它去嚇人。你把它賣給我怎麼樣？我願意用我的外衣來換你的僧袍，再給你五兩銀子買這顆人頭。」

回龍答道：「要是你堅持的話，我可以給你人頭和外衣。不過，我必須告訴你，這不是一顆人頭，而是一顆妖怪的頭。如果你要了它的話，後患無窮。記住，這不是在騙你。」

「好和尚！」強盜喊道，「你殺了人，還要取笑他人！我真的很想要這顆人頭。給你，我的外衣；這是錢。把頭給我吧，何必開這種玩笑呢！」

「拿着。」回龍說：「我不是在開玩笑。你竟然願意為妖怪的頭顱掏錢，這才是大大的玩笑！哈哈！」說着，回龍大笑着揚長而去。

強盜拿着人頭和僧袍，興沖沖地去嚇唬不知情的路人，倒也被他蒙混了一段時日。但是，等他到了諏訪附近，聽說了頭顱的來龍去脈後，便開始害怕轆轤首的頭顱會給自己帶來災難。於是，他下決心要把這顆頭顱物歸原主。他在甲斐深山裡找到了那間茅屋，但屋內已空無一人。他也找不到樵夫的身體，只好把頭顱單獨埋在了茅屋旁的小樹林裡，在墳前立了一塊墓碑，並請來僧人誦經，以超度轆轤首的亡魂。那塊墓碑，就是眾所周知的轆轤首碑，可能直到今天尚能見到（至少在日本傳說中是這麼認為的）。

一〇 被埋葬的秘密

葬られた秘密

很久以前，在丹波國[①]住着一位名叫稻村屋源助的富商。他有個女兒，喚作阿園。阿園生得乖巧美麗，討人憐愛。源助覺得，如果僅僅讓女兒在鄉下由迂腐的老學究教導，未免太可惜了。於是，他派了幾位可靠的僕從，護送阿園去京都，讓她向京都的名門閨秀學習上流社會的優雅談吐、得體禮儀。學成歸來後，阿園嫁給了父親的朋友——同為商人的長良屋。小倆口在一起度過了三年多溫馨幸福的時光，還生了一個兒子。哪曾想天有不測風雲，婚後第四年，阿園卻染病不治，撒手人寰了。

在阿園下葬後的當晚，她的兒子忽然神神秘秘地對家人說：「母親回來了，就在樓上的房間裡。她微笑地望着我，卻無法開口說話。我好害怕，所以趕忙跑下樓來了。」於是，家裡的大人們紛紛跑上樓，半信半疑地到阿園的房間裡查看。藉着屋內神龕前的燈燭發出的微弱亮光，他們竟然真的見到了已死的阿園，登時被嚇得呆若木雞，僵在那兒。

① 丹波國，屬山陰道，俗稱丹州、丹南，今兵庫縣東北部及京都府中部。

阿園站在置放自己首飾和衣服的櫥櫃前，頭部與肩膀的輪廓十分清晰，但自腰部而下逐漸模糊，甚至於消逝不見——就像在鏡中的幻影、水中的倒影般，朦朧透明。

家人們非常恐懼，爭先恐後地逃下樓，而後聚集在樓下七嘴八舌地商討對策。阿園的婆婆說：「女人啊，總捨不得自己收藏的小玩意兒。阿園平日裡就十分喜歡這些首飾、化妝品，她回來，八成是為了看看它們吧！許多人過世後，都會這樣做——除非把這些東西佈施給寺院。咱們也趕緊收拾下，把阿園的衣物、束腰等都捨給寺廟，她的靈魂應該就能安息了。」

大家商量妥當後，立即着手清理阿園的遺物。翌日早上，櫥櫃的抽屜就被整理一空，阿園的首飾、衣服、化妝品等，全被送進了寺裡。但是，隔夜阿園又回來了，和前晚一樣，仍然癡癡地站在櫥櫃前，望着空空如也的抽屜。就這樣，第三天、第四天……每天晚上阿園都會來。家中上下為此心神不寧，驚恐不已。

無可奈何之下，阿園的婆婆只好來到佛寺，將經過一五一十地告知住持，並徵詢他的意見。住持大玄法師，年高德劭，是位博學的老僧。他聽完事件的前後原委，思索片刻，說：「在櫥櫃裡面或是附近，一定有什麼東西令她唸唸不忘，這才一再地回來。」

「可是抽屜早被我們清空了。」阿園的婆婆回道，「櫥櫃裡已經完全沒有任何東西了」。大玄法師說道：「那好吧，既然如此，今晚老衲就到尊府走一趟，守在那個房間裡，看看會發生什麼事。請告知您的家人，除非得到我的呼喚，否則誰也不准走進房間來。請你們務必遵守約定。」

日落後，大玄法師如約來到阿園家，房間早按他的意思準備妥了。大玄進屋關上門，獨自坐在屋子裡誦經。子時之前，屋內寂然無聲，平靜如常。然而子時一過，櫥櫃前方就慢慢地顯出了阿園模糊的身影。她滿臉渴望的神情，直愣愣地凝視着櫥櫃。

大玄法師從容自若，高誦經文，然後喊出阿園的法號，說道：「老衲來此，誠心誠意想幫你脫離執念之苦。在這櫃子裡，大概有令你牽掛的東西，能讓我幫你找找嗎？」只見阿園的鬼魂幽幽地點了點頭，彷彿表示同意。大玄便站起來，走到櫥櫃前，拉開最上層的抽屜，是空的；又順序拉開第二層、第三層、第四層的抽屜，在各層的後側和底部細細地翻找，就連櫃子的內部也認真查過，可結果還是什麼都找不着。而阿園仍跟先前一樣，焦慮地盯着櫥櫃。

「她到底想要什麼呢？」大玄低頭沉思。突然，他的腦海中靈光一閃，一個念頭油然而生：抽屜所鋪的紙墊下，可能藏有什麼東西吧！於是他又拉開最上層的抽屜，抽出白色的紙墊查看，但依舊沒有任何異樣。第二、第三層的紙墊下也沒有。最後，在最底層的抽屜紙墊下——赫然發現了一封信。

「讓你憂心煩惱的東西，就是它嗎？」大玄法師問道。阿園的鬼魂，轉過身面向法師，以焦急迫切的眼神，注視着那封信。「我現在就幫你把信燒了，可好？」大玄問她。阿園的鬼魂立即躬身低頭，似乎在向法師致謝。

「好，那等到天一亮，我立刻回寺裡燒掉它。」大玄法師鄭重地承諾道，「世上除了我之外，再也不會有第二人看到這封信了。」阿園聽完，如釋重負，歡然一笑，消失於空氣中。

大玄法師從樓梯走下來時，天已破曉吐白。阿園的家人們，都在着急地等待他。法師對大家說：「不用擔心啦，她絕不會再出現了。」果然，從此以後阿園再也沒有出現過。

那封信，被燒掉了。那原本是阿園在京都學藝時，某人寫給她的情書。信的內容只有大玄法師知道。其中的秘密，伴隨着法師的圓寂，被永遠地埋葬掉了。

二 雪女

雪おんな

武藏國[①]的某村莊裡，住着兩個樵夫：茂作與巳之吉。在我們這個故事開始的時候，茂作已經老態龍鐘，而他的徒弟巳之吉則是個年僅十八歲的後生。每天，他們都一塊兒到離村子二里遠的森林中伐木。途中，要經過一條寬廣的大河，只有一個渡口可供坐船過河。雖然在渡口的附近，也曾多次搭架過木橋，但每次河水氾濫，橋就總被洪水沖毀。因此，這條河上一直沒有橋。

此事發生在一個寒冷的傍晚，茂作與巳之吉在歸途中遇到了猛烈的暴風雪。他們頂風冒雪，來到渡口，卻發現船夫已經把小船拉上了岸，人也離開了河邊，不知到哪裡避風雪去了。幸好渡口旁有間船夫搭的臨時小屋，兩人急忙躲了進去。能在如此惡劣的天氣下找到個擋風避雪的地方，也算夠幸運的了。

小屋裡沒有火盆，無法生火取暖。陋室除了兩張榻榻米和一個門之外，連窗戶也沒有。茂作與

① 武藏國，屬東海道，俗稱武州。領域大致包括今之東京、崎玉縣東部、神奈川縣東北部。

巳之吉把門緊緊門死後，便披上蓑衣，躺到榻榻米上休息。起初，還不覺得有多冷，他們心想暴風雪也許很快就會過去。年邁的茂作躺下不一會就睡着了，但巳之吉卻翻來覆去怎麼都不能入眠。他聽着屋外呼嘯的風雪不斷拍打在門板上的聲音，心情煩躁之至。河水洶湧地上漲，小屋就像在大海中搖晃的一葉孤舟，發出嘰嘰嘎嘎的聲響。真是可怕的暴風雪啊，彷彿連空氣都在瞬間被凍成冰塊。巳之吉在蓑衣下顫抖着，感到越來越冷，到了午夜，終於也朦朧睡去。

迷迷糊糊間，巳之吉覺得有雪花撲灑到自己臉上，不由得睜開了眼睛。不知何時，屋門竟已無聲無息地打開了。藉着雪光，他看到一個渾身沾滿雪花的女子正站在小屋裡。女子一身素白，正彎腰對着熟睡的茂作吹氣，吐出的氣息好似一縷縷白色明亮的輕煙。隨後，她轉過身，走到巳之吉身邊，俯下身子盯着巳之吉。巳之吉害怕得直想大喊，但卻發不出半點聲音。白衣女子緩緩彎低身子，直至臉頰幾乎與巳之吉相觸。這下子巳之吉看清了，那女子美若天仙，竟是說不出的嬌豔動人——儘管她冰冷的眼神令人畏懼。

女子凝視着巳之吉，片刻後，慢慢地笑了，輕聲說：「我本打算像對付其他男子那樣對你，但卻不禁為你感到惋惜，因為你是如此年輕、英俊！巳之吉，我現在不會傷害你。但是，你絕不能將今晚見到我的事告訴任何人，包括你母親在內。如果你說出來，無論何時何地，我都會知曉，到時候，我一定會殺掉你。記住我說的話！」

說完這些話，白衣女子便轉身穿門而去。不久，巳之吉發覺自己的身子可以動彈了，趕忙爬起來，向門外望去，卻哪裡還有白衣女子的蹤影。

狂風夾着飛雪颳進屋來，巳之吉急忙關上門，又拿了幾塊粗大的木柴，將門牢牢頂住。冷靜下來後，他細細一琢磨，感到不可思議，明明睡前已經把門閂死了，又沒有窗戶，女子是如何進來的呢？難道是風將門吹開的？又或許，這僅僅是個夢，自己錯把門口積雪的白光，看成了白衣女子？到底孰真孰幻，巳之吉無法確定。他搖了搖茂作，想把師父叫醒，但老人家卻聲息全無。巳之吉一驚，連忙伸手去摸師父的臉，那臉竟然如冰塊般僵硬。原來茂作已死去多時了……

拂曉來臨，暴風雪終於停了，船夫也回到了渡口。在陽光的照耀下，他驚訝地發現巳之吉坐在茂作凍僵的屍體旁，神情木然，顯得不勝哀傷。過了良久，巳之吉才強打起精神，抱起茂作的屍體，坐上小船，回到了村裡。這個雪夜裡所發生的可怕事情，就此根深蒂固地烙進了他的腦海裡，長時間揮之不去。他對師父的離奇死亡疑懼不已，但又不能確定是不是那如夢似幻的白衣女子所為。

這以後的日子裡，巳之吉獨自往返於森林，繼續幹着老本行。他每天早上去伐木，薄暮時分帶着成綑的薪柴回來。這些木柴就交由母親拿出去賣。

轉眼到了第二年的冬季。這天黃昏，巳之吉和往日一樣，走在回村的道上，一位少女從後面追了上來。她身材高挑苗條，容顏清秀嬌媚，巳之吉忍不住向她打了聲招呼，少女也溫婉地應了一聲。那聲音宛若鶯聲細語，綿軟甜膩，巳之吉不由怦然心動。

兩人並肩而行，一路上隨意閒聊。少女說她名叫雪子，近期由於雙親亡故，所以打算去江戶投奔

一位窮親戚，親戚已答應幫她找份幫傭的活兒。巳之吉此時對雪子已大有好感，便目不轉睛地凝望着雪子，而後小心翼翼地問她，是否已經有了婚約？雪子脈脈含羞，笑答尚未婚配。接着，她反問巳之吉是否已婚，或是有了中意的女子？巳之吉回說，家中只有一位老母相依為命，對於娶妻之事，自己尚年輕，並未想過。

說完這些話後，兩人默默無語，緩步同行。可是正如諺語所言：「若是有情時，眼睛也會說話。」他們四目交投，眉目傳情，濃情蜜意盡在不言中。等到回到村裡時，兩顆心已被情絲緊緊相連，彼此難捨難分了。巳之吉邀請雪子去家裡坐坐，雪子猶豫了一會兒，嬌羞地答應了，便和巳之吉一起回家。

巳之吉的母親熱情地歡迎雪子，還煮了熱騰騰的可口飯菜招待她。雪子舉止得體，老母親相當滿意，對她愛憐不已，就極力勸說她莫去江戶，不如留在這裡。在此情勢下，雪子也就順水推舟，應承了下來。之後，她就自然而然地入了門，嫁給了巳之吉。

婚後的雪子真是個好媳婦，將裡裡外外打理得井井有條，小倆口恩愛異常。五年後，巳之吉的母親臨死前，還留下遺言對雪子讚不絕口。

雪子為巳之吉生下了十個孩子。無論男孩還是女孩，皆是膚色雪白、面容俊美。

令人驚奇的是，雪子即使生過十個小孩後，容顏仍然嬌嫩，絲毫不見老態。許多村民的妻子都衰老、去世了，雪子卻和剛到村裡時一樣年輕，大家都感到十分不可思議。

一天晚上，孩子們都睡下了，雪子就着燈光在補衣服。巳之吉盯着雪子，突然說道：

「你這副低頭做針線活兒的模樣，還有你在燈光中的臉，讓我想起了十八年前發生的一件怪事。當時，我曾見過一個身穿白衣的美貌女子——實在是，實在是長得太像你了。」

雪子頭也不抬，問道：「哦，能詳細告訴我關於那個女子的事嗎？你是在哪裡見到她的？」

於是，巳之吉就把那個雪夜裡，發生在渡口小屋的駭人之事——包括白衣女子俯身望着自己、淺笑着發出警告、以及老茂作離奇的死亡等等——全都一股腦兒地告訴給了雪子。最後他說：

「除開那時以外，之後不管是睡是醒，我都沒再見到那麼漂亮的美人兒。仔細想想，她定然不是人。我非常害怕她，特別是她渾身的雪白，令我一想起就戰栗不安。可是，這到底是我在做夢呢，還是真的看到過那女子，我至今仍無法確定。」

雪子猛地丟下針線，站起身，走到巳之吉身邊，俯下腰，悲傷地貼近丈夫的臉，幽怨地說道：

「那個白衣女子，就是我啊！……就是現在的雪子啊！我曾經警告過你，如果你對任何人說出了我的事情，那我一定會殺了你。如今，你已違背了誓言，但是看在孩子們的面上，我就饒你一命吧！自今而後，你要好好照顧他們，疼愛他們，如果孩子們受了委屈，我將讓你立刻得到報應！」

說完，雪子厲聲尖叫，聲音在風中宛如哀怨的哭泣。隨後，她的身子逐漸透明溶化，變得像白霧般朦朧模糊，飄上屋頂的椽樑，顫抖着越窗而去。

從此，再也沒有人見到過她。

二二

青柳的故事

青柳のはなし

日本文明年間（一四六九—一四八六）①，能登國②守護畠山義統的屬下有位年輕武士，名喚友忠。友忠雖然生於越前國，但自小就進入能登守護的藩邸做了貼身內侍。在主公的監督教導下，他勤勉向上，精修武藝，逐漸成長為一名優秀的武士和主公的得力助手，深受主公畠山義統的賞識。再加上友忠生性隨和，俊朗英偉，風度與修養俱佳，因此極受朋友們欽佩推愛。

友忠二十歲那年，接到主公的一道密令：出使京都，觀見幕府管領細川政元③。去京都的途中將會經過越前，友忠獲准可以順道回家探望守寡的

① 「文明」是日本的年號之一，指的是一四六九年到一四八六年這段時期。此時期的天皇是後土御門天皇，室町幕府的將軍是足利義政、足利義尚。

② 能登國，屬北陸道，俗稱能州，今石川縣北部的能登半島。

③ 細川政元是室町末期權臣。「應仁之亂」後，足利幕府徹底衰敗，趁將軍家虛弱之際，細川政元廢立幕府將軍，一舉掌握了幕府實權，號稱「半將軍」。

老母。

當他啟程時，正是一年裡最寒冷的日子，道路上佈滿冰霜雪凌，他的坐騎雖然駿逸非凡，卻也只能步步緩行。馳了一整天，穿過一個山口，已來到山區。這裡前不着村，後不着店，根本找不到地方過夜。天色又漸漸暗了，友忠人困馬乏，不由得心急起來。

凜冽的寒風越颳越急，暴風雪馬上就要來了。就在進退維谷之際，友忠意外地發現，不遠處的小山頂上竟然有間茅草屋，屋旁三株柳樹低垂絲條，隨風輕拂。友忠急忙策馬奔了過去，用力敲打緊閉的木門。「吱咯」一聲，門開了，一位老嫗探出臉來，上下打量着這個英俊的陌生人，說道：「哦，年輕人，這麼糟糕的天氣還趕路啊？不嫌棄的話，進來歇歇吧！」

友忠將馬牽進屋後的柴房裡，而後邁步跨進正屋。他看到一位老翁和一個少女，正把木柴丟進火盆中取暖。老翁和少女見有武士進來，趕忙謙恭地請友忠到火盆邊暖暖身子。老翁還拿出熱酒，請友忠共飲，順便問起途中的事。那個少女隱身於屏風後，儘管穿的是粗布陋裳，頭髮也很隨意地披散在肩頭，但友忠仔細一看，還是被她驚人的美貌所深深吸引。他心裡直納悶，怎麼如此美麗的女孩，竟會住在這樣一個荒涼幽寂之地！

老翁對友忠說道：「尊駕到此，實是我等的榮幸。前村距離此處頗為遙遠，外邊風大雪厚，道路必定十分難行。倘若冒雪夜行，只怕危險至極。您若不嫌敝舍簡陋，沒什麼好招待您的，不妨留下歇宿一晚，待雪停了再走。您的馬我們也會盡心照料的。」

友忠對老翁的提議暗暗高興，其實，他心裡一直在想着能多瞧瞧那美女，哪裡捨得立即離開呢？

不一時，老嫗擺上了雖簡單卻可口的飯菜，少女也從屏風後出來，在一旁斟酒侍候。她穿着一件洗得很乾淨的簡樸的手紡布衣，長髮柔滑，飄逸撩人；微微淺笑間，露出編貝玉齒。直把友忠瞧得神魂顛倒，只覺一生所見之女子，絕無一個能比這少女更為美麗。她的一舉一動，都令人心動不已。

兩位老人見友忠這番模樣，致歉道：「貴殿，這是小女青柳，打小就在山裡長大，不懂規矩，禮數不周，讓您見笑了。請原諒她的失禮。」友忠慌忙回禮，坦言能遇到二老的女兒，實是三生有幸。說着話，目光一直注視着青柳，把青柳羞得粉面緋紅，垂首忸怩。

老嫗提起酒壺，說道：「這是我們鄉下人自釀的薄酒，您嚐嚐。外頭寒風刺骨，多喝點酒身子骨暖得快。」友忠自知失態，連忙收斂，向二老舉杯敬酒後，便放開懷吃了起來。但青柳嬌怯的倩影依然揮之不去，她甜美的聲音、清麗的臉龐，都令人迷醉。她雖然是在山裡長大，但她的父母肯定來自上流社會，因為她的氣質修養都像是一個名媛。猛地，友忠靈感一閃，一首和歌躍然於心中，便試探地唱道：

「四方尋覓夢中花，今日得聞花幽香。不知名花綻何處？朝陽熾照放芳華。」

青柳羞赧一笑，亦以一首和歌相和：

「曙光隱隱映吾袖，許是情郎遺金輝。」

友忠大喜，知道青柳已經明白了自己的暗示。同時他也為青柳迅捷唱和的才華，感到驚訝、欣慰。可以肯定的是，這世上再也沒有比這個既美麗又聰明的女子更值得自己去爭取的了。彷彿有一個細渺的聲音在他耳邊喃喃低語：「幸運兒，這是天賜良緣啊！」

於是，趁酒酣耳熱之際，友忠下了決心，請求老夫婦將女兒許配給自己。接着又將自己的姓名、家世、籍貫，以及在能登所擔任的職務，一口氣全說了出來。

兩位老人先是為友忠的誠意所感動，躬腰致謝。但過得片刻，老翁似乎心有疑慮，躊躇道：

「友忠大人，您是有身份有地位的人。承蒙不棄，願娶小女為妻。可是婚配之事，都講究門當戶對。我等皆是山野草民，小女又荊釵拙笨，實在是高攀不上大人！不過，既然您對小女有意，只要您能寬恕她的無禮粗疏，我們十分樂意讓她服侍您。她能有個好歸宿，都緣於您的恩典啊！」

當晚，友忠就宿於青柳房中，一夕歡好，如膠似漆，極盡纏綿之美事。

翌日清晨，暴風雪過去了。一輪紅日衝破重雲，從東方昇起。晨光熹微中，青柳忍不住暈生雙頰，以袖遮面。但在情人的眼中看來，她的俏臉恰如彩霞般緋紅動人。

友忠雖然戀戀不捨，卻也必須上路了。臨行時，他對兩位老人說：

「佳惠盛澤，銘感於心。青柳此際已是吾妻，情深意重，若要分離，實是難捨。望二老成全，讓青柳與我一道上路。前路雖遙，但我定然不讓令嬡吃苦。這裡有區區薄禮，略表寸心，還請笑納。」

說着，友忠從包裹中取出一錠黃金，放在二老面前。老翁連連擺手，委婉地謝絕了贈禮，言道：

「大人，金子對我們來說沒什麼用。現在天氣

寒冷，您還要趕那麼遠的路，這金子您留着自用吧。我們老倆口即使要買點什麼，也用不了這許多。倒是小女，已經是您的人了，適才她稟知我倆，願意隨侍大人赴京，只要您不嫌麻煩，那麼一路上就勞您多費心了。這裡窮鄉僻壤的，我們也置辦不出體面的嫁妝，況且我們都老了，小女能終生有託，實在欣慰得很。你們這就去吧！」

友忠再三懇請二老收下黃金，他們堅持不受。由此可見，這兩位老人並非貪財之人，他們所牽掛的，只是友忠能否真心善待女兒。友忠扶青柳上了馬，真誠地向二老致禮道別，感激之情溢於言表。

老翁揮淚告別，說道：「友忠大人，不要再行禮了，應該致謝的是我們，而不是你。相信你對我們的女兒會很好，我們可以放心了……」

（故事到了這裡，在日本的原作中，突然奇怪地中斷了，以至於產生了一種古怪的不協調。本來友忠是要去探母的，但故事裡再也沒有提及他的母親。後來青柳的父母、能登的大名，也都被遺忘了。很顯然，作者在此處已經厭倦了他的工作，只急於倉促地將故事那嚇人的結尾講出來。我無法彌補他的疏忽，或者修正他的結構錯誤。但是，我必須大膽地加上些解釋性的細節，沒有這些細節，接下來的故事就無法黏合在一起……明顯地，友忠壯起膽子把青柳帶到了京都，惹上了麻煩。不過，我們還是無法確定他倆後來住在哪裡。——小泉八雲按）

……在那個時代，武士若未經過主公允許，在外是不能擅自成婚的。友忠也不例外，更何況他的使命尚未完成。因此他擔心在這種情況下，美貌的青柳會引來危險，那就意味着，屆時她將不得不離開自己。所以到了京都後，友忠竭力掩人耳目，隱瞞着青柳的身份。

但紙包不住火，終於有一日，細川家的一名家臣無意中見到了青柳，並發現了她與友忠之間不尋常的關係。於是家臣趕忙向細川政元稟報了這件事。細川政元此時年紀正輕，知好色則慕少艾，一聞青柳貌美，即刻下令將青柳召入府邸中。青柳無力抗拒，被強行帶進了細川官邸。

友忠聞訊悲傷不已，一籌莫展。他只是遠國大名的一個使者，身份卑微。而且，此刻就連主公都要庇蔭於更強勢的細川家，自己又怎麼敢跟細川政元爭辯呢？武士階級是等級森嚴的，有着錯綜複雜的關係和禁忌，行差踏錯一步都無疑是愚蠢的，只能給自己帶來致命的噩運。現在，他唯有一線希望，就是讓青柳偷偷溜出細川府邸，和自己遠走高飛。

經過一番考慮後，友忠決定給青柳寫一封信，當然，這是極其危險的，因為信件可能落入細川政元手中。情書一旦暴露，那將是不可饒恕的罪行。不過，友忠已經下定決心，即使兇險萬分也顧不得了。他在信紙上寫下了一首中國的唐詩，冀此傳遞心聲。此詩雖然只有二十八個字，但已經包含了他對青柳全部的痛苦思念與深摯情感。這首詩，是崔郊的《贈婢》，詩云：

公子王孫逐後塵，
綠珠垂淚滴羅巾。
侯門一入深似海，
從此蕭郎是路人。

信寫好發出的次日黃昏，友忠被喚到了細川政元府邸，他暗自思量着，感到自己可能被出賣了。如果那封信落到細川手裡，後果不堪設想。「他一定會命我剖腹的！」——友忠想：「如此一來，我再也不能照顧青柳了。可是，若真的逼我切腹，我也要先斬下政元的項上人頭，這才甘心。」盤算既定，友忠緊握腰間太刀，靜候謁見。

不久，細川政元在正殿傳見友忠。友忠一進入殿堂，就看見政元泠然端坐，被一群狩衣烏帽、寬袍長袖的家臣所簇擁。那些家臣們個個沉默不語，如雕像般一動不動。友忠行禮畢，大氣也不敢透一口，等着風暴降臨。

出乎意料的是，細川政元突然從座位上站了起來，上前抓住友忠的胳膊，嘴裡喃喃地唸道：「公子王孫逐後塵……」友忠抬眼一望，但見政元一臉慈和，眼眶裡滿是淚水。

隔了一會兒，細川政元說道：「友忠，你和青柳是如此地恩愛，我又怎忍心拆散你們呢？所以我決定代替你家主公，來做你們的主婚人。賓客已經到齊了，嫁妝也備好了，婚禮現在開始！」

說完，細川發出信號，登時，正殿遠處的一道大屏風緩緩拉開。友忠看到，屏風後面擠滿了朝廷大臣和貴婦名媛。青柳穿着美麗的新娘和服，站在他們中間，含情脈脈地等着情郎。在一片喜氣洋洋和祝福聲中，友忠和青柳舉行了隆重的婚禮。細川政元和各位大臣們，紛紛拿出貴重的禮物，餽贈給這對新人。

流年似水，眨眼間，友忠和青柳已經成婚五年了。孰料天有不測風雲，一日清晨，青柳正與丈夫聊着家庭瑣事，猛地，她大呼一聲，臉上露出痛苦的表情，隨即面色蒼白，全身僵硬。片刻後，青柳有氣無力地對友忠說道：「夫君，請原宥我適才粗魯的喊聲——但那疼痛實在來得太突然了。唉！你我之姻緣，實乃前世宿因所定，我本以為這份美好的感情，會生生世世延續下去，讓我們永遠都在一起。可惜，如今緣分已盡，我們再也不能長相廝守了。你以後要殷勤佛事。我，我就要離開人間了。」

「啊，別胡說了！」友忠驚愕地安慰道：「親愛的，只是些小毛病，你躺下歇會兒，很快就會沒事的。」

「不，不是的！」青柳說：「我的確就快死了。事到如今，也沒必要瞞着你了。夫君，實際上我並不是人類，我是個柳樹精——靈魂是柳樹的靈魂，心也是柳樹的心。就在此刻，有人正在砍我的樹幹，那是我的力量所不能阻止的。我要死了。別哭，這一切都是命中註定的。請你快點、快點為我唸佛經吧！快……啊……」

在友忠的哭泣聲中，青柳扭過了頭，把臉隱藏在袖子下。緊接着，她的身子以奇異的方式開始萎縮，不斷向下縮、向下縮——直到縮到了地板之下。友忠想要拉住她，但青柳的肉體已經消失了，只在榻榻米上留下了空空如也的衣服和頭上戴的金釵……

友忠傷心至極，遂剃髮為僧，成了一個雲遊四方的苦行僧。他浪跡飄泊，每到一地，必入寺禱告，為青柳的亡魂祈福。一日，途經越前國，便順道去亡妻雙親的居住地拜訪。他來到當年那座山附近，只見此地荒涼敗落，並無任何人家，以前那間茅草屋也找不到了。不過，空地上倒有三株被砍倒的柳樹——兩株老樹和一株小樹——每株的樹幹上都有被利器劈斬的痕跡。

友忠心裡明白，便在殘柳前，立了一塊墓碑，刻上經文，萬分虔誠地為青柳和她的雙親做了多場法事，以超度亡靈。

一三

十六櫻

十六桜

在伊予國的和氣郡，有一株歷盡滄桑的老櫻樹，聲名遠揚，被人們稱為「十六櫻」。這一名字的由來，乃是因為此樹開花的日子，都在每年舊曆的一月十六日——並且僅開這一天。本來櫻樹的自然習性，是要等春季才開花，而此樹卻在如此大寒的時節裡綻放花蕊，實在令人驚奇。其實，在這株老櫻樹裡，棲住着某人的魂靈，方才導致「十六櫻」並不藉由自身的生命力而開花。

那人是伊予國的武士。這株櫻樹，原先生長於武士的庭院內，通常在三月底或四月初開花。當武士還是個孩子時，經常在樹下玩耍。他的父母、祖父母和列祖列宗們，伴着櫻樹的一次又一次花開花落，度過了漫長的年月，盡皆壽過百歲。每逢春季來臨，他們就在色彩明豔的長紙箋上，書寫下讚頌櫻樹的和歌。後來，武士自己也活到耄耋高壽，子女們個個都先他而去。這世上除了老櫻樹外，再也沒有能令孤獨的老人喜愛的事物了。不料，某年的夏天，這株老櫻樹竟然枯萎而死了。

老櫻樹的凋亡，讓老人極度地悲傷。好心的街坊鄰里們，找了株長勢喜人的幼櫻樹，種在老人的庭院裡，希望能藉此安慰老人。老人強作歡顏，向鄰居們道謝。然而實際上，他太喜愛以前那株老櫻樹了，天底下任何事物，都已經無法寬慰他內心失樹的哀痛。

老人冥思苦想，終於想到了一個救活老櫻樹的方法：一月十六日這天，老人獨自來到庭院，跪在枯萎的櫻樹前，向它說：「我懇請你復生歸來，再度開出繁盛的花朵吧。為此，我願獻出我的生命，代你赴死！」那時的人們相信，藉助神的恩惠，能將自己的生命轉給另外的人或動物，甚至是樹木。這種生命遷移讓渡的事情，被稱為「替身代」。隨後，老人在樹下鋪開白布和坐墊，端坐於坐墊之上，按照武士的方式剖腹自殺了。他的靈魂附着到樹上，老櫻樹立時復活，開出了似錦的繁花。

從那時起直到今日，這株「十六櫻」便只在白雪紛飛的一月十六日，才會開花。

一四

安藝之助的夢①

安芸之助の夢

在大和國②十市郡一帶，住着一位名叫宮田安藝之助的鄉士（在此，我必須告訴各位：所謂鄉士，是日本封建時代，相對上士、藩士而言，地位很低的武士階級。他們擁有的領地石數相當少，還要自己參與農事。——小泉八雲按）。

安藝之助家的後院裡，有一株大古杉樹，參天而起、枝繁葉茂。每逢酷暑盛夏，安藝之助就躲到古杉樹的樹蔭下納涼休憩。這日午後，他邀了兩位同為鄉士的朋友，在古杉樹下飲酒閒談。夏日炎炎最易使人萌生倦意，又兼酒意上湧，安藝之助漸感疲乏，昏沉欲睡，便向朋友道了聲歉，就地躺倒在

---

① 本篇怪談，改編自中國唐朝李公佐所著《南柯太守傳》，見《太平廣記》卷四百七十五。

② 大和國，屬京畿區域，為五畿之一，又稱和州。領域相當於現在的奈良縣。

樹下睡了過去。朦朦朧朧間，做了一個夢：

他夢見自己躺在後院裡，隱約看到一列壯觀排場的隊伍——好似那些大官出巡一般——正越過附近的山丘，緩緩向此處行來。於是他趕忙起身，想瞧個究竟。

隊伍漸行漸近，果然堂皇富麗，安藝之助前所未見。走在最前面的，是幾個衣飾華麗的年輕僕從，拉着雕龍漆鳳的豪華宮車，宮車冠蓋上垂下長長的寶藍色絲條，顯得貴氣十足。

車隊行至安藝之助家門口，緩緩停下，一位氣度不凡的男子——顯然是這群人的為首者，越眾而出，向安藝之助深鞠一躬，說道：

「請恕敝人冒昧。我乃常世國之臣子，敝國國王令我來此奉上敬安，並恭迎貴殿造訪敝國王宮，主上有要事相商。請貴殿即刻動身，專車已在門外恭候大駕。」

聽完這話，安藝之助本想說些客套話來回答，怎料內心驚異，竟難以開口。隨後，他的神志變得恍惚起來，迷迷糊糊地，不知怎麼着就上了常世國的宮車。那個家臣就坐在他身邊，向僕從打了個手勢，僕從揮舞韁繩，駕車向南方馳去。

令安藝之助感到驚訝的是，車子在很短的時間內，就在一棟巍峨宏偉的中國式宮殿前停了下來。家臣下了車，作揖道：「待敝人先行入內稟告，尊駕稍候。」語畢立時消失不見。

片刻後，安藝之助看到兩個氣質高雅，身穿紫色寬袍、頭戴高沿狩帽的人，從宮門裡走出來。他倆恭恭敬敬地朝安藝之助行禮問候，然後將安藝之助扶下宮車，帶着他跨入宮門、穿過廣闊的庭廊、又通過由西至東寬達數里的正殿門，來到一間華麗深廣的待客室。等安藝之助上座後，兩人便謙恭地退在一旁。不一時，一個侍女端出茶點，請安藝之助品嚐。

待安藝之助用過茶點後，適才那兩位紫衣嚮導再度趨身近前，鞠躬致禮，畢恭畢敬地輪番說道：

「我等特來向您稟明……此次恭迎尊駕至此的原因是……敝國國王希望能招您為駙馬……而且，您今日就要與公主殿下成婚……我等即刻帶您覲見君上……君上早已恭候您多時了……不過，請尊駕先換上已訂製好的朝服。」

說完，兩人一起走到一個鑲金大衣櫃前，打開櫃門，從中選出各式做工精細的頭冠、束腰、朝服等，服侍安藝之助穿戴整齊。經過這一番打扮，安藝之助上上下下煥然一新，儼然一副駙馬爺的氣派。

一切打點就緒，安藝之助離開待客室，來到了正殿之上。

常世國國王頭戴黑冠、身着黃袍，端坐於御座上。左右兩邊的文武百官如寺廟裡的塑像般，神情肅穆，凝然不動。

安藝之助走到正殿中央，跪倒在地，向國王三叩首行禮。國王面色慈和，親切地說道：

「孤家召你來此的目的，想你盡已知曉，孤要將唯一的女兒下嫁於你。婚禮即刻舉行。」

國王此言方畢，喜樂隨即奏響，一長列美麗的宮娥從羅帳後魚貫而出，引着安藝之助步向新房，公主已在房中等候多時。

那新房面積甚大，眾多的達官顯貴早已齊聚於此，共同見證這場王室大婚。大夥一看到安藝之助，紛紛上前致禮道賀。安藝之助拱手相謝，而後在事先備好的墊席上坐定。

新娘穿一身天藍色盛裝，翩然而至。她體態婀娜、貌比天仙，安藝之助一見之下，心旌搖動，喜不自勝。

在一片歡呼、祝福聲中，這對新人圓滿地舉行了婚禮。隨後，他們被領到一間更為豪華的宮室裡合巹。那兒堆滿了難以計數的珍貴賀禮。

新婚數日後，安藝之助再度被召喚至國王面前。國王以較之先前更為和藹的語氣，對他說道：

「吾國西南一隅，有一島，名喚萊州。島上居民雖溫順善良，然一切典章法度均未完備，島民之風俗習慣亦大異於常世本土，亟待教化整治。因此，孤家任命你為該島總督，建立律法、開啟民智、改良風俗，將那裡好好治理一番。前往萊州的大船已經備妥，你立刻動身赴任吧！」

安藝之助躬身領命，與公主出了王宮，來到海岸邊的碼頭，諸多貴族、官員都來送行。安藝之助與他們一一告別，登上國王下令專門建造的大船，航向萊州。

碧海揚帆，一路無話，座船順利抵達萊州島。島民們聞訊，紛紛聚集在岸邊的沙灘上，歡迎總督大人駕臨。

安藝之助履新伊始，即勤政愛民，事必躬親。頭三年，他在幾位能吏輔佐下，將主要精力放在制訂律法規章上，讓一切都有法可循，有章可依。等一切都進入正軌後，萊州島逐漸政通人和、欣欣向榮起來。從此，安藝之助除了按照傳統參加一些祭典儀式外，並無特別需要關注的事宜了。領地內不再有疾病與貧窮，土地肥沃，物產豐饒；百姓安居樂業，遵紀守法。人人都盛讚安藝之助治理有方，功德無量。

就這樣，安藝之助統領萊州二十年，加上最初的三年，他在島上度過了二十三年的歲月。他和公主幸福恩愛，哀傷的陰影從不曾侵入他們的生活。

然而，就在第二十四年，一個不幸的變故降臨了。為安藝之助生下五男二女的愛妻，在這一年因病去世了。安藝之助悲慟不已，在番凌江畔為妻子舉行了盛大的葬禮，將她葬於風景清幽的山頂上，並立下一塊石刻墓碑。

安藝之助對愛妻的亡故，始終難以釋懷，漸感人生無趣，興味索然，遂生厭世之心。

常世國王聞知安藝之助傷悼亡妻，肝腸寸斷，已幾不欲生的消息，急忙派了一位使者來到萊州。使者致哀後，對安藝之助說道：

「常世國王有旨：令萊州總督即刻啟程，回返本國。七位子女，皆係王室血胤，無須懸念，孤當妥為照顧。欽此。」

安藝之助領了口諭，準備返回常世國。臨行前，他打點好一切公事，交接給可信賴的官員，這才乘船踏上了歸途。

大船緩緩駛入深海，遠處萬里無雲、海天一色。萊州島漸漸地變成了藍色、又轉為灰色，終於永遠地消失在視野中……

突然，安藝之助大叫一聲，驚覺而醒，原來只是一夢。他舉目四顧，發現自己仍然身處後院的古杉樹下。

大夢初醒，安藝之助一時之間只覺頭暈目眩、心智迷糊。待定下神來，仔細一看，兩位朋友依然坐在自己身邊，推杯換盞、談笑風生。安藝之助迷惑不解地瞪着他們，大聲說道：「太不可思議了！」

「哈哈，安藝之助，你剛才是不是做夢來着？」一個朋友笑道，「你夢見什麼事情太不可思議了？」

於是，安藝之助將自己的夢——常世國的娶親、萊州島的任職等二十三年來的諸般遭遇，原原本本地告訴給兩位好友。二人聽完訝異萬分，因為從安藝之助躺倒睡覺到醒來，不過區區幾分鐘而已。

其中一位好友說道：

「的確是不可思議啊！在你小憩的那會兒，我們也看到了一件奇異的事。一隻小黃蝶拍着翅膀，在你臉上飛來飛去。我倆覺得挺奇怪，就一直注意它。

「只見那蝴蝶在你躺臥的杉樹旁，停了下來。就在它降下的同時，有一隻非常大的螞蟻，從樹下的洞穴裡爬出來，把蝴蝶拖進了洞裡。

「後來，跟你睜眼醒來的同一時間，那隻蝴蝶又從洞裡飛了出來，拍着翅膀在你面前晃了兩晃，就消失不見了。我們也不知道它去了哪裡！」

「那隻小黃蝶，說不定就是安藝之助的靈魂呢！」另一位好友說道：「因為我似乎看到它飛進了安藝之助的嘴巴裡……不過，即使它真的是安藝之助靈魂的化身，也無法解釋他的夢。」

「或許，大螞蟻可以解釋吧？」先前的那個朋友說：「螞蟻這種昆蟲，頗有靈性，也許能從它身上瞭解到事情的真相……安藝之助，咱們就到古杉樹下的蟻穴探個究竟，如何？」

「好吧！」安藝之助答應了好友的建議。三人準備好鐵鍬、鐵鏟，來到杉樹下，找到了那個大蟻穴，立即動手挖掘。

蟻穴被挖開了，三人眼前一亮，但見這洞穴阡陌交錯、深廣綿延，螞蟻們就在裡面用稻草、花梗、黏土建造了一個微型的城鎮。在蟻穴正中央的一座最大的建築物裡，有一隻長着微黃色翅膀和黑色長腦袋的大蟻王，它的身旁，圍繞着不計其數的小螞蟻。

「啊！這正是在我夢裡出現的國王呀！」安藝之助驚呼道：「看，這裡是常世國的宮殿……真是奇妙啊！……萊州島又在哪兒呢？應該是在王宮的西南方——也就是大樹根的左側……對啦，正是此地！……太神奇了！……現在，讓我們找找番凌江畔的小山，那裡有公主的墓。」

安藝之助在殘破的蟻穴裡，細細搜尋了一番，終於找到了一座小土塚。那土塚以細沙、小鵝卵石和着雨水砌成，就像一座佛塔。扒開小土塚，在泥土下，果然有一隻雌蟻的屍體葬於其中。

一五

力馬鹿①

力ばか

他名叫「力馬鹿」，意思是力氣很大；但是人們都叫他「頭腦簡單的馬鹿」，或者「傻大力」——因為他的心智永遠停留在孩童時代。即使在蚊帳裡點燃火柴，燒掉了整個房子，看到火光沖天，他也會高興地直拍手。所以，大夥對他都很和善，誰也不願和一個傻子過不去。

力馬鹿長到十六歲時，已經是一個高大強壯的小夥子了。但他的智商還停留在兩歲的光景，一心只想着和兩三歲的稚童們幸福無憂地玩耍。鄰家那些稍大一點、四歲到七歲的孩子，都不願和他一起玩了，因為他無法理解歌謠和遊戲的內容。他最喜歡的玩具是掃帚柄，把它當成木馬，騎在上邊，一次可以玩上幾個鐘頭。有一回，他在我屋子前的斜坡上，騎着掃帚柄跑上跑下，哈哈大笑，那笑聲大得令人吃驚，而且似乎永遠不會停歇。終於，他的笑聲變成了令人厭煩的噪音。我不得不告訴他，必須重新找個地方去玩，這裡不適合他。他順從地鞠

① 「力ばか」中的「ばか」，中文寫為「馬鹿」。「馬鹿」在日語裡是笨蛋、愚蠢之意。此處譯為「力馬鹿」，乃一語雙關。

了鞠躬，把掃帚柄拖在身後難過地走開了。在他扭頭時，臉上淨是委屈的神情。其實，他向來逆來順受，只要不玩火，對誰都沒有危害，因此大家也沒有什麼理由去抱怨他。對於我們這條街來說，他不會比一條狗或一隻雞更重要。後來他不見了，我再也沒遇見他。數月之後，我卻突然想起了他。

「力馬鹿現在怎麼樣了？」我問給我們四鄰供應柴火的老伐木工。我記得力馬鹿以前經常幫他搬運柴綑，這是力馬鹿唯一力所能及的活計。

「力馬鹿？」老人一愣，答道：「啊，力馬鹿已經死了啊，可憐的傢夥！……是呃，他死了將近一年了，死得非常突然，醫生說他的腦袋裡有毛病。不過，最近發生了一些很奇怪的事情，倒是和這個傻小子有關。

「力馬鹿死的時候，他媽媽把他的名字『力ばか』寫在他的左手上，用漢字寫上『力』，用假名①寫上『ばか』。並且為他唸了許多遍經，希望他能投生到好人家。

「大約三個月前，麴町的一戶望族，生了一個健壯的男孩，孩子的左手上與生俱來地有些怪異的字痕，讀起來正好是『力ばか』。

「那戶人家因為得了男孩，十分高興。他們知道這個孩子的出生，肯定是應驗了某人的祈禱，便四處打聽。一個賣菜的告訴他們，以前有個頭腦簡單的小夥子，叫作力馬鹿，生活在牛込柳町一帶，去年秋天死了。死時才十七八歲左右。那家人便派了兩個男僕去找力馬鹿的母親。

---

① 假名是日本獨有的表音文字，主要有平假名、片假名、萬葉假名等不同的表記法。

「那兩個僕人見了力馬鹿的母親，將此事告知於她。她喜出望外，因為這戶望族家確實很富裕，也很有名望。但是僕人們又說，主人見到孩子手上的『ばか』字樣後很不高興。『力馬鹿葬在哪裡呢？』僕人們問。『他葬在善導寺的公墓裡。』她告訴他們。『請把他墳上的泥土給我們一些。』僕人要求道。

「於是力馬鹿的母親便把他們帶到了善導寺，將力馬鹿的墓指給他們看。兩個僕人從墳頭上弄了些土，鄭重地包在四方形的布包袱裡……然後給了力馬鹿的母親十元[①]錢。」

「但是他們要墳上的土幹什麼呢？」我問。

「哦」，老人答道：「你要知道，那戶望族不願讓孩子長大後，手上還有那麼個難看的名字。而要消除那與生俱來的字痕，別無他法，只能用從他前世的墳上取來的土去擦抹……」

---

① 十日元在現在並沒有什麼了不起，但在當時，卻是相當大的金額。

一六 向日葵

日まわり

在屋後林木蔥鬱的小山上，羅伯特和我正在尋找仙人圈①。羅伯特八歲了，長得眉清目秀，而且非常聰明。我則剛滿七歲，對羅伯特敬畏有加。這是八月裡一個陽光燦爛的日子，溫暖的空氣中蕩漾着樹脂的清香。

我們沒找到仙人圈，卻在茂密的草叢中拾到了不少松果。我講了一個威爾士的古老故事給羅伯特聽，說是一個男人本想找個地方睡覺，無意間跑進了一個仙人圈裡，從此他消失了七年。等朋友們將他從魔法中解救出來後，他卻就此不吃不喝，也不能說話了。

「知道嗎，他們只吃針尖。」羅伯特說。

① 仙人圈，原指春末夏初時，潮濕草坪上出現的直徑不一的暗綠色圓圈，寬度多為十至二十厘米。威爾士的古老傳說，只要人們在森林裡找到仙人圈，並許下願望，心願就會實現。

「誰？」我問。

「小妖精。」羅伯特回答。

他的話讓我既驚訝又害怕，一時靜默無言。但是羅伯特又突然喊了起來：

「那兒有個豎琴師！他朝這座房子走過來了！」

我們跑下山坡去聽豎琴彈奏。那個豎琴師並不像圖畫書中風塵僕僕的吟遊詩人，而是個黝黑強壯、衣衫襤褸的流浪漢，擰在一起的黑眉下閃爍着一雙粗野的黑眼睛。與其說他像個吟遊詩人，倒不如說他像個磚瓦匠呢——他的衣服還是燈芯絨的！

「假如他打算用威爾士語唱，那就太妙了。不是嗎？」羅伯特低聲說。

我對此不以為然，一言不發。豎琴師將豎琴——一個龐大的樂器——擺在我們的門階上，用他骯髒的手指掃過琴面，發出響亮的聲音。他用力清了清嗓子，便開始唱了起來。——相信我，他吟唱的那種美妙鮮活的魅力，直到今日還宛在我耳邊環繞。

起初，那種音色、姿態和聲調，在我心中喚起了一種難以言表的厭惡之情，那種可怕的粗野之狀令我產生了一種新的鄙夷。我想大聲喊道：「你沒有資格唱那首歌！」因為我那小小的世界裡一個最可愛、最美麗的人兒，曾經也唱過這首歌。這個粗俗無禮的男人繼續唱着，彷彿是在嘲笑我一般，那種傲慢讓我憤怒不已。但是，這種情形沒有持續多久。當他唱出「今日」這個詞時，低沉沙啞的嗓子意外地變得渾厚而柔和，其美妙無法用言語來表達；更加不可思議的變化發生了，他的音色變得圓潤清亮，如同管風琴般音階豐富，一種不同尋常的感覺扼住了我。他施了什麼魔法？他發現了什麼秘密——這個愁容滿面的流浪者？啊！這世界上再沒有誰能像這樣歌唱了吧？他的歌聲悠揚，漸漸低沉；——房屋、草地，所有眼前可見的東西都在我面前顫抖漂浮。我本能地，畏懼這個人。我幾乎有些恨他了，因為他的歌聲裡似乎有一種能夠控制我的力量。這讓我既憤怒又羞愧，臉都紅了。

那個豎琴師拿了六便士，連聲謝謝也沒有說就大步離開了。羅伯特憂鬱地說：「他的音樂都快讓我哭了。」這話使我的頭腦更加混亂。「但是我覺得他肯定是個流浪漢。流浪漢是壞人，他們都是男巫。我們還是回樹林裡去吧。」

我們又爬上山，蹲在松樹下光影斑駁的草地上，俯視着遠方的小鎮和大海。不過我們沒有像開始那樣玩鬧了：那男巫的魔音影響了我們。「或許他是個小妖精」，我壯起膽子說，「要不就是個仙人」？「不」，羅伯特說，「他只是個流浪漢，而且說不定是個壞人。你知道，他們會偷小孩。」

「要是他到這兒來，我們該怎麼辦？」我喘不過氣來，突然覺得我們處境孤單，頗感恐懼。

「哦，他不敢」，羅伯特回答，「要知道，他們不敢在白天活動。」

（就在昨天，在高田村附近，我發現了一朵花。這種花，日本人和我們都稱作向日葵。「朝着太陽轉」，四十年前那個令我顫抖的流浪豎琴師的歌聲又出現了。——向日葵追隨日神的軌跡，太陽落下之時，向日葵含羞斂容；太陽昇起之時，向日葵容光煥發。我彷彿又看到了太陽斑斕光影下的威爾士山，那一刻羅伯特又站在了我身邊，依舊是如女孩子般清秀的臉龐和鬈曲的金髮。我們仍在尋找着仙人圈……但現實中的羅伯特已經發生了滄海桑田的巨變，沒有人比他更富有愛心，為朋友奉獻了自己的生命。）

一七

蓬萊

晴空湛藍高遠，海天間薄霧迷離。春日這美妙的清晨時光。

天空與大海，一望無際，蔚藍浩瀚。前方，波浪閃着銀光，水面捲着漩渦，即使更遠處目力難及，色彩也毫無變化。碧海藍天幽渺交織，融為一色。水平線杳不可見，唯見蒼穹如蓋，跨越宇宙上空，愈遠愈深。在那遼闊深藍中，隱約可見一座宮殿的高塔，它有着高高突出的屋頂、月牙般的曲線，散發着奇妙而古老的光影，在陽光映照下宛若遙遠的記憶般悠遠……

我所描繪的是一幅畫，那是一幅掛在我屋內牆上的日本絲絹長軸。它的名字叫《蜃気樓》，意為「海市蜃樓」。不會錯的，那的確是一個海市蜃樓。那兒有蓬萊聖地幽微的入口，有龍王新月形的宮殿。儘管此畫出自今日的日本畫師之手，但它所描繪的，依然是兩千一百年前的中國式風情。

大部分中國的古書，都是這樣描繪蓬萊的：

蓬萊無死無憂無寒冬。這兒的花朵永不凋謝，果實也從不墜落。如果有人能嚐到這種果實，哪怕只嚐上一口，就再也不會感到飢渴。在蓬萊生長着被施過魔法的異卉「青靈芝」、「六合葵」和「萬根湯」，它們能治癒所有的疾病。這裡還生長着仙草「養神子」，它能起死回生；這種仙草只能用一種喝了就能永葆青春的仙水來灌溉。蓬萊的人吃飯用的碗極小極小，但碗裡的飯無論怎麼吃也吃不完，直到吃的人不想再吃為止。蓬萊人喝酒用的杯子極小極小，但無論酒量多大，沒有人能把杯子喝乾，直到他醉意上湧，醺醺昏睡。

這林林總總的傳說都來自秦朝。不過，若就此斷言寫下這些傳說的人曾經真的看到過蓬萊——即使是在海市蜃樓裡看到過——也不可信。因為世上並不存在能讓食者永遠滿足的果實，不存在能永遠裝滿米飯的碗，不存在永遠盛滿酒的杯子。在蓬萊從來沒有悲哀與死亡，這不是真的；從來沒有冬日，也不是真的。蓬萊的冬天很冷，寒風刺骨，龍宮的屋頂上堆滿了厚厚的積雪。

不過，在蓬萊依然有件最不可思議的事情，中國的作家並沒有提及。我指的是蓬萊的空氣，此乃蓬萊所獨有的。因此，蓬萊的陽光比別處的陽光白得多，這種乳白色的光不會使人目眩，它極為清冽，卻又非常柔和。這種空氣非人世所有，它存在於很久很久以前，久得讓人想起來就心生懼意。它並非由氣體組成，而是由魂靈組成，由億萬代人的魂靈——那些與我們的思考方式完全不同的人的魂靈——組成的半透明的、巨大的物質。無論哪個凡人吸入了這種空氣，他便將這些令人戰栗的魂靈帶入了自己的血液中。這些魂靈改變他的感覺，改造他的時空觀念，讓他如它們那樣去看、去感覺、去思考。按它們的看法，蓬萊可能是如下的樣子——

因為在蓬萊沒有邪惡，所以人心永遠不會變老。由於心永遠年輕，蓬萊的人自生至死都在微笑——除了神靈將悲哀送給他們時。他們會掩住臉龐，直到悲哀消失。蓬萊的人們彼此間充滿了愛和信任，如同一家人一般。女人的聲音婉轉似鳥鳴，因為她們的靈魂如同鳥兒般輕盈；少女們嬉戲時搖動的雙袖，就像寬大柔和的鳥翼在鼓動。在蓬萊，人們只需躲避悲哀，因為他們無需羞愧；人們出門無需上鎖，因為這裡沒有賊；無論日夜，家家門戶大開，因為人們無需畏懼。儘管此處的人們是凡人，但他們都是精靈。蓬萊的萬物，除了龍宮外，都是纖巧、精緻和有趣的；這些精靈般的人用極小極小的碗吃飯，用極小極小的杯子喝酒……

——要說所有這些美妙的情景，都是因為他們吸入了幽靈的空氣，那也不盡然。前人留下的仙法，只是具有令人心馳神往的魅力，是實現古老願望的魔力。那些願望已經實現了一部分：在很多顆心裡、在無慾無求的簡單生活裡、在女子們的甜美笑容裡實現了。

從西洋吹來的邪惡的風正在掃蕩着蓬萊；那種具有魔力的空氣，唉，正在人們面前消散，僅殘留於微小的空間裡，如同日本畫家的風景畫裡拖曳出的渺遠細長的雲帶。在這殘存的精靈之氣息下，你依然能發現蓬萊，只是再也不像昔日那樣，隨處可見……記住，蓬萊仍然被稱為「蜃気樓」——那無形的、不可觸知的海市蜃樓。它在逐漸消失，它將僅留存於圖片、詩歌和夢幻中，再也不會重現。

一八
幽靈瀑布的傳說
幽霊滝の伝説

伯耆國①的黑阪村附近，有一條「幽靈瀑布」。緣何如此稱呼，我並不知曉。這條瀑布頂端的水潭邊，有個小神社，奉祀着村氏神②，村民們都稱它「瀑布大明神」。神社正前方放着一個小木箱，用來接受信眾的捐獻。關於這個募化箱，還曾有過一段傳說。

① 伯耆國，屬山陰道，俗稱伯州，今鳥取縣西部。
② 村氏神，就是村子的土地神和守護神，供奉在神社裡，負責守護本土。住在當地的人全部可以作為氏子參加村氏神祭祀。

三十五年前一個寒冷的夜晚，一群受僱於黑阪村麻紡織工廠的婦人們，在忙完一天的活計後，聚攏在紡織間的一個大火爐邊，興高采烈地講起了鬼故事。故事一個接一個，當講完第十二個後，不少人已經膽戰心驚，戰栗恐懼。但一個膽子較大的女孩，為了追求更強烈的刺激，提議說：「有誰敢在今晚，孤身一人去幽靈瀑布走一趟嗎？」

這個提議引得大家都尖叫喧嘩起來。有人嘲謔地笑道：「誰要是敢去，我就把今天紡的麻，全都給她。」

「我的這一份兒也給她。」另一個女工也叫道。

「還有我的。」

「我，我也算一個。」

第三、第四個女工也附和着……

於是所有人都參與了進來。

其中有一個名叫安本御勝的女工，是木匠的妻子，聞言便站起身，將兩歲大的兒子裹在背上，然後說：「聽着，如果你們真的肯將今天紡的麻全部給我，我立刻就去幽靈瀑布！」

她的話引來了大家的震驚與嘲笑，但御勝再三表示一定要去，女工們的態度開始嚴肅了。她們逐一應允，只要御勝果真去了幽靈瀑布的話，保證將今天紡的麻悉數送給她。

「但是，如何知道你確實去過那兒呢？」一個尖細的聲音問道。

「這樣吧，讓她把神社前的募化箱帶回來。」女工中年紀最老的阿婆說道：「這個證據比什麼都強！」

「沒問題，我鐵定把募化箱帶回來。」御勝大聲應承道。而後就揹着睡熟的兒子，衝出了屋門。

夜涼如水，銀霜遍地，御勝匆匆走過空無一人的街道，寒風凜冽令家家戶戶都閉緊了大門。藉着微弱的星光，她不久就出了村口，踏上了山路。暗夜沉沉，四野寂寂，路兩旁是一片被霜凍的稻田，御勝就在這田間的小徑上，拖着木屐「啪嚓啪嚓」地走了約莫半個時辰，來到了下坡的羊腸小徑。山道變得愈發崎嶇陡峭，四周也越來越黑。但這條路御勝走過多次，已十分熟悉。再向前行，便聽到「嘩嘩嘩」的流水聲。她加快腳步，轉過溪谷，不一會兒，眼前豁然開朗，方才不過是潺潺的細小水聲，一下子變成了震耳欲聾的瀑布轟鳴聲。

御勝抬眼一瞧，眼前一團漆黑，但朦朧間可以依稀看見瀑布長長的白晃晃的水光，模模糊糊地還可望到小神社前的募化箱。她迅速地跑上前去，伸出了手臂……

「喂——御勝——」突然，從飛流直下的瀑布裡傳出一聲陰沉的嘶喊，御勝登時被這詭異的喊聲嚇得動彈不得。

「喂——御勝——」那駭人的聲音再度響起，這次的聲調更加可怖。

但是，御勝是個大膽的女子，她鼓起勇氣，一把抓起募化箱，轉身就跑。一路上什麼也不看，什麼也不管，直到逃到大路上，才敢停下來喘口氣。然後繼續堅定地向前走去，終於回到了黑阪村。

御勝使勁敲開了麻紡織工廠的大門，氣喘吁吁地拿着募化箱走了進來。女工們歎服不已，全都屏息靜氣地聽她訴說遭遇。御勝告訴她們，幽靈瀑布中有個恐怖的聲音，曾兩次叫喊自己的名字。大家聽了，驚駭訝異，七嘴八舌地稱讚御勝：

「多麼了不起的女子啊！」

「御勝真是勇敢！」

「是啊，御勝是我們的驕傲！」

說着，大家紛紛拿出自己紡的麻布，送給御勝。

這時，阿婆說道：「御勝，你的孩子是不是凍着了？來，快抱到火爐邊暖和暖和。」

「我想，他可能是餓了吧！」御勝答道，「我馬上就給他餵奶」。

「可憐的孩子。」阿婆連忙幫御勝解下包裹孩子的背囊。

「啊！這是什麼？你的背後怎麼濕漉漉的？」

阿婆忽然失聲尖叫起來，「血！那是血」！

從解開的背囊裡，掉出了一件浸滿鮮血的嬰兒內衣，滑落到地板上。孩子竟然只剩下了兩隻青紫色的腳和軀幹。頭，已經不翼而飛！

一九

茶碗之中

茶碗の中

你是否曾經登上某個古塔的樓梯，在黑暗中拾階而上，四面掛滿蜘蛛網，一片漆黑之中，唯有你孤身一人？或者，你是否曾沿着海邊小徑，朝懸崖走去，只想在犬牙交錯的山邊轉角處，為自己尋覓一處歇腳之地？從文學觀點看來，這種體驗的情感價值藉助感覺的力量得以證實，而恰恰是那種銘刻於心的生動喚醒了這種感覺。

在日本的古書中，奇怪地保留了某些結局的幻想空間，它能讓人產生與之相類似的情感體驗……也許作者偷懶；也許他與出版商發生了爭執；也許他突然被人從桌前喊走，再也沒有回來；也許他正在寫中間的某個句子時被死亡召喚。

但無人能告訴我們到底為什麼這些作品沒有完成……我舉一個典型的例子：

大約在二百二十多年前的元和[①]三年

① 「元和」是日本的年號之一，指的是從一六一五年到一六二四年這段時期。此時的天皇是後水尾天皇，江戶幕府的將軍是德川秀忠、德川家光。

（一六一七）元月四日，佐渡國[①]的大名中川氏，帶着侍衛們進行新年巡視，路經江戶治下的本鄉白山時，見山腳下有一家茶屋，一干人等便入內飲茶歇息。中川隨行的部屬裡，有一個名叫關內的近衛武士，感到非常口渴，就給自己斟了滿滿一大碗茶，端起來舉到唇邊，正要喝下。突然，瞥見茶碗中竟然有一張清秀的面孔，浮現於透明澄黃的茶水之上。關內大驚失色，慌忙扭頭四顧，但並無一人在他身旁。

茶碗中出現的那張臉，從髮式上看，應是位來自上層社會的年輕武士。關內禁不住又瞧了一眼：但見這面孔眉清目秀、輪廓分明，栩栩如生地映現在茶水裡；眼波盈盈流轉，嘴唇微微噏動，有如女子般秀美！

關內對這碗茶的異樣困惑不解，遂將茶水潑掉，小心翼翼地檢查茶碗。但這茶碗十分普通，碗裡也並未描畫任何圖案。於是關內換了另一隻茶碗，重新斟滿茶水。可是，碗中一有了茶水，水面上立刻又浮現出那張俊美的臉來。

關內心裡發慌，趕忙把茶水再次潑掉，又倒了一碗。結果湊近茶碗一看，那張臉仍然映在水裡，正對着他嘲弄地冷笑着！

這下子關內真的是驚駭惶恐到了極點，他喃喃低語着：「你到底是誰？你，你可別想迷惑我！」一面說，一面端起茶碗，一口氣將含有男子面孔的茶水喝得涓滴不剩。而後衝出茶屋，奪路狂奔。一路上，倒也並沒去想，適才和水吞下的面孔，是否是鬼魂作祟。

---

① 佐渡國，屬北陸道，俗稱佐州或渡州，今佐渡島全境。

當天深夜，關內正在中川府邸的侍衛室內值夜，一個陌生的年輕武士，忽然無聲無息地躡了進來。他裝束華貴氣派，緩步走近關內，微一躬身，行禮道：「我叫式部兵內，初次拜訪，請多關照。您似乎不認得我了？」

他話聲雖然低沉，但鏗鏘有力，字字句句直鑽入關內的耳裡。關內驚異地發現，這武士俊俏的臉，恍惚似曾相識。那淺淺的笑意、靈動的眼神、微張的嘴唇，還有輕蔑挑釁的神情，十足與白天被自己吞下肚的，茶碗裡的面孔一模一樣。

關內冷靜地答道：「不，我向來都不認識你！」同時反問道：「斗膽請教，閣下到底是如何潛入此地的？」

要知大名的府邸，無論晝夜均戒備森嚴，除非守衛者疏忽，否則若無人引領，想潛入府邸中是絕無可能之事。

「呀，難道你真的不認識我了？」來訪者靠得更近了，以一種堅定的聲音說道：「是的，你沒有認出我！現在你必須承擔今晨對我造成的致命傷害的後果。」

關內聞言，立即拔出腰間的肋差①，向那武士的咽喉戳去，但是刀鋒似乎沒有刺中要害。闖入者悄然間從他的側面滑到臥室牆邊，變成影子穿牆而去。如同燭光穿越燈籠紙一般，竟沒有在牆壁上留下任何痕跡。

第二天，關內將這件令人疑竇叢生的事情，告訴給同僚們。同僚們都大為震驚，昨夜發生此事

① 肋差，是日本武士用來剖腹自盡的短刀，長度通常在三十至六十公分。

時，他們根本沒有看見任何人出入中川府邸。而在中川的家臣部屬裡面，也沒有人聽說過式部兵內這個人。

隨後幾天，關內請了假，在家陪伴父母。這日將近夜半時分，僕人進來通報，說是有客來訪。關內連忙攜了刀，大步來到門口。只見三個挎刀武士昂然傲立，站於門外，從外表上看，似是扈從家將的模樣。三人見到關內，恭恭敬敬地行過一禮，說道：

「我們是松岡文吾、士橋久藏和岡村平六。家主式部兵內，曾於數日前專程拜訪閣下，不料閣下無禮之極，竟拔刀冒犯於他。敝上不幸受了傷，現在不得不去溫泉療傷，下個月十六日方能回返。他令我等先來告知閣下，屆時定當以血還血……」

關內不等他們說完，已然怒不可遏，拔出太刀當頭猛劈過去。但那三個傢夥也和他們的主人一樣，倏地變成了影子，消失在圍牆上……

這則古老的故事，到這兒就結束了。接下來發生的事，永遠地被封存在那些百年前逝去的人們心中。我可以想像出幾種可能的結局，但是沒有一個會符合西方人的思維方式。所以我選擇了讓讀者們自己去想像，到底吞下靈魂後會發生什麼事。

二〇 常識[①]

常識

從前，在京都近郊有座愛宕山，一位得道高僧在此潛心修行，傾盡畢生心血，精研佛法。他居住的小寺廟遠離附近的村莊，因此無法得到日常的生活補給。但一些虔誠的村民，每個月都會定時給高僧送去米和蔬菜。

在這些虔誠的村民中，有一個時常在山上打獵的獵人。一天，這個獵人揹了一袋米去送給高僧，高僧對他說：「施主，我必須告訴你一件奇異的事情，它就發生在上次和你見面之後。我真的不明白，如此神聖的事情，怎麼會發生在如此卑微的我身上。

「你也知道，我每天都在不斷地鑽研、誦讀佛經，年復一年，這或許是神見我日夜誦讀佛經，才賜予我的禮物。雖然我不能肯定，但昨晚我確實見到了普賢菩薩騎着他的坐騎大白象，光降到這個寺廟。親愛的朋友，今晚你就和我同宿在寺裡吧，你將見到心目中所崇敬的菩薩法駕。」

① 本篇怪談故事，改編自《宇治拾遺物語》第八卷第六篇。原題為《獵人射佛》。

獵人答道：「能親眼見證這一神聖的景象，並頂禮膜拜菩薩的真身，實在需要莫大的機緣。對此，我深感榮幸。今晚，我就留在這兒吧！」

於是，獵人便留在了寺裡。趁高僧繼續研習佛經之際，獵人開始思忖這個奇異的景象到底是怎麼回事，是真實存在的嗎？

寺廟裡還有個小沙彌，獵人尋了個機會，向他問道：「法師對我說，普賢菩薩每天晚上都會到寺裡來，你有見過菩薩嗎？」

「我已經見過六次啦。每次見到菩薩法身，我都極其虔誠地膜拜他。」小沙彌回答道。

這一回答雖然又增加了獵人的懷疑，但他仍然相信小沙彌不會騙人。他想待會兒自己也能看到小沙彌所看到的一切了，於是滿懷期望地等待着。

天色低垂，很快就到了半夜，高僧說時刻將至，要準備好迎接普賢菩薩。他打開小寺廟的大門，跪在門口，面朝東方。小沙彌跪在高僧的左手邊，獵人則虔誠地跪在高僧的身後。

這一天是九月二十日，沉悶、黑暗，還颳着呼呼的大風。三個人跪在門口，等候普賢菩薩顯聖。片刻後，一個白點出現在天際，像一顆星星，從東方昇起；光點迅速地移動過來，變得越來越大，接着照亮了整個山坡。不久，光影中現出了菩薩的影子，騎在一頭六牙大白象上。

轉瞬間，菩薩已經騎着大白象來到了寺廟前。雪白的大象昂首挺立，菩薩全身發出聖潔的光芒，就像山間的月色，皎潔神秘，妙不可言。

高僧和小沙彌忙不迭地叩首膜拜，口中誦着佛經。突然，獵人從高僧背後暴起發難，彎弓搭箭，拉個滿懷，「嗖」地一箭，筆直地朝渾身散發白光的菩薩射去。這一箭正中菩薩的胸脯，幾根毛掉了下來。

驀地，天邊雷鳴電閃，一片炸雷聲中，白光消失了，奇景也隨之消失。寺廟前空無一物，只剩下無邊的黑暗。

「哦，可悲的人！」高僧語調中充滿羞愧和失望，顫抖地哭喊道：「你這卑鄙無恥的邪徒，你做了些什麼啊？你到底做了些什麼啊？」

獵人毫不介意高僧的責備與抱怨，禮貌地說道：

「尊敬的大師，請您冷靜下來，聽我說。您也許會覺得，能親眼見到普賢菩薩，是憑着經年累月的修行。但如果事實真是如此，那也只有您能見到菩薩，我和小沙彌是絕對見不到的。

「因為，凡人由於無識與慧根淺薄，與神佛顯聖是無緣的。而您作為高僧，潛心修習佛學，受到了佛的啟示，卻有可能見到菩薩的真身。但我只是個無知的獵人，謀生的手段就是殺戮，而這個職業在菩薩看來是不容許的。佛經之類的，我也從未誦讀過。那麼，我又怎麼可能看見菩薩呢？

「然而，我和小沙彌卻一起見到了您所能見到的聖景。所以，我想告訴您，尊敬的大師，您所見到的絕非普賢菩薩，而是一些小妖精變造出來的幻象，為了欺騙您，甚至是為了摧毀您的信仰。我請求您在天亮前穩定好情緒，我將證明我所說的是事實！」

天亮後，高僧和獵人一道去昨晚白光出現的地方查看。他們見到了一長串血跡，跟着這串血跡，他們發現了一隻獾的屍體，胸脯上果然插着獵人的箭。

高僧雖然博學、虔誠，但卻輕易地被一隻獾精所誑騙。獵人雖然無知，也沒有宗教信仰，卻擁有基本的常識。他靠着常識作出判斷，就立刻識破並摧毀了可怕的幻象。

二　生靈

生霊

從前，在江戶靈岸島有一家大瓷器店，店東家是富商喜兵衛。長年以來，喜兵衛一直聘請一位名喚六兵衛的人做掌櫃，負責打理店裡的大小事務。六兵衛為人忠厚，盡心料理店務，使得瓷器店的生意蒸蒸日上。隨着客戶日益增多，六兵衛漸感人手不足，有點力不從心。他取得喜兵衛的許可後，聘請了自己的外甥，一個二十二歲的年輕人來當助手。外甥曾經在大阪的瓷器店見習過，六兵衛認為他可以勝任這個工作。

外甥也是個手腳勤快、聰明能幹的人，雖然從商經驗尚不如舅舅，但他努力學習、待人熱忱，東家喜兵衛見了，十分高興，對他頗多讚賞。

可是，過了七個月後，年輕人忽然害起怪病來，而且到了奄奄一息的瀕死地步。六兵衛請了江戶城裡最好的醫生，卻仍然查不出病因。醫生無法對症下藥，所以連藥方也難開，只含含糊糊地告訴六兵衛，這病可能是由於某些傷心事而引起的。

六兵衛思忖，心病大抵都是相思病，大概外甥看上了哪戶人家的女孩吧？於是便對外甥說道：

「我想，你現在也不小了，是該成家立室了。

是不是因為暗戀某個女孩子，朝思暮想，這才得了相思病？若果真如此，你不妨將埋藏心底的煩惱，都說與我聽。你隻身一人來到江戶，遠離雙親，我就該像父親一樣照顧你。你有任何憂慮悲傷的事，我都會盡父親的責任，設法幫你解決。要是你需要錢，也別不好意思，只管開口，我會盡力資助你。而且，你的身子快些好起來，喜兵衛老闆也會很開心的。」

滿臉病容的年輕人，聽了這番意誠志懇的暖心話，既感動又為難，沉默片刻後，終於答道：

「您這番話，我一生都不會忘記。但我從未思慕過任何女子，這個病，不是一般的醫生可以醫治的，金錢也不能解決問題。事實上，我時常受到莫名奇妙的折磨，已幾乎活不下去了。無論白天還是黑夜，不管在店裡還是在屋裡，或孤身一人或置身人群中，我總是被一個女人的陰影如影隨形地糾纏着。許久以來，我沒睡過一晚安穩覺。只要一閉上眼，那女人的陰影便上來扼住我的咽喉，令我透不過氣來。因此，每晚我都無法入眠……」

「為什麼你不早點告訴我？」六兵衛問道。

「因為……這事很難啟齒。」外甥囁嚅道：「這個陰影，並非已過世者的鬼魂，而是尚在陽間的人。這個人，舅舅您也認識。」

「咦？到底是何人？」六兵衛亟不可待地問道。

「就是店裡的老闆娘，」年輕人顫聲說道：「也就是東家喜兵衛的妻子……她想殺了我。」

六兵衛聽完這一席話，不知所措，他自然相信外甥所言句句是實，但實在沒有令人信服的理由，能夠說明外甥腦海中會為何出現陰影。須知，生靈的出現，要麼是因為強烈的愛，要麼就是由於極度的恨，除此之外，別無他途。而喜兵衛的妻子已經五十多歲了，外甥與她之間不可能有什麼愛情。那麼，換個角度思考，興許外甥做了什麼招人憎厭的事，才惹來了生靈？可是，外甥品行良好、禮貌謙恭、忠於職守，完全沒有可以挑剔責難的地方啊！

這一神秘事件讓六兵衛困惑不已，經過反覆考慮，他毅然決定將整件事，都告訴老闆喜兵衛，請老闆來協助調查。

喜兵衛聽完稟告，大吃一驚，四十多年來，他從未懷疑過六兵衛說的話。所以，他立即將妻子喚到跟前，委婉地盤問她，關於年輕的助手患病的原委。

妻子登時面色蒼白，抽泣不語。過了一會兒，她才吞吞吐吐地坦白道：

「關於生靈的事，那個年輕人所言不虛。儘管在事實上，無論是說話還是行止，我都並不討厭他。可是，您也知道，他在生意上是把好手，能言會道，乖巧伶俐。同時您又給了他較大的權力，可以在店裡隨意差遣學徒和幫傭。正因為如此，我倆的獨生子——本應接掌這家店舖的繼承人——就很容易由於單純，被那年輕人給騙了。我一直認為那個聰明的年輕人極有野心，必然會想方設法蠱惑咱們的兒子，謀取咱們的家產。無論何時，只要一看到那年輕人，我就惡向膽邊生，始終覺得在他親切溫和的笑臉下，時刻都存着想奪取咱們兒子地位的險惡用心。這種憂慮與日俱增，我巴不得他立刻死掉，甚至還想親手殺了他……是的，我也知道這種念頭是錯的，但我無法抑制憎厭他的情緒，每天晚上我都咬牙切齒地詛咒他。他對六兵衛所說的『生靈』，大概就是這麼來的吧！」

「這太荒謬了！」喜兵衛生氣地責備妻子道：「你怎麼能做出這種事來？僅憑一個荒誕的念頭，就要置一個無辜的人於死地？你把那年輕人給害慘了……好吧，如果我把他跟六兵衛，調到其他城市的分店去，你能保證從此不再起害人之心嗎？」

「只要看不到他的臉，聽不到他的聲音，」妻子答道：「讓他徹底離開江戶，遠離我們家，我就不會厭惡他了。」

「那就這麼辦吧！」喜兵衛道：「要是你繼續詛咒那個無辜的年輕人，他肯定會死的。那麼你一生都要揹負這筆孽債。更何況，他還是我的好幫手。」

喜兵衛立刻安排在別的城市開設分店的事，六兵衛和他的外甥被派到了分店打理生意。從此以後，生靈再也沒有出現過，年輕人很快就恢復了健康。

二三　死靈

死霊

野本彌治右衛門是越前國①的地方官，在他去世後，其下屬串通起來，企圖蒙蔽他的親屬，侵吞遺產。他們以野本負債纍纍，需要清償為藉口，將上司所有的金錢、貴重物品、傢具等，全部巧取豪奪進了自己的腰包裡。然後偽造了一份呈報，污蔑野本早已資不抵債，財產悉數變賣後，尚不足以還債。

這份偽造的呈報，寄達到越前守護手中後，守護大為震怒，頒佈了一道放逐令，要將野本的遺孀和子女盡皆逐離越前國。野本一族由此受到拖累，在家主死後，跟着蒙受了不白之冤。

但是，當放逐令由傳令官送到野本的遺孀面前時，一件意料之外的怪事發生了。屋裡的一個侍女，突然間全身戰栗，像着了魔似的，不由自主地抽搐起來。一陣癲狂的痙攣過後，她立直身子，朝着傳令官，以及那些合謀侵奪財產的下屬，大聲說道：

「現在，大家都仔細聽着：我此刻所說的每一句話，都不是這個侍女說的，而是我——野本彌

① 越前國，屬北陸道，又稱越州，今福井縣東北部。

治右衛門——從黃泉歸來的受屈者所說的！那些辜負我信賴的人，使我義憤填膺，我必須回來，拆穿他們的陰謀……你們這些寡廉鮮恥、忘恩負義之徒！難道忘記了我生前的恩惠了嗎？竟然如此侵沒我的財產、敗壞我的名譽？……現在，就在這兒，將我的公事賬簿和房契，都交給這位官爺，讓他轉呈監察官大人，細細核查一下，看看真相到底是什麼吧！」

侍女忽然說出如此一段話，令在場的人全都大吃一驚。她的聲音、她的舉止，與野本簡直一模一樣。那些做了虧心事的下屬們聞言，更是面色蒼白，驚惶不安。

來傳令的官員見此異事，心知其中必有隱情，便迅速地將侍女面前的賬簿盡數封存，然後和侍女一起，帶回交給監察官，着手清查賬目。侍女準確無誤地核對賬目、計算總額、更正錯誤的賬務記錄，並將造假賬的地方一一標出。她的筆跡，竟然跟野本彌治右衛門的筆跡完全相同。

重新審核的賬目結果，證明了野本不但沒有任何負債，而且在死前，還為地方財庫盈餘了一筆公帑。他的下屬串謀誣陷的罪行，至此已然昭彰大白。

清查完賬目後，侍女以野本彌治右衛門的口吻說道：

「諸事俱畢，我可以回去了。這借來的身子，也該還了。」

說完，侍女躺倒在地，不一會兒就昏沉睡去。整整兩天兩夜，她都像死人似地沉睡着（傳言當人體被附身後，一旦附身的鬼魂離開，被附身者會疲憊不堪，如中夢魘）。

侍女再度醒來時，聲音舉止都已恢復如常，但卻怎麼也想不起被野本附身的事情了。

「死靈伸冤」的奇事很快就上報到了越前守護那兒，守護不僅撤銷了放逐令，還賞賜給野本一族數目可觀的撫恤金，之後又追封野本彌治右衛門各種榮譽頭銜。

從此以後的許多年裡，野本一族都得到朝廷的恩寵，子孫繁衍昌榮。而那些有罪的下屬們，也得到了應有的懲罰。

二三 癡女岡目的故事

おかめのはなし

在土佐國①的名越，有一個富商權右衛門，他的女兒名叫岡目，芳齡二十二歲，嫁與二十五歲的八右衛門為妻。岡目多疑善妒，又對八右衛門戀深情熱，因此絕不允許任何女人接近夫君，否則便會打翻了醋罈子，撒潑大鬧。八右衛門也知妻子的秉性，從不在外拈花惹草。兩人鶼鰈情深，過得倒也頗為美滿。

可惜好景不長，婚後不到兩年，岡目竟不幸染上了當時在土佐流行的惡疾。罹患此疾者，飲食難嚥、煩悶難當，終日昏沉欲睡，夢魘時至。八右衛門雖多方延請名醫診治，依然毫無起色。岡目病體日衰，每況愈下，自知在世之日已然無多。

這天，岡目把夫君喚到病榻前，說道：

「我患病期間，多虧夫君衣不解帶從旁照顧，

① 土佐國，屬南海道，又稱土州，今高知縣。

這世上再無任何人，比夫君待我更為情深意重。只可惜，我現在要先您一步而去了……想起來，雖然我還不到二十五歲，卻有一個世上最疼我、最愛我的夫君，我也算死而無憾了……

「啊，您別哭，千萬別哭。我是沒指望能活下去了，就連最高明的中國醫生都束手無策，您也不用再為我傷心了。我原本還以為，至少尚有數月之命，可以多陪您一段日子。然而今晨攬鏡自照，終知死期將臨，就在今日。因此，有件心願想求您幫我達成，倘能如願，我在九泉之下也必定喜慰非常。」

「快告訴我吧！」八右衛門答道：「不管是什麼心願，只要我力所能及，都會為你盡心辦到。」

「不，這個心願對您而言，恐怕並不樂意去達成。」岡目搖頭說道：「您是那麼年輕，要做這樣一件事，真是太難了。可是這個心願就像一團烈火在我胸中燃燒着，我必須在死前，向您提出來……親愛的，在我身後，您的族人肯定會要您再娶妻室。您能不能發個誓，從今往後，絕不續弦另娶！」

「就這件事啊！」八右衛門高聲嚷道：「如果僅僅是這麼點心願，要達成實在是輕而易舉。好吧，我答應你，在我心裡永遠只有你一個人，我絕不再娶第二個女人。」

「啊，真是太感謝您了。」岡目勉強從病榻上支撐起上半身，興奮地說道：「有您這句話，我就心滿意足啦！」

言罷，岡目雙眼一閉，就此與世長辭。

岡目死後，八右衛門的身子竟一天天地跟着衰弱了。起初，人們還以為是思念亡妻的緣故，鄉鄰們都說：「真是個可憐的情癡啊。肯定是因為太過悲傷，才搞壞了身子。」然而，經年累月，八右衛門的病不但沒有好轉，反而日漸消瘦，臉色鐵青，變得像個幽靈一般。

儘管鄉鄰們仍然認為年輕人是因為過度悲傷，才病得形銷骨立，但已隱隱感到有些不妥。他們請了醫生來給八右衛門診治。醫生們望聞問切之後，一致認定八右衛門的病不簡單，可到底是什麼病，卻又摸不着頭腦。他們暗示說，這可能是一種來自精神方面的神秘力量所導致的疾病。

八右衛門的雙親，為了此事特意前來探問，從談話中，他們依稀得知此病並非全因悲傷所致。父母商量了一下，勸兒子再婚，但八右衛門毫不猶豫地拒絕了，堅稱絕不背棄與前妻的誓約。

此後，八右衛門的病情日趨沉重，族人均不再抱以希望，但他的母親依然不放棄，她堅信兒子肯定隱瞞了什麼事情。這天，她來到八右衛門的病榻前，涕淚交流地勸說兒子講出患病的真實原因。八右衛門經不住母親的苦苦哀求，終於說道：

「母親大人，此事無論對您或是任何人，都頗難啟齒。恐怕我說了，您也不信。事實上，由於岡目在另一個世界裡仍然對我唸唸不忘，使得她無法投胎轉世，因此，從入土安葬開始，每天晚上她都會回來睡在我身邊。有時我很懷疑她是否真的去世了？除了說話時竊竊低語外，她的臉龐、她的舉止，竟和生前絕無二致。

「岡目時常叮囑我，不可將她回來的事情說出去。或許她是希望能與我共赴黃泉吧！倘若我孑然一身，隨她而去自然無妨。可是，正如母親您所教導的：身體髮膚，受之父母。我首先要盡到的，是作為人子的責任。

「母親大人，現在我已將真相全部告訴您了。每天晚上，當我要躺下睡覺時，岡目就會回來，直到次日黎明寺裡的晨鐘響起，她才飄然而去。」

八右衛門的母親聽完事情的原委，驚懼至極。她立即來到附近的寺院，將兒子被鬼魅纏身的事原原本本地告知住持，希望能得到幫助。住持是位閱歷豐富的年長高僧，聽過敘述後，沉吟良久，對八右衛門之母說道：

「據我所知，發生此類事件已不是頭一回了。想來，我還是有辦法救您兒子的。不過他現在已到了鬼門關口，臉上死氣浮顯，只要岡目今晚再回來一次，令公子恐怕就見不到明天的太陽了。所以事不宜遲，我們馬上就動手，但是先不要告訴令公子。請您立即將雙方的親屬都找來，到寺裡聚齊。為了令公子，我們必須開棺檢視。」

雙方的親屬迅速聚集到了寺院裡，住持得到兩邊族人的共同允可後，帶着大家來到岡目的墳墓旁。他吩咐傭工刨開墳土、移掉墓石、鑿開墓碑，露出了岡目的棺柩。

棺蓋打開後，在場所有人都嘖嘖稱奇。但見岡目的面容宛然如生，臉上還帶着微微的笑意，絲毫看不出是因重病而亡的模樣。

住持讓傭工將岡目的屍體從棺柩中抬了出來。輕觸之下，屍體竟然尚有餘溫，肌肉亦有彈性，彷彿體內生氣猶在，一點也不像入土許久的樣子。大家都駭異得瞠目結舌。

屍體被轉移到寺院的靈堂裡。住持提筆縱逸，寫下多張辟邪符咒，分別貼在屍體的額頭、胸部及四肢上，接着又為岡目的亡靈誦經超度，最後才把屍體恭恭敬敬地送回原來的墓地。

從此以後，岡目再也沒回來過，八右衛門的身體漸漸恢復了健康。但他是否還遵守絕不再婚的誓約，故事的講述者卻並無提起。

二四 巨蠅的故事

蠅のはなし

大約兩百多年前，在京都住着一位名叫飾屋九兵衛的商賈，他的店舖開在寺町街上，位於島原路略微靠南的方向。九兵衛有一個侍女，喚作阿玉，老家在若狹國①。

九兵衛夫婦非常疼愛阿玉，對她視若己出。然而阿玉卻不像其他女孩那樣喜歡打扮，從不穿任何漂亮服飾。雖然夫人為她置辦了多件美麗的衣裳，但即使是休假的時候，她也穿着樸素的工作服外出。

就這樣，阿玉在九兵衛家中工作了五年。有一次，九兵衛問她，為什麼一直不注重自身的衣着打扮呢？

阿玉聽到這含蓄的責備，羞得面紅耳赤，恭恭敬敬地回答道：

「雙親過世之時，我年紀尚幼，又是獨生女，沒有兄弟姐妹。因此，雙親的後事全由我一人承擔。但孤苦伶仃的我，哪裡有錢辦理後事呢？於是我暗下決心，一定要籌到足夠的錢，將雙親的靈位安放

① 若狹國，屬北陸道，俗稱若州，今福井縣西南部。

到常樂寺裡，在那兒舉行超度亡靈的儀式。所以我儘量省吃儉用，無論是花錢還是穿衣，都考慮再三。大概是我太過節儉，令老爺感到我疏於儀態了。但現在，我已經存夠了一百兩銀子，無須再過分簡樸。日後，我會穿着體面地出現在老爺面前。懇請老爺原諒阿玉此前的粗疏與無禮。」

阿玉的直言坦白，令九兵衛大為感動。他大聲稱讚阿玉是個孝順的好女孩，並親切地保證，此後阿玉可以隨心所欲地任意挑選穿着自己喜歡的衣裳。

這次談話過後，阿玉花了七十兩銀子，將父母的靈位移往常樂寺，並舉行了超度儀式。剩餘的三十兩積蓄，便託付給夫人代為保管。

誰料花盛突遭霜毀，次年冬天，阿玉忽然得了重病，多方延醫治療仍告無效，終於在元祿十五年（一七〇二）元月十一日病逝。九兵衛夫婦對於阿玉的死，傷感哀痛不已。

阿玉離世大概十天後，一隻非常大的蠅，飛進九兵衛家裡，在九兵衛頭上盤旋轉圈。驟然見到巨蠅，九兵衛大為訝異。因為在這寒冷的天氣裡，不論何種蠅類，都絕不會出現。即使是在溫暖的季節裡，也極少會看到如此巨蠅。

那巨蠅一直盤旋不去，九兵衛不堪其擾，但礙於自己是個虔誠的佛教徒，不能殺生，便小心翼翼地捉住它，放飛到屋外去。然而巨蠅過得片刻，又飛了回來。九兵衛只好又抓住它，再次放飛出去。可是過了一會兒，大蠅還是飛回來了。九兵衛夫人感到其中必有情由。

「我想，」夫人說道：「會不會是阿玉呢？聽說過世的人，如果心中有執念放不下，就會從黃泉歸來，變成蟲類。」

九兵衛笑答：「好吧，既然你這麼說，咱們就來給它做個標記。」他再度抓住巨蠅，將其翅膀尾端用剪刀稍微剪去一小部分，然後把巨蠅帶到離家相當遠的地方放飛。

第二天，巨蠅竟然又飛回來了。九兵衛對此迷惑不解，覺得巨蠅屢屢回到自己家，可能有幽靈在作祟。為此，他再一次抓住巨蠅，用油漆將它的全身及翅膀全都塗得紅彤彤的，帶到距離上次更遙遠的地界放飛。

兩天之後，巨蠅再度飛回，渾身塗滿紅漆。至此，九兵衛終於相信了：「沒錯，肯定是阿玉這孩子。可是，她回來想幹什麼呢？」

夫人猛然醒悟，說道：

「啊呦！她還有三十兩銀子託我保管着呢。看來，她是想讓咱們把這三十兩銀子拿出來，到寺裡替她做場法事。要知道，阿玉向來都很重視來生的。」

話音剛落，巨蠅「吧嗒」一聲從窗戶上掉了下來。九兵衛連忙拾起它，發現它已經死了。

九兵衛夫婦將那隻巨蠅的屍身，放入一個小木匣裡，而後立刻動身，趕到寺廟裡，將阿玉的積蓄交給住持。住持自空法師聽完巨蠅的故事後，盛讚二人仁慈端正。為了告慰阿玉的一番苦心，自空法師對着巨蠅屍骸，誦讀了八卷超度經文。而裝着巨蠅屍身的小木匣，亦被埋於該寺內，並立了墓碑，碑上題有追頌銘文。

二五 雉雞

雉子のはなし

從前，在尾張國①的富山，有一對年輕的夫婦，住在荒涼幽寂的深山裡。

一天晚上，妻子做了個離奇的夢，多年前已經去世的公公，在夢裡對她說：「明天，我將會有性命之憂，你一定要盡力救我！」

翌晨，妻子把這事告知丈夫，夫妻倆都大感驚

奇，商量了起來。他們一致認為，這肯定是過世的老父遇到了什麼難事，才前來託夢。但那句含糊不清、指代不明的話，到底所指何事，兩人都茫無頭緒。

早飯後，丈夫出外辦事，妻子留在屋裡織布。不久，她被屋外一陣陣的呼喝斥鬧聲驚起，急忙跑出家門，定睛一看，只見本地莊頭②正帶着一群跟

① 尾張國，屬東海道，俗稱尾州，今愛知縣西部。

② 莊頭，又名「介地頭」，是日本武家政權軍事力量的基礎。戰時出征，平時則在地方上負責維持治安、管理莊園。

班在狩獵，漸漸地靠近自己家。

妻子正眺望之際，一隻雄雉突地飛身掠過，迅速地鑽進了屋裡。剎時間，妻子想起了那場夢。「難道，難道這隻雉雞就是公公？」她暗暗思忖：「不管怎樣，我還是先救救它吧！」於是，妻子眼疾手快地抓住雄雉，把它塞入一個空米桶裡，再蓋上桶蓋。

片刻之後，幾個莊頭的跟班擁進屋裡，詢問妻子是否瞧見過那隻雉雞。妻子鼓足勇氣，大膽地搖頭否認。但其中一名獵人卻堅決斷言，那隻雉雞的的確確是飛進這間屋子裡的。這夥人便東搜西找，翻遍了每個角落，卻沒有人想到要打開米桶來看一看。

最後，他們四處搜索無果，猜想雉雞可能是通過某個洞穴逃脫了，只好垂頭喪氣地敗興而去。

當丈夫回到家時，妻子趕忙將雉雞的事一五一十地告訴他，並且揭開桶蓋，讓丈夫看那隻藏在米桶裡的雄雉。「我抓住它的那會兒」，妻子說道：「它絲毫沒有掙扎呢。而且，它非常安靜地待在米桶裡，沒有一絲兒聲響。因此，我完全可以確定，它就是公公。」

丈夫聞言走到米桶邊，抓出雉雞。那雄雉的一隻眼已經瞎了，馴服地停在他手上，彷彿早就認識他一般。

「不錯」，丈夫說道：「父親確實是盲了一隻眼睛，是右眼。這只雉雞也是右眼失明。看來，它果真是父親了。瞧，父親也時常這樣睜着單眼瞅着我們哩……真是可憐啊，它現在心裡一定在想：『如今我是隻任人宰割的雉雞，與其讓獵人捉去殺了，還不如窩在兒子家裡討點吃的。』哈哈，你昨晚做的夢，竟然真的應驗了。」

說着，他轉過頭，朝妻子露出一個猙獰的笑，就在妻子的眼皮底下，活生生地擰斷了雄雉的脖頸。

目睹如此獸行，妻子勃然變色，大聲尖叫道：

「啊！你，你這個惡徒！魔鬼！只有擁有魔鬼般黑心的人，才會做出這種禽獸不如的事情來……我嫁給你這個惡徒為妻，倒不如死了乾淨。」

丟下這憤恨的咒罵，妻子連木屐也來不及穿，就破門而出，奔向屋外。丈夫試圖拉住她的衣袖，被她奮力甩開了。她邊跑邊哭，赤足狂奔，直到跑進鎮子裡的莊頭家，才停了下來。

在莊頭面前，妻子涕泗交流，將自己昨晚做的夢、今早怎樣救下那隻雄雉，以及丈夫如何擰死雉雞等事，全部原原本本地向莊頭稟明。莊頭聽完，一面和藹地安撫她，一面頒下命令，緝拿她丈夫歸案。

次日，丈夫被帶上大堂審問，他對殘殺雉雞一事供認不諱。於是罪名成立，莊頭宣判道：

「唯有心靈邪惡之輩，方能做出此等大逆不道之事。吾之莊園，人人皆須相親相愛、恪守孝道。似爾等罪大惡極、人倫盡喪者，若留於莊園內，必危害四鄰。此地，已絕難容你！」

宣判完畢，立時將這男子驅逐出境，不准他再回到莊園，否則將處以極刑。而妻子這邊，莊頭賜給她一塊土地，稍後又為她挑選了一位良人，締結新姻。

二六

忠五郎的故事

忠五郎のはなし

德川時代，江戶小石川住着一位名喚鈴木的「旗本」①。他的府邸坐落於江戶河岸邊，距離中野橋不遠。在鈴木的家臣裡，有個下級武士，名叫忠五郎，他風度翩翩、和善可親、聰明機警，在同僚中頗受好評。

忠五郎在鈴木屬下已侍奉多年，操守良好，從未有過錯失。但是最近，另外一些武士發現忠五郎每晚都要偷溜出去，直到黎明將至才回來。剛開始，同僚們礙於情面，並未對忠五郎的怪異行為進行干涉。大家認為他這麼做，或許是有不得已的苦衷。而且忠五郎的夜出，也並未影響到正常的工作。

然而，日復一日，忠五郎的身子骨越來越差，面色也愈發蒼白。同僚們都很擔心，均覺此事大有蹊蹺，便決意查個究竟。

一天傍晚，正當忠五郎又要從府邸裡偷溜出去時，一位年長的同僚喚住了他，將他拉到一邊，

① 德川幕府直屬的家臣，如果封地不足一萬石，即被稱為「旗本」。旗本全部住在江戶，平時充當幕府的行政官吏或警衛人員，戰時根據封地或俸祿的多少，率領屬下士卒參戰。

說道：

「忠五郎，我的朋友，你最近天天晚上都不知去向，直到清晨才回來，其實這件事大家早就知道了。看看你自己吧，臉色這麼差，我們都很擔心。你是不是交了什麼損友，把身子給搞壞了？除非你能對自己的行為有一個合理的解釋，否則，我們就有責任把這件事稟告給主公。——當然，無論何時，我們都是你的同僚手足，情誼深厚。但你要理解，你已經違反了府中的規矩，萬一出了什麼事，我們可擔待不起啊！」

忠五郎聞言，窘迫不已，苦着臉沉默不語，片刻後逕自朝庭院走去。同僚緊隨其後，來到一處偏僻無人的地方。忠五郎停住腳步，說道：

「現在，我把一切全告訴你吧！但求求你，一定要替我保守秘密，此事一旦洩漏出去，我將會有滅頂之災！

「那大概是在五個月前的暮春時節，一天夜裡，我回家探望雙親，趕回府邸時天已經黑了，我發現離府邸正門不遠的河岸邊，呆呆地站着一個女子。看她的穿着，似乎來自名門大戶。我就想，一個如此裝束的女子竟然在夜晚獨自佇立河邊，實在是令人驚奇。可我當時也不想多管閒事，便不去問她，只逕自從她右邊走過。但那女子卻攔住了我的去路，扯着我的衣袖。我抬眼一看，這女子真是美極了，而且年輕得很。

「她羞澀地請求我，讓我陪她到前面的橋下，說是有話要同我講。她的聲音溫柔婉轉，吐氣如蘭，令我根本無法拒絕。在去橋下的途中，她低聲說道：『小女子因時常見貴殿出入府邸，不由一見傾心。如蒙不棄，願與貴殿締結良姻，共享一世幸福。』

「我聽了這話，呆立當場，不知該如何答覆她。但心裡其實早就神魂顛倒，樂意得很。來到橋下後，女子仍然拉着我的衣袖不放，並且在我耳旁悄聲說道：『請跟我來。』於是我們便一直沿着河堤向下走，越走水越深，漸漸淹到了腰際。我害怕起來，正打算掉頭回去，女子微笑着挽住我的手，說：『跟着我，您完全不必害怕！』

「不知怎地，我被她一挽住，立時全身乏力，身不由己地被她拖着往河底走去，那情形就像在夢中一樣。我只覺得眼睛、耳朵、鼻子都被水淹塞了，什麼也聽不到，什麼也看不到，就這樣暈了過去。

「等到醒來時，我發覺自己身處一個豪華的大宮殿裡，四周亮如白晝，且乾燥暖和，一點也感不到濡濕寒冷。我不知道這是哪兒，也不清楚自己是怎麼來的。

「女子牽着我的手，穿過一間又一間房。這數之不盡的房間裡，每間都空蕩蕩的，而且盡皆富麗堂皇。不久，我們來到一間極盡奢華的大客房裡，客房盡頭處的壁龕前面，點着整齊的燭台，一桌盛宴旁鋪着繡緞織錦的坐墊，卻不見賓客的蹤影。

「女子請我在壁龕前的席位上坐定，自己也在對面坐下，說道：『這裡便是小女子的家了。貴殿願意和我一起生活在這裡嗎？』她嬌笑着問我話，我感到世上再也沒有什麼能比這笑聲更美妙了，登時脫口而出，由衷地答道：『願意！』那一瞬間，我想起了浦島太郎的傳說①，心想她也許就是仙女

① 「浦島太郎遊龍宮」是日本著名傳說。漁民浦島太郎在海邊救了一隻大海龜，海龜為了報恩，帶他潛入海底，遨遊龍宮。在龍宮中，浦島太郎邂逅了仙女乙姬，過了三年天堂般的生活。

吧？但我不敢問她任何問題，擔心會令她尷尬。

「婢女們輪番端着一道道美味佳餚呈上席來，推杯換盞間，我們都有了幾分醉意。那女子趁勢說道：『如果您喜歡我，今晚就讓我做您的新娘吧！這桌酒，就是我們的婚宴。』

「於是我們彼此許下了山盟海誓，婚宴結束後，就相擁着來到事先準備好的新房裡，纏綿了一夜……

「翌日清晨，她喚醒我，說：『親愛的，如今你已是我的夫君了，但有件事我必須提醒你，咱倆的秘密，你要守口如瓶，絕對不能對外人講，否則就會大禍臨頭，我們也將永遠分離。此刻天快亮了，你暫時先離開這裡，回到主公府邸去。以後每天晚上，你都到我們初次見面的那座橋等我，我不會讓你久等的。』

「我心想這可能真的是浦島太郎那樣的美事，便發誓一定會保守這個秘密。她又領着我，再次穿過那些華麗卻空蕩的房間，來到大門口。女子緊緊挽住我，四周登時變得一團漆黑，我只覺一陣暈眩，便不省人事了。待到醒來，已是孤零零地站在河岸的中野橋邊。回到府邸時，寺院的晨鐘還未鳴響。

「從此後的每個夜晚，我都依約去橋邊找那女子，她也都如約在橋邊等我，然後帶我潛入水底，到大宮殿裡幽會歡好，如此過了五個多月。今晚，她肯定仍在老地方等着我。如果見不到她，我寧可死掉。因此，我現在必須動身了。求求你，老朋友，千萬別把這件事洩露給別人。」

年長的同僚聽完這個故事後，驚訝異常，他深知忠五郎為人誠實，所言定然不虛，這一遭遇有可能是幻覺，而此類幻覺皆由外來邪力所致。如果忠五郎真的是被邪魔所蠱惑，輕率地給他意見，反而對他危害更甚。於是，老同僚親切地說道：

「請放心吧，只要你能平安無事，我絕不會把你的事情說出去。去吧，去見那個女子吧。不過還是要注意點，我擔心你似乎被什麼邪物給迷惑住了。」

忠五郎對老同僚的忠告，僅報以淡然一笑，便匆忙離去。然而幾個時辰後，他又垂頭喪氣地回來了。

老同僚奇怪地問道：「怎麼？你沒遇到她？」

「不，她不在那兒。」忠五郎搖頭道：「這還是她第一次失約呢！我相信再也見不到她了。我犯了錯，竟然把秘密告訴給你，以致毀了誓約，這真是太愚蠢了！」老同僚試圖安慰他，卻也是枉然。

突然，忠五郎癱倒在地，口吐白沫，彷彿得了瘧疾般，頭和腳都直打寒顫。

這時，寺廟的晨鐘敲響了，忠五郎強撐着想要站起來，卻又四肢無力，一頭栽倒在地。很顯然，他的病是致命的。

老同僚見情形不妙，立即喚來了其他武士，並請來了一位中國醫生。

「啊！他的身上一滴血都沒有了。」醫生仔細替忠五郎檢查後，吃驚地大聲說道：「他的血管裡全是有毒的黑水，要救活他，實在是太難了！」

為了拯救忠五郎，大家想盡了一切法子，卻還是徒勞無功。當日影西墜時，忠五郎不幸亡故。這時，年長的同僚才將事情的原委轉述給大家聽。

「哦！原來如此。」醫生說道：「像這樣的怪病，的確是沒有任何辦法可以救他的。因為他並不是那女子的第一個犧牲品。」

「那個女人到底是誰？」武士們紛紛問道：

「狐狸精嗎？」

「不！自古以來，她就時常出沒於這條河上，專愛吸取年輕男子的精血！」

「難道是蛇妖？或是龍女？」

「不，都不是！白晝時，只要你到橋下去瞧一瞧，就會看到『她』，一種十分噁心的生物。」

「到底是什麼？您就直說吧！」

「是癩蛤蟆，也就是蟾蜍！又大又醜陋的蟾蜍精！」

二七 風俗

土地の風習

他是個上了年紀、衣着整潔的禪宗僧人，擅長插花和一些古代的手藝。有時候他會來看望我。儘管他對很多舊信仰持反對態度，不相信預言與夢兆之類的東西，要求人們只相信佛法，但他的信徒們還是很愛戴他。持禪宗信仰的僧侶很少抱有懷疑論，但我這位朋友卻頗有些搖擺不定。最近，我們在一起談論死亡，他給我講了些讓人毛骨悚然的事。

「鬼神之事，我是有些懷疑的。」他說，「有時會有施主告訴我看到了鬼，或者自己做了個奇怪的夢，不過稍加詢問，我就會發現這些事情從道理上都解釋得通。

「我一生中只遇到過一件難以解釋的事情，那時我在九州，剛入禪門不久，還是個雲遊僧。那天晚上，我路過山區，來到一個小村莊，那裡有一座禪寺。按禪宗的規矩，我前去掛單借宿。結果發現裡面的和尚都到幾里外的村子參加葬禮去了，寺裡只留下個從別的廟裡請來幫忙打理事務的老尼姑。老尼姑說僧人們都不在，不便收留我，而僧人們要再過七天才能回來——在那個地方，如果家裡死了人，按風俗，僧人要連續七天誦經做法事。

「我只好請求說，吃喝就無所謂了，但求有個地方睡上一覺就行。在我的苦苦哀求下，那個老尼姑終於動了憐憫之心。她在神壇前給我鋪了床被子，我一躺下就睡着了。到了半夜——那天夜裡真冷啊——我被一陣木魚聲驚醒了，有人就在我身邊唸着『阿彌陀佛』。我趕忙睜開眼睛，但是寺廟裡黑漆漆的，就算有人在面前抓住我的鼻子，我也看不見他。我奇怪怎麼會有人在這麼黑的地方敲木魚誦經。

「那聲音雖然一開始離我很近，但過一會兒卻稍稍小聲了一點兒。我想我肯定是弄錯了——可能是僧人們回來了，正在廟裡的其他地方做法事呢。儘管有木魚聲和誦經聲干擾，我還是一覺睡到了清晨。洗漱更衣後，我找到了那個老尼姑，謝過她的好心後，我便壯起膽子問她：『昨天夜裡是僧人回來了嗎？』『沒有，』她很乾脆地回答，『我跟你說過，他們要七天後才能回來。』『呀，對不起。』我說，『但是昨天夜裡我聽到有人敲着木魚在唸阿彌陀佛，我還以為和尚回來了。』『哦，那不是和尚，』老尼說道，『那是鬼魂。』『誰？』我簡直聽不懂她的話。『當然是死人了，』她回答說，『只要附近有人死了，就會發生這樣的事。鬼魂來敲木魚、唸經。』她那種輕描淡寫的樣子，好像早已經習慣了這種事，根本不值一提。」

二八

食夢貘

夢を食う貘

唉！我們的夜太短了，食夢貘還來不及吃掉我們的夢。

——古老的日本情歌

這種動物叫作「巴庫」，或者叫「貘」，它有吃掉夢的特殊能力。很多地方對它的這種能力都有過描述。我收藏的一本古書中說，雄性貘身體似馬、臉似獅子、鼻子和獠牙似象、額似犀牛、尾似母牛，足似虎。而雌性貘外形與雄性大為不同，但書中沒有具體說明兩者有何不同。在向古中國學習的年代裡，貘的畫像通常被掛在日本人的房中，據說畫像如同這種動物本身一樣，同樣具有善的力量。我的古書中還記載了關於這一風俗的軼聞：

在將星錄裡，人們傳說源賴光在東海之濱打獵時，曾遇到一頭身如動物，卻口吐人言的貘。源賴光說：「既然世界和平寧靜，為什麼還有妖精存在？如果需要貘來消滅邪惡的鬼怪的話，那麼我們就應該把貘的畫像掛在屋內的牆上。這樣，就算邪惡的妖怪出現，也不能為非作歹了。」

接下來是一長串惡靈的名字和它們出現時的標誌：

當母雞生下了軟殼蛋時，會有名叫「颱風妖」的魔物出現。

當見到糾纏在一起的蛇時，會有名叫「禁足」的魔物出現。

當看到狗跑起來耳朵翻捲在後邊，會有名叫「大洋」的魔物出現。

當見到狐狸口出人言，會有名叫「葛崴鼠」的魔物出現。

當看到男人的衣服上沾染了血跡，會有名叫「雪妖」的魔物出現。

當見到米飯鍋竟口吐人言，會有名叫「勘定」的魔物出現。

當夜裡做了噩夢，就會有名叫「燐月」的魔物出現。

古書中還進一步說明：「無論什麼時候惡靈出現，只要唸貘的名字，惡靈便會立刻倒地而亡。」

不過說到惡靈，我覺得自己沒有什麼資格去評論。它屬於無可探究、令人畏懼的中國鬼神學的範疇。在日本，關於貘的論題確實令人難以下手。貘能食夢，這在日本盡人皆知。對於這種動物的祭祀，最引人注目的一點是，王公貴族們常用金漆在木製枕頭上寫下貘的漢字名稱。藉助這種動物的美德與力量，睡眠者能免受惡靈的騷擾。今日想要找到這樣的枕頭大為不易，就算是貘的畫像也很罕見了。但是關於貘的古老的咒語在日常生活中依然存在：

食夢貘，食夢貘！吃吧，啊，貘，吃掉我的

噩夢。

如果你從噩夢或者不那麼令人愉快的夢中驚醒，要趕快唸三遍這個咒語，貘就會來吃掉你的夢，將你的惡運和恐懼改為好運與歡樂。

這是一年中最炎熱季節裡的一個悶燥的夜晚，我最後一次看到了貘。那時我剛剛從一個可怕的夢中驚醒，一頭貘從視窗進來問我：「你有什麼東西需要我吃掉嗎？」

我高興地回答：

「當然了，聽着，好心的貘，來吃掉我的夢吧。「我夢見自己站在四面都是白色高牆的屋子裡，但是在房間光禿禿的地板上沒有我的影子。我看到自己的屍體放在一張鐵床上，我是何時死的，是怎樣死的，一點都不記得了。六七個女人坐在床邊，我完全不認識她們。她們既不年輕也不老，都穿着黑衣，我知道她們都是守靈人。她們一動不動地坐在那裡，一言不發，周圍也毫無聲息。不知為什麼，我覺得時候不早了。

「與此同時，我意識到房間裡有些莫可名狀的東西，讓我的心變得沉甸甸地——某種無色無臭、使人麻木的力量正在擴散開來。守靈人開始心神不安地彼此交換着眼色。我知道她們也害怕了。她們一個接一個，悄無聲息地站起來，像影子般輕盈地離開了房間。只有我和我的屍體留在那裡。

「燈依然亮着，但四周的恐怖氣息卻越來越濃重了。守靈的人們一感到這種氣息就溜走了。但是我覺得尚有餘裕可供逃離，所以我認為自己還能稍稍耽誤一會兒，一種可怕的好奇心促使我再留一會兒：我想看看自己的屍體，仔細檢查檢查。我走近它，看着它。我心裡很奇怪，因為它看起來太長了，長得太不自然了。

「然後我覺得它的一隻眼皮似乎在顫動。但是我想這種感覺可能是燈光的顫動造成的。我慢慢地、謹慎地彎下腰，因為我怕這雙眼睛突然睜開。

「『這就是我自己，』我一邊想着一邊彎下腰，『這看起來可太古怪了。』它的臉看上去正在變長，『這不是我，』我想着，慢慢地俯得更低。『不過，這也不可能是其他人。』我害怕了，怕得說不出話來，那雙眼睛睜開了……

「它們睜開了，可怕地睜開了。那屍體彈起來了，從床上向我衝來，纏住了我。它呻吟着、噬咬着、撕扯着，我極力掙扎着，但屍體的那雙眼睛、那種呻吟、那種觸摸使我感到噁心，我整個人在極度的厭惡下幾乎要裂成碎片。我發現手裡不知道什麼時候有了一把斧子，我掄起斧子，劈着、砍着，對着那呻吟着的屍體狂叫着，直到它在我面前變成了一攤毫無形狀、醜惡的、散發着腐臭味的東西，我毀滅了令人厭惡的自己……」

「食夢貘，食夢貘，食夢貘！吃吧，啊，貘，吃掉我的噩夢。」

「不！」食夢貘喊道，「我從來不吃幸運的夢，這是個美夢。一個最幸運的夢。一把斧子，是的，斧子，出色的律法之斧，用它可以除掉自我的魔性。這是最好的夢了。我的朋友，我相信佛經的教導。」

然後食夢貘從視窗跑了出去，我目送着它，看着它掠過月光下的屋頂，以一種令人驚訝的速度無聲無息地從一座屋頂跳到另一座屋頂，如同一隻巨大的貓……

二九 守約①

守られた約束

「我應該初秋就會回來。」數百年前，旅居的赤穴宗右衛門和義結金蘭的弟弟丈部左門告別時，這樣說道。那時是春季，地點是在播磨國②的加古驛。赤穴是來自出雲③的武士，他想去拜訪自己的出生地。

丈部說道：

「你的故鄉出雲，是八朵祥雲昇起的地方，離此山遙水遠，這也許會讓承諾歸來的日子，變得難以確定。但是，如果我們能約定一個具體的日子，

---

① 本篇怪談源自中國明朝馮夢龍作品《喻世明言・卷十六・范巨卿雞黍死生交》。後經上田秋成改編為《菊花之約》，收入《雨月物語》中。小泉八雲據《菊花之約》再度改編而成。《雨月物語》是江戶時代的物語讀本，完稿於一七六八年，被譽為日本志異小說的經典傑作。

② 播磨國，屬山陽道，俗稱播州，今兵庫縣西南部。

③ 出雲，位於本州島北部，屬島根縣，是出雲神話的發祥地。傳說須佐之男命在出雲立國，建造了一座雄偉的宮殿，宮殿破土動工之時，有八朵祥雲自地上昇騰而起。

事情就好辦多了。我將準備好歡迎的酒宴，在家門口遙望你的歸來。」

「為什麼要那樣？」赤穴道：「旅行對我而言已是家常便飯，所以我完全可以預知要花多長時間到達某地。我向你保證，在初秋某個日子一定會回到這裡。好吧，我們就約定重陽節那天吧！」

「也就是九月的第九天嘍。」丈部說道：「那時菊花盛開，我們聚在一起賞菊品酒，該是多麼愜意啊！那麼，在九月的第九天，你保證會回來嗎？」

「九月的第九天，一定回來！」赤穴毅然答道。隨後兄弟倆揮手道別，赤穴大踏步離開了播磨國加古驛，丈部左門和他的母親含淚目送赤穴遠去。

「太陽和月亮都不會在旅途上停留。」這是一句古日本的諺語。光陰似箭，枝頭茱萸泛紅，籬下野菊爭豔，轉眼秋季已至。九月初九一大早，丈部就做好了迎接義兄的準備。他沽來美酒、備下佳餚，又灑掃乾淨廳堂，在客房的花瓶裡插了兩三枝黃白菊花。老母親看着勤快的兒子，說道：「孩子，出雲國遠在千里之外，一路翻山越嶺，令人疲憊，赤穴今日未必能夠趕回。且等赤穴歸來後，再準備也不遲。」「不，母親大人！」丈部答道：「赤穴是極重信義的武士，絕不會失約。如果等赤穴回來後再匆匆忙忙地準備，等於是我們懷疑他的承諾。豈不羞愧？」

重陽這天，天清氣朗，萬里無雲，天空如此純淨，看起來比以往開闊萬倍。旅人絡繹不絕，川流經過加古驛。他們中有不少人作武士打扮，丈部認真地盯着每個武士，不止一次想像赤穴回來了。然而，寺廟已敲響了正午的鐘聲，赤穴還沒有出現；整個下午，丈部的等待亦是徒勞；直至日頭西沉，仍然不見赤穴身影。但丈部依舊守在門口，雙眼緊盯着街道，不棄不捨。

過了一會兒，老母對丈部說道：

「孩子，男人的心就像諺語裡講的，如秋天般易變。即使他願意守約，但世事難料，說不定因故而延期了。再說菊花也不單今日才美，只要他是誠心回返，即便到了雨月（陰曆十月）方歸，也沒什麼可抱怨的。快進屋歇息，明早起身再等吧。」

「母親大人，您先去睡吧。」丈部答道：「我相信義兄會回來的。」

老母無奈，先回房安歇去了。丈部仍在門口徘徊。

夜晚同白晝一樣美麗：銀河若隱若現，星輝滿天；月色空蒙，映得孤影倍顯淒清。村莊已在睡夢中，突然傳來幾聲農家的犬吠，劃破了無言夜空。遠處海岸波濤轟鳴，恍若近在足下。

月亮漸漸隱於山後，丈部悵然若失，終於死心，正欲進屋歇息，忽見朦朧間有個高大的人影正輕飄飄地快速移近。他定神一看，來人正是赤穴宗右衛門。

「啊！」丈部驚喜過望，雀躍道：「小弟由晨至晚，一直在等候兄長。兄長果然不負前約，實乃信人！你一定很累了吧？趕快進屋，酒餚早已備好了。」

丈部將赤穴引進客房，迅速剔亮一盞油燈，喊道：「母親大人。」沒有回應，丈部轉向義兄，說道：「母親大人今晚有點累了，所以先去睡了。我馬上去喚醒她。」赤穴搖搖頭，做了個制止的手勢。丈部道：「好的，就照你的意思辦。」說罷，溫酒鋪席，將菜餚一樣樣端上桌來。赤穴卻不去碰菜餚和酒，只靜默不語，以袖掩面，似乎厭聞葷腥氣味。

片刻之後，赤穴長歎一口氣，終於開口。他生怕吵醒了老母親，壓低聲音對丈部耳語道：

「現在，我必須告訴你今日遲歸的原因了。當我回到出雲國時，發現那裡的人，幾乎都忘記了前主公鹽冶掃部介的恩惠，只顧着千方百計地討好篡位者尼子經久[①]。尼子經久侵佔了富田城，而我的堂弟赤穴丹治，也已在富田城中做了尼子經久的家臣。當我去拜訪他時，他極力勸我投效尼子經久，並做了引薦。我表面上聽從丹治的勸說，跟隨經久身邊，細察其言行為人。經久雖有萬夫不當之勇，且善於統馭兵將，但生性多疑、為人詭黠，不肯輕易信人，所以身邊並無心腹家臣可用。我思想久居無益，便向經久言明與賢弟的菊花之約，吐露將要離開之意。經久聽了，勃然大怒，命丹治將我軟禁於宅內，直至今日。」

「直至今日？」丈部大惑不解，詫異道：「富田城離這兒有好幾百里呢！」

「是的，」赤穴答道：「我憂心如焚，心想今日若不能如期赴約，賢弟將視我為何許人？左思右想，無計逃脫，最後想到古人有云：『人不能日行千里，而魂可至。』我雖然被關押，卻幸好太刀未被收繳。於是我當場切腹，今夜魂駕陰風，自出雲來赴菊花之約，望賢弟體察愚兄之至誠守信。」言

---

① 鹽冶掃部介，富田城原城主；尼子經久（一四五八—一五四一），戰國時代著名武將、大名。一四八六年元旦之夜，年僅二十八歲的尼子經久，聯絡以歌舞藝能為職業的賀麻黨，藉由到富田城中表演歌舞為掩護，突襲富田城，迫使鹽冶掃部介自殺。此後尼子經久以富田城為基地，發展成為擁有十一國的強勢大名，被後人譽為「戰國白手起家之先驅」！

罷起身，一晃即不見蹤影。

丈部這才知曉赤穴已非陽世之人。他為踐誓約，竟不惜以自裁來實現承諾。

拂曉時，丈部左門出發前往出雲的富田城。到達松江時，他突然想起，義兄是在九月初九的晚上，在富田城中赤穴丹治的屋裡切腹自盡的。於是他找到赤穴丹治的宅邸，嚴詞痛斥丹治的背信棄義，隨後在宅中襲殺了丹治，並平安脫身而去。尼子經久聽到這件事後，命令不得追捕丈部。因為，即使是一個狂妄殘忍的君主，也懂得尊重信義之篤。尼子經久是由衷地欽佩丈部左門的友情與勇氣。

三〇 毀約

破られた約束

一

「我還不能死」，奄奄一息的妻子說道：「還有一件苦惱的事，牽掛在我心頭。我想知道，在這個家裡，取代我位置的女人會是誰？」

「親愛的」，哀傷的丈夫歎息着答道：「在這個家裡面，沒有任何人可以取代你的位置。我絕對不會再娶了。」

說這句話時，丈夫的的確確是發乎內心的，因為他與即將棄世的妻子恩愛逾恆，早已心無旁顧。

「以武士的信譽擔保？」妻子淺淺一笑，虛弱地問道。

「以武士的信譽擔保！」丈夫輕撫妻子蒼白的面龐，斬釘截鐵地回答。

「那麼我就放心啦！」妻子笑道：「把我葬在後花園裡，好嗎？就埋在我倆當年一齊種的那棵梅樹下，我很久以前就想死後長眠在那兒了。倘若你背約再婚，我在墓裡會看到的。現在，請你再次立下誓言，絕不再娶另一個女人過門。不要遲疑了，立刻答應我的心願吧……記住，一定要把我埋在後花園裡。這樣我才能時時聽見你的聲音。等到了春天，也才能看見花開！」

「一定按你的願望辦！」丈夫答應道：「不過，現在別提什麼安葬的事，你的病還是有希望的。」

「不！」妻子說道：「今天清晨，我就會死去……請你務必將我葬在後花園裡。」

「我會的，一定會的！」丈夫哽咽道：「就在咱們種的梅樹下，我會為你造一個幽雅的香塚。」

「能再給我一個小手鈴嗎？」

「小手鈴？」

「嗯……我想有個小手鈴，帶到棺柩裡。就是行腳僧化緣時拿的那種小手鈴，可以嗎？」

「當然！除此之外，你還要什麼？」

「夫君，你待我這麼好，我別無他求了。」妻子說道：「如今，我可以含笑九泉了。」

她安詳地閉上了雙眼，就像倦極的孩子睡熟般，告別了人世。美麗的臉龐上，還掛着淡淡的微笑。

丈夫照着妻子的遺囑，將她葬在了生前最喜愛的那株梅樹下，小手鈴也隨她一道埋入墳中。墳塚前，立起一塊墓碑，飾以自家家徽，碑上刻着妻子的戒名①：「慈海院梅花照影氏」。

---

① 戒名，原本是僧侶出家得度時，由師父授予的「修行名字」，用來表示發誓嚴守戒律。而去世後才冠上的「死後戒名」，是在江戶時代「寺請制度」下誕生的。人死以後，都要取一個戒名刻在墓碑上，能否得到堂皇出色的戒名，成為衡量一個人社會地位的標準。

然而，妻子亡故尚不足一年，親朋好友們便已接二連三地頻繁登門，勸說丈夫再婚另娶。他們眾口一詞，都說：「你還年輕得很，又是數代單傳，連個兒子也沒有，將來靠誰來祭拜宗祠，延續家族的香火？再娶個妻子，是你的責任所在啊！」

起初，丈夫對再婚的勸說都一一予以婉拒，但最後實在架不住親朋的輪番說服，終於答應再娶一房妻室，新娘是位年方十七歲的少女。儘管丈夫午夜夢回之際，也常常會為了葬在後花園裡的前妻，而深深自責，但他與新婚妻子兩情相悅，卻也是不爭的事實。

二

新婚燕爾，平平安安地過了一個星期。在此期間，沒有發生任何破壞新娘婚姻幸福的事。

第七日夜裡，身為武士的丈夫，必須到主公所在的居城去值夜班。這是他們第一次分開，孤單的新娘心裡忐忑不安，卻又說不出原因，但覺有絲絲恐怖的寒意正蔓延開來。

暮靄四合，天色漸暗。新娘上床之後，輾轉反側，總是難以安寢。周圍的空氣突然變得壓抑起來，彷彿風雨欲來前的寧靜，沉重得令人窒息。

大約丑時時分，新娘聽到屋外傳來陣陣響鈴聲——是出家人化緣時的鈴聲。她十分驚訝，三更半夜竟然還有僧人在化緣？真是奇事。隔了半晌，鈴聲止歇，四周恢復了寂靜。可是過得片刻，鈴聲又再度響起，並漸趨漸近。很明顯，化緣的鈴聲是向着家裡而來。但奇怪的是，鈴聲為何不從道路上傳過來呢？

突地，又傳來數聲狗的狂吠，吠聲淒厲慘絕，與往日大不相同，聽了令人毛骨悚然。新娘恍若身陷噩夢，心膽俱寒……她強自鎮定，凝神辨認了一下鈴聲的來處，確認是出自後花園裡，便想起床喚醒傭僕。哪知使盡渾身氣力，就是爬不起來，連聲音也叫不出來……而鈴聲已越來越近，狗吠聲亦更加淒慘！

驀地，一個女子的黑影悄然無息地飄進屋來——所有的門窗都關得嚴嚴實實，也不知她是如何進來的——女子身穿一襲白色壽衣，搖着手鈴，散亂蓬鬆的長髮直垂到臉龐前。她看東西時不需要眼睛，說話時不需要舌頭，只怔怔地面對着新娘，駭人的話語從四周響起：

「這個家，不是你的，不許你待在這兒。我才是這個家的女主人，你馬上滾出去，而且，不准對任何人提起。否則，我將讓你死無全屍！」

說完，女子登時消失不見，新娘嚇得不省人事，直到次日清晨才甦醒過來。

明媚的陽光照進屋裡，儘管可怕的記憶還清晰地留在腦海裡，但此刻陽光如此燦爛，她不由懷疑昨晚看到、聽到的一切，是否真的發生過？她努力說服自己，這僅僅是一場噩夢，無論真假，都不能對他人說起，即使是自己的丈夫。

當晚，新娘打算早早睡下，不再去想恐怖的事。然而丑時一到，又是一陣激烈的犬吠聲，接着手鈴聲再度幽幽地，從後花園裡響起。新娘想起身叫人，卻依然只是徒勞。那女子的黑影又飄進屋來，嘶聲喊道：

「滾出去！而且不能告訴任何人原因。如果你對『他』說了，我會把你撕成碎片！」

就在同一時刻，丈夫正躺在主城的乾草堆上，喃喃自語，想念着嬌妻。

天光破曉，又一個清晨來臨了，武士由主公的居城回到家中。妻子一見到他，立刻跪倒在地，哀求道：

「求求你！讓我回娘家吧！雖然提這種要求十分無禮，但我再也無法忍受了，請允許我回娘家吧！」

「這裡有什麼事令你不快嗎？」丈夫大感意外，訝異地問道：「我不在時，誰冒犯你了？」

「沒那回事——」妻子嗚咽着回答：「每個人都待我很好……只是，我無法再做您的妻子了，我必須離開……」

「親愛的！」丈夫驚呼道：「要是在這個家裡，你感受不到幸福，那可真令我難過。真是搞不懂，既然沒有人虧待你，為什麼非得離開呢？難道，難道你心裡有了別人，想跟我離婚？」

妻子淚眼汪汪，渾身戰栗，哭道：

「若不離婚，我會死的！」

丈夫沉默不語，凝神思索妻子為何會說出如此奇怪的話。片刻後，他不動聲色地說道：

「就這樣讓你回娘家，那些愛嚼舌頭的人，還以為發生了什麼不體面的事情呢！如果你能給我一個理由——一個說得過去的正當理由，那麼，我就同意在離婚書上簽字。要是你拿不出合理的解釋來，我是絕對不會離婚的。這事關我們家族的聲譽！」

面對氣惱的丈夫，委屈的妻子再也憋不住了，她將前兩晚發生的恐怖事件，一股腦兒都告訴了丈夫！剛說完，猛然想起那女子的威脅，懼意頓生，悲啼道：「現在，我什麼都跟您講了，那女鬼一定會殺了我，殺了我的……」

儘管勇敢的武士皆不信鬼魂之說，但聽到「女鬼」二字，丈夫的心仍不免愕然。不過，他很快就恢復了鎮定，溫和地說道：

「親愛的，你大概是神經太緊張的緣故，又或者在哪裡聽了些荒誕的故事，這才多慮了。那個女鬼只不過是你做的噩夢罷了，怎麼能作為離婚的理由呢！真是抱歉，我不在的時候，讓你受驚嚇了。今晚，我還得去當班，但我會吩咐兩個僕人盯緊你的房間。如此一來，你就能高枕無憂了。他們兩個都強壯得很，照顧你肯定沒問題。」

經過丈夫這番體貼的撫慰，再加上周到的安排，新娘恐懼漸消，便決定繼續留在這個家裡。

三

奉命保護妻子的兩個僕人，既勇敢又忠誠，且頗富心計。對於保護婦孺，都經驗十足。他們為了讓新娘放鬆緊繃的神經，盡揀些笑話來聊天。新娘與他們閒聊多時，談笑風生，幾乎將畏懼之心拋到了九霄雲外。

不覺間，新娘倦意萌生，便上床就寢。兩個僕人手執兵刃，坐於屋角的屏風後，弈起棋來。他們說話時儘量壓低嗓門，以免打攪到新娘。

新娘如嬰兒般沉沉睡去。但丑時一至，鈴聲又響，恐怖淒迷，令人膽喪。新娘一驚而醒，聽到那手鈴聲再度緩緩逼近……

新娘大聲尖叫，急忙跳下床，飛快地跑到屋角找尋兩個僕人。但屋裡的一切彷彿都靜止了，只剩一片死寂。僕人坐在棋盤前動彈不得，兩眼茫然地互相對視。新娘拚命地搖撓他們，但他們就像被冰封雪凍了一般，紋絲不動。

事後，兩個僕人憶起，他們確曾聽到手鈴聲，也聽到新娘聲嘶力竭的呼喊，並且感覺到她試圖要搖醒他們。可是，在那段時間裡，他們無論如何也無法動彈，無法說話，五官五覺竟然完全陷入痲痹狀態。

黎明時分，晨曦微現，武士值班歸來。他剛踏進屋，便覺事態不妙，慌忙奔入寢室，但見油燈將熄未熄，妻子躺在血泊裡，頭顱已不翼而飛。屋角的棋盤前，弈局未半，兩個僕人呆坐着，似乎已昏沉睡去。主人大喊數聲，才將兩人驚醒。他們見到床邊的慘狀，驚得面如土色，趴在地板上瑟瑟戰栗。

妻子的頭顱到哪兒去了？武士遍尋不獲。他仔細地查看斷頭處，發現頭顱並非遭利器斬落，而是被活生生地擰了下來。這手段真是太殘忍了。

武士與僕人一路追蹤血跡，從寢室來到走廊。那血跡在走廊轉角處，點點滴滴散落，直拖曳到外門。三人又沿着血跡，尋至後花園裡。跨過草叢，穿越沙地，循着栽滿鷲尾花的水塘邊，來到杉木與翠竹的濃蔭下。就在轉彎的當口，冷不防，「倏」地一下，一個嘴裡發出蝙蝠般吱吱怪叫聲的妖怪，跳了出來，與武士等人撞了個正着。

這妖怪，正是已入土許久的武士前妻。她從墓前跳了出來，一手搖着手鈴，一手提着顆血淋淋的人頭……霎時間，武士等三人都呆住了。

說時遲，那時快，其中一個僕人最先反應過來，他一面口誦佛咒，一面拔出太刀，猛劈向女妖。女妖猝不及防，立時被砍翻在地。她的白色壽衣、骨骸、頭髮，頃刻間化為了齏粉；墓碑也「轟」地炸開，碎片四射。而那隻小手鈴，掉落到地上，仍叮叮噹噹，餘音不絕。

緊接着，女妖只剩下骨頭的右手，從手腕處斷裂開來，五指還牢牢地抓着鮮血淋漓的人頭，就像金蟹的大鉗夾住水果不放一樣，擰扭撕扯着獵物……

（「真是個可怕的故事！」當我將這個怪談講給朋友聽後，他喟然長歎道。我說：「那女妖要是存心報仇的話，也應該針對毀約的丈夫才是啊！」「男人們都這麼想，」朋友回答道：「但這並非女人的想法……」

他是對的。——小泉八雲按）

三一

梅津忠兵衛

梅津忠兵衛是一個年輕的武士，孔武有力、勇氣非凡，為領主戶村氏做事。戶村氏的主城建在出羽國①橫手附近的高山上，侍從們的宿屋組成了一個小鎮，坐落在山腳下。

梅津忠兵衛是城門的值夜衛士之一。值夜衛士分為兩班，輪流巡哨，一班從日落值到午夜，另一班從午夜值到日出。

某次，梅津忠兵衛在值「午夜—日出」的夜班時，經歷了一場奇遇。是夜，他在上山接班的途中，見到一位女子，正站在通往城堡的蜿蜒小道的路口處，手裡抱着一個孩子，似乎在等什麼人。一個弱質女流竟然深夜出現在此等地方，着實不合情理。

梅津忠兵衛心忖：妖精常在夜間扮作女子以誘

① 出羽國，屬東山道，又稱羽州。領域大致為現在的山形縣及秋田縣一部。

殺男人，不可不防。所以，他猶豫着，到底要不要上前去瞧個清楚，弄清女子是人是妖。就在他躊躇難定時，那個女子朝着他跑了過來，好像有話要同他講。他趕忙低下頭，試圖一言不發地擦身而過。然而，那個女子卻準確地叫出了他的名字。

梅津忠兵衛吃驚地站住了，那女子用一種異常甜美的聲音對他說道：「好心的梅津君，今晚我遇到麻煩了，有一件非常棘手的事情要去辦。你能不能發發善心，幫我抱一會這個孩子？」說着，她將手裡的孩子遞給了梅津。

梅津與這位年輕的女子素昧平生，既懷疑這種甜美的聲音是一種迷魂咒，又懷疑此事是個圈套。儘管他懷疑女子的一切，但他天性善良，認為若是由於害怕妖精就不行善舉的話，是怯懦的表現。於是他不動聲色地把孩子接了過來。

「請抱好這個孩子，直到我回來。」那女子說道：「我去去就回。」

「放心，我會抱好他的。」梅津答道。那女子立刻轉身離開了小道，無聲無息地跳下了山崖。身姿輕盈、矯捷，宛若新燕飛翔。梅津忠兵衛幾乎不敢相信自己的眼睛。幾秒鐘後，她就從他的視線中消失了。

梅津低頭瞧了瞧孩子，孩子很小，應該剛出生不久。他被梅津抱在懷裡，不哭不鬧，十分安靜。

突然，梅津感覺孩子好像長大了。他連忙定睛一看……不，孩子沒有長大，也沒有換過姿勢。那為什麼自己會覺得孩子長大了呢？

這時，孩子踢了他一下，梅津頓時明白了。孩子的軀體並沒有長大，卻在變得越來越重……最初他只有七八斤的重量，但很快體重就變成了原來的兩倍──三倍──四倍……片刻間，就已經不止五十斤了，而且還在變得更重……一百斤！一百五十斤！兩百斤！……

梅津忠兵衛感到自己被騙了──和他對話的絕不是凡間女子，這孩子也肯定不是人類。但他先前已做了承諾，武士必須遵守諾言！他唯有繼續支撐下去，勉力抱住孩子。可是孩子的重量仍在不斷增加……兩百五十斤！三百斤！四百斤！……

接下來還會發生什麼事，真是無法想像。但梅津下定決心要勇敢面對，只要尚能支持，就絕不放手……五百斤！五百五十斤！六百斤！他繃緊的肌肉開始顫抖──但重量還在增加……

「南無阿彌陀佛！」即將支持不住的梅津，低聲默誦：「南無阿彌陀佛！南無阿彌陀佛！」

三遍佛號誦完，孩子的身軀猛然一震，重量登時消於無形。梅津驚訝地愣在那裡，雙手空空──那孩子已不可思議地消失了。幾乎與此同時，那個神奇的女子以離去時的敏捷身手，又出現在他面前。女子氣喘吁吁，模樣嬌俏，但眉頭上汗水津津，兩袖都用手繩綁緊着，看上去像是剛辛苦勞作完。

「善良的梅津君，」女子說道：「你還不知道剛才給了我多大的幫助呢。我是這裡的氏神①，今晚我的一位氏子正蒙受生育之苦，祈求我的幫助。可是生產的過程非常艱難，我很快發現若單靠自身的力量，將難以挽救她。因此，我需要藉助你的力量與勇氣。我交到你手上的，正是那未出生的孩子。在你感覺到那孩子變得越來越重的同時，危險也在

---

① 氏神，即地方守護神。所有生活在這個地方，並向氏神的神廟進貢香火的人，都被稱為「氏子」。

步步緊逼，因為生命之門關閉了。而當你感覺到孩子重得無法承受的同時，那母親馬上就要難產而死了，全家人都在為她哭泣。這時候你連誦了三聲『南無阿彌陀佛！』——誦完第三次時，佛祖之力蒞臨，生命之門重開……你所做的一切，理應得到獎賞。對於一位勇敢的武士來說，沒有比力量更好的回報了。因此，不光是你，還有你的孩子，以及你孩子的孩子，子子孫孫，都將獲得強大的力量。」

作出承諾後，氏神隨即消失不見。

滿心驚奇的梅津忠兵衛繼續前往主城值班。日出時，他完成了守夜的任務，像以往那樣洗臉洗手，準備做晨祈。正當他打算擰乾那條長期使用的毛巾時，驚訝地發現，毛巾在他手中竟被輕而易舉地擰斷了。他試圖把擰開的兩部分再擰回去，已經兩半的毛巾變成了四半——彷彿濕透的紙張一般。他又嘗試着把四塊毛巾疊在一塊來擰，結果還是一樣。不僅毛巾，各色各樣的金銀銅鐵在他手裡也如同泥土般脆弱。

梅津忠兵衛獲得了氏神所承諾的巨大力量，成了一個大力士。他不得不小心翼翼地接觸任何物品，唯恐自己的指尖會碰碎它們。

回家後，梅津馬上打聽昨晚鎮裡是否有人生子。事實證明，一切都如氏神所說，在他經歷那番奇遇時，鎮上的確有婦人生了個孩子。

梅津忠兵衛的兒孫們，全都繼承了他的力量。這個故事被我記錄到這本書裡的時候，梅津的眾多後裔——皆是力大無窮的男子——還生活在出羽。

三二　在閻羅殿前

閻魔の庁で

高僧親鸞上人在《教行信證》一書中寫道：「許多人所迷信的神，都是邪神，那些皈依『三寶』①的人是不該崇奉邪神的。雖然向他們禱告，可以迅速獲得一些好處，但不幸遲早會降臨。」這個道理在《日本靈異記》的一個故事裡得到了充分的體現。

① 三寶，指佛寶、法寶、僧寶，是佛教教法與證法的核心。

聖武天皇②時，贊岐國③的山田村，住着一個名叫伏木之信的人。他有個獨生女，喚作阿絹，既美麗又健康。但是在她十八歲那年，一場可怕的瘟疫侵襲了山田村，阿絹病倒了。她的父母和朋友們為

② 聖武天皇，日本第四十五代天皇，七二四年二月到七四九年七月在位。

③ 贊岐國，屬南海道，俗稱贊州，今香川縣。

了助她康復，向一位瘟神獻祭，恭恭敬敬地跪拜行禮，懇求他救救阿絹。

在昏迷了數日之後，一天夜裡，阿絹突然起身對父母說，她做了一個夢。夢裡，瘟神顯靈，對她說：「你的親友們為了你，向我真心祈禱，虔誠地敬畏禮敬我，所以，我有心要救你。但是，這需要取他人之性命與你交換，否則無法相救。你是否知道與你同名的姑娘？」

阿絹凝思片刻，答道：「我想起來了，河溪村有個姑娘與我同名。」

「帶我去見她。」瘟神說着，拍了阿絹一下，阿絹就與瘟神一起飛了起來，轉瞬間來到了河溪村的阿絹屋前。雖已是夜晚，但這戶人家尚未入睡，那個姑娘正在廚房裡洗東西。「就是她。」山田村的阿絹說道。瘟神聞言，從腰間血紅色的袋子裡掏出一把鑿子般又長又尖的利器，躡身進屋，將利器敲進了河溪村阿絹的額頭。河溪村的阿絹頓時痛苦萬分，癱倒在地。而山田村的阿絹則甦醒過來，向父母講述這離奇的夢境。

山田村的阿絹講完後，又昏了過去，一連三天沒有知覺。正當她的父母開始絕望時，她再一次睜開了雙眼，能說會動。但她一起床，環顧了下四周，就立即衝出屋子，大喊道：「這兒不是我家！你們不是我的爹娘！」

怪事接踵而至。

河溪村的阿絹被瘟神刺死後，她的父母傷心欲絕，請了寺裡的僧侶為她做了一場法事，然後將她的屍身火化於村外。她的靈魂去了死者的世界——陰曹地府後，被喚到閻羅殿前接受裁判。判官看了她一眼，說：「這姑娘是河溪村的阿絹，不該這麼早就被帶到這裡。放她回人間去，給我把另一個阿絹帶來，是山田村的那個姑娘。」

河溪村的阿絹在閻王面前痛哭失聲，道：「大人哪，我死去三日，肉身已被火化，您現在放我回人間，讓我如何是好啊！我的肉體早已變成塵煙灰燼，難道要做孤魂野鬼不成？」

閻王相貌雖然猙獰，但處事公正，安慰道：「別急，我會把山田村阿絹的肉身給你，因為她的靈魂很快就會被帶到這裡。你不必為失去以往的肉身而難過，你會發現新的軀體更好、更健康。」閻王話音剛落，河溪村阿絹的靈魂就飛進了山田村阿絹的肉身裡。

山田村阿絹的雙親，看到女兒忽然起身便跑，嘴裡還嚷着「這不是我的家！」以為她瘋了，慌忙追上去問道：「阿絹，你要去哪裡？等一下，孩子！你身子還太弱，不能這樣亂跑動！」但是阿絹擺脫了他們，一直不停地跑，跑到了河溪村，來到剛死了女兒的那戶人家屋前。她走進屋子，找到老人，對着他們哭訴道：「啊，能再次回到家真好！……親愛的爹、娘，你們還好嗎？」

兩位老人沒有認出她來，以為她是個瘋婆子。母親和善地問她：「孩子，你從哪兒來？」

「我剛從陰間回來，」阿絹答道：「我是你們的孩子啊，我活過來了。只是我有了一副新的肉身，媽媽。」隨後，她將在閻羅殿前發生的一切，都詳細說給父母聽。老人十分驚訝，將信將疑。這時山田村阿絹的父母趕到了，目不轉睛地盯着他們的女兒。

兩位父親和兩位母親坐了下來，讓阿絹重複了一遍在閻羅殿前的故事，然後細細詢問她一些私事。阿絹對答如流，老人們不得不相信她所說的，的確是實話。

最後，山田村阿絹的母親講述了她那生病的女兒的夢境，對河溪村阿絹的父母說道：「我們相信這個姑娘的靈魂是你們女兒的，但是你們也知道，她的身體是我們女兒的，因此，我倆覺得雙方都可以擁有她。不知你們願否把她看作是我們兩家共同的女兒？」河溪村阿絹的雙親痛快地答應了這個請求。據記載，後來這個阿絹繼承了兩家的財產。

（《佛教百科全書》的作者註釋道：這個故事，可以在《日本靈異記》第一卷第十二頁的左側找到。——小泉八雲按）

三三　果心居士的故事

果心居士の話

天正①年間，京都北部地方住着一位老人，人們都叫他「果心居士」。他留着花白的長鬍子，終年穿着法服，以展示佛教繪畫和傳播佛教教義謀生。每逢晴天，他都到祇園神社的庭園去，在那兒的樹上懸掛巨幅《地獄變相圖》。這幅佛教名畫畫功精湛，畫中的一切看上去盡皆栩栩如生。果心居士時常與圍觀的民眾交談，向他們解說因果報應的法則。他用總是帶在身邊的僧杖指着畫面，逐一點出地獄各種苦刑的不同細節，以此勸誡民眾向善去惡。大批民眾聚集在樹下觀看《地獄變相圖》，並聽取果心的解說。有時候果心居士鋪在面前用來收集功德錢的草蓆，都被成堆成堆丟在蓆上的錢幣覆蓋到看不見。

① 天正，日本年號，時在一五七三年到一五九三年，在位天皇為正親町天皇與後陽成天皇。

當時，織田信長①是京都及附近諸國的統治者。他屬下有一位名叫荒川的家臣，某次參觀祇園神社時，碰巧見到了展示中的《地獄變相圖》。事後他在議事廳裡談起此事，引起了信長的興趣。信長遂遣人令果心居士即刻帶着那幅名畫前來主城。

當《地獄變相圖》呈現在信長面前時，信長完全無法隱藏對此畫產生的驚歎之情：他看到惡魔和死後在陰間受苦的鬼魂，似乎就真實地在他眼前走動；他聽到哭號聲從畫中傳出；而滔天血海也彷彿正汩汩湧出——他情不自禁地伸出指頭觸摸字畫，想瞧瞧是否是濕的，但指頭並沒有染上血——因為畫面是乾的。信長越看越驚奇，詢問這幅神奇的畫到底是誰的作品。果心居士告訴他，此畫乃著名畫家小栗宗湛②，在躬行苦修、齋戒百日，向清水寺觀音菩薩虔誠祈求靈感之後，所精心繪製的。

荒川察顏觀色，發現信長很想佔有這幅畫，便旁敲側擊地詢問果心居士，是否願意將《地獄變相圖》當作禮物「貢獻出來」。但是，果心居士毫不猶豫地拒絕了，他大膽地回道：「此畫是我擁有的唯一值錢的東西，我還要靠展示此畫謀生。假如我

① 織田信長（一五三四—一五八二）：日本承前啟後、絕世無雙的一代梟雄，被譽為「戰國風雲兒」，安土時代之開創者。一五六〇年，織田信長在「桶狹間合戰」中大敗今川氏，登上歷史舞台。此後，他以「天下佈武」為目標，征戰四方，幾乎結束戰國亂世。一五八二年六月二日，織田家重臣明智光秀背叛，率軍猛攻夜宿本能寺的織田信長。織田信長縱火自焚，結束了波瀾壯闊的一生，終年四十七歲。

② 小栗宗湛（一四一三—一四八一）：又名小栗宗丹，室町時代中期著名畫僧，將軍足利義政御用繪師。

現在將它送給信長大人，那麼我就失去了賴以生存的手段。如果信長公真的想擁有它，請付我黃金百兩。只要有了這筆錢做本錢，我就可以從事有利可圖的職業。否則，我絕不會交出此畫。」

信長對這樣的回答自然十分不滿，但他克制着，保持沉默。荒川附耳向主公說了些話，信長點點頭，表示同意。隨後，他們賞了幾個小錢，把果心居士打發走了。

不過，當果心居士離開主城時，荒川即秘密尾隨他，希望找個機會，哪怕不擇手段也要弄到畫。機會來了，果心居士剛好選擇了一條直通城外山崗的小路。就在他走到山腳某一偏僻之處，正要轉彎時，荒川一把揪住他，說道：「你為何如此貪婪，一幅畫竟敢要黃金百兩？現在，我就給你一把三尺長的鐵劍代替黃金百兩。」說完，荒川拔出劍，殺死了老人，奪走了《地獄變相圖》。

次日，荒川將《地獄變相圖》進呈織田信長——畫軸仍是果心居士離開時綑紮好的那樣——信長立即下令將畫在他面前展開，懸掛起來。然而，當畫展開後，無論是信長還是他的家臣，都驚呆了。因為畫面上空空如也，什麼圖案也沒有，就是一張白紙。

荒川無法解釋原畫是如何失蹤的。這樣不管有意或是無意，他都犯了欺騙主公之罪，理應受到懲罰。他因此被判監禁一段時間。

荒川一捱完刑期，就聽說果心居士正在北野神社的庭園展示《地獄變相圖》。荒川幾乎不相信自己的耳朵，但這個消息給了他一絲希望，他能夠以某種方式再度得到《地獄變相圖》，從而彌補之前的罪失。於是他匆匆召集了一批侍從，向北野神社趕去。但等他趕到時，卻被告知果心居士已經離開了。

幾天後，荒川又得到消息，果心居士正在京水寺展示那幅畫，並向眾多觀畫者講解佛教教義。荒川急忙趕往京水寺，可又來遲了一步，只見到正在抱怨的觀眾，果心居士再度神秘地消失了。

終於有一天，荒川在一家酒館裡，與果心居士不期而遇。他馬上死死抓住果心居士，不敢鬆手。老人對此報以幽默的微笑，說道：「放心，我會跟你一塊走，但請允許我再喝點酒。」荒川沒有反對這個請求，於是果心居士開懷暢飲，整整喝了十二碗酒，令旁觀者十分驚訝。喝完第十二碗後，老人表示已經喝夠了，荒川命人用繩子將他綑得結結實實，然後帶回信長的主城。

在信長的法庭上，果心居士被首席法官審問，並受到嚴厲的斥責。最後首席法官對他說：「很明顯，你一直在用不可思議的妖術迷惑人們。為此，你應該受到嚴懲。不過，如果你肯恭恭敬敬地把那幅畫獻給信長大人，我們可以寬恕你的罪過。否則，我們一定會用最嚴酷的刑罰懲戒你！」

面對威脅，果心居士神秘地笑着，大聲道：「我並沒有犯下欺騙人們的罪行。」隨後，他轉身面向荒川，叫道：「你才是騙子！你想把畫獻給主上，去奉承他；又想藉機殺死我偷走那幅畫。毫無疑問，如果有什麼稱得上是罪行的話，這就是了！幸好，你沒能成功地殺死我，倘若你如願以償，你又如何為自己的行為辯解呢？無論如何，就是你偷走了畫。我現在擁有的畫，只是一個複製品。你偷走那幅畫後，改變了主意，不願把它獻給信長大人，而想據為己有。於是你把一幅空白的畫呈給了信長大人，以此隱藏你不可告人的意圖。然後你又佯裝是我用空白的畫，取代了真正的畫。那真正的畫在哪裡，我不知道，也許只有你知道。」

聽到這番話，荒川怒火大熾，朝犯人猛撲過去，要不是警衛阻攔的話，他早已將果心居士痛打了一頓。他怒不可遏的神情，令法官懷疑他並不清白，便下令暫時將果心居士押下去，然後嚴厲審問荒川。面對此種情形，荒川情緒激動，幾乎無法說話。他結結巴巴地為自己申辯，卻說得自相矛盾，無意中還洩漏了企圖謀殺果心居士的事。法官下令，處以荒川杖刑，直到他肯吐出真相為止。荒川被竹杖打得呼天搶地，昏厥了過去。

有人將發生在荒川身上的事情，告知監獄裡的果心居士。果心居士哈哈大笑，隨後對獄卒說道：「聽着！荒川那傢夥的行為就像個無賴，我故意讓他受到懲罰，以糾正他的不良傾向。現在，請去告訴法官，荒川的確不知道真相，而我會對整件事情作出令人滿意的解釋。」

果心居士再次被帶到信長面前，他說了如下這席話：

「一幅真正美好的畫作，必定是有靈魂的。這樣的一幅畫，有其自身的意志，它可能會拒絕與賦予了它生命的人，或者是合法的主人分開。有很多故事可以證明真正偉大的畫作是有靈魂的。眾所周知，狩野法眼元信[①]曾將麻雀畫在一個屏風上，麻雀竟會飛走，從而使畫面一片空白。同樣，另外

---

① 狩野元信（一四七六——一五五九）：日本室町後期畫家，狩野畫派第二代傳人，擅長山水、花鳥等，曾擔任室町幕府的御用畫師。一五四五年獲「法眼」稱號。

有幅畫上的一匹馬，會半夜跑出來吃草，這故事也極為有名。在當前的情況下，我相信實情就是因為信長主公沒有成為《地獄變相圖》的合法主人，所以當畫軸在他面前展開時，紙上的畫自動消失了。但是，如果您能給我最初要求的那個價格——百兩黃金——我相信圖畫就會心甘情願地再現於空白紙上。不管怎樣，讓我們姑且一試，又有何妨？反正也不會造成什麼損失。如果畫作不再現的話，我立即退還黃金。」

聽完這奇妙的推斷後，信長下令付予果心居士百兩黃金，並親自蒞臨觀看結果。畫軸又一次在信長面前展開了。在眾人驚訝的目光中，畫作果然完全顯現，一筆不差。只是顏色稍微褪了一點，畫中鬼魂與惡魔的形貌，看起來也不像之前那麼生動了。察覺到這微妙的不同後，信長叫果心居士解釋原因。果心居士答道：「您最初見到此畫時，它是無價的；而現在所見的畫作，就值您所付的百金之價……除此之外，還有什麼別的解釋嗎？」聽到這個回答，所有在場的人都覺得繼續跟這位老人作對，只會帶來更糟糕的結果。於是，果心居士被即刻釋放。荒川也被釋放了，因為他所受的懲罰，已遠超出其罪行所該受的。

荒川有一個叫武一的弟弟，也是織田信長的家臣。因為荒川被打遭拘，武一感到極其憤怒，於是下決心要殺死果心居士。果心居士被釋放後，在酒館裡飲酒，武一追蹤而至，一刀砍倒果心居士，割下了他的頭顱。隨後，武一又取走了信長付予的百兩黃金，將人頭與黃金用布包裹起來，匆忙趕回家拿給荒川看。但當他解開包袱時，卻發現人頭已變成了空酒葫蘆，黃金則變成一堆糞便……兄弟倆大惑不解，後來聽說酒館裡的無頭屍身也消失了——沒有人知道是什麼時候，如何消失的。他們更茫然了。

一個月後，才傳來果心居士的消息。當時，在信長主公的殿廊前，發現了一個喝醉酒的老人在熟睡，呼呼的鼾聲好似打雷。一位家臣驚訝地發現，這個醉漢就是果心居士。由於這一無禮的舉動，果心居士馬上被關入了監獄。但他仍沒有從醉態中清醒過來，在牢裡繼續酣睡了十天十夜，老遠的地方都能夠聽到他的打鼾聲。

大約就在此時，信長死於部將明智光秀[1]的反叛。明智光秀篡奪了京都的統治權，但是其政權僅僅維持了十二天。

且說明智光秀成為京都的主人後，聽說了關於果心居士的事，便下令將犯人帶到他跟前。果心居士被喚到新主面前，光秀親切地同他談話，把他當貴賓一樣看待，還為他準備了豐盛的晚餐。等老人酒足飯飽後，明智光秀問道：「我聽說您十分喜歡飲酒？一次能喝下多少酒呢？」果心居士答道：

---

① 明智光秀（一五二八？—一五八二）：織田家五大將之一。一五六八年，光秀因建議織田信長幫助足利義昭奪得幕府大將軍之位，而得到信長重用。但信長為人反覆無常，屢次當眾侮辱光秀，並剝奪其領地，害死其母親。光秀不堪忍受，遂舉兵反叛，宣稱「敵在本能寺」，率一萬三千直屬軍團進攻織田信長投宿的本能寺，終於逼使戰國霸主織田信長自盡於熊熊烈火中。「本能寺之變」是日本歷史上的重大事件，極大程度上改變了日本的歷史進程。面對明智光秀的背叛，信長留下一句話：「天下是不可竊取的。」果然，進入京都的明智光秀雖然被天皇冊封為「征夷大將軍」，但在羽柴（豐臣）秀吉的討伐下，迅速土崩瓦解。明智光秀逃入山中，被農民殺死。

「確切能喝多少，我也不知道。當醉意上湧時，我就不再喝了。」明智光秀命人在果心居士面前放置了一個大酒杯，告訴傭僕，只要果心居士喝得下，就儘管給他倒酒。果心居士接連喝光了十大杯酒，還要更多，傭僕答說酒壺裡的酒已經全喝光了。所有在場者對果心居士的海量都感到震驚。光秀問道：「您喝夠了嗎？先生。」「哦，夠了。」果心居士答道：「您的款待，我很滿意。現在，為了報答您的拳拳盛意，我要表演一手幻術。請仔細看這屏風。」他指向一幅畫有近江八景的八摺屏風，所有人都側目注視着屏風。

八景中的一景，繪着一個船夫正在琵琶湖的遠處划着船，這船佔了屏風不到一寸長的空間。果心居士喃喃有聲，唸起咒語，朝着船的方向一招手。在場的人只見處於遠景的船，竟然慢慢地向着畫面的前景部分移動。隨着船越來越近，船身也不斷擴大，不一會兒，船夫的面貌已清晰可辨。船划得更近了——船身也變得更大了——幾乎已挨近宴客的眼前。突然間，湖水像氾濫似的，從屏風中溢出來，浸得滿屋滿地都是水；當水淹過膝蓋時，在場的人急忙捲起他們的褲腳。就在此時，這隻船由屏風裡划出，變成了一隻真正的漁船，還聽得到划槳的聲音。屋裡湖水繼續上漲，直至淹到了人們的腰部。

漁船緩緩划近果心居士，他上了船。船夫調轉方向，迅速地划了起來。隨着船隻遠去，屋裡的水面也快速下降，似乎是退回了屏風內。船剛剛划過畫面的前景，屋子立刻就乾了！但畫上的船仍然不停地划着，越來越遠，越來越小，最終變成了一個遠去的小點，消失在水天之間。果心居士也隨之隱沒不見，此後再沒有人在日本見過他。

三四 興義法師的故事①

興義和尚のはなし

距今一千多年前，近江國②大津城有一座遠近馳名的古剎——三井寺，寺裡住着一位博學多識的高僧興義法師。興義不僅明辨通達，還是位丹青妙手，舉凡神佛、山水、鳥獸，在他筆下無不栩栩如生、韻深意遠。

他尤其擅長畫魚，天清氣朗時，總是獨自來到琵琶湖③邊，對着粼粼碧水，請漁夫捉來兩三尾魚，

① 本篇怪談源自中國明朝馮夢龍作品《醒世恆言·卷二十六·薛錄事魚服證仙》。後經上田秋成改編為《夢應之鯉》（夢応の鯉魚），收入《雨月物語》中。小泉八雲據《夢應之鯉》再度改編而成。

② 近江國，屬東山道，又稱江州，因境內的琵琶湖俗稱「近之淡海」而得名。近江國的領域大約為現在的滋賀縣。

③ 琵琶湖是日本最大的淡水湖，四面環山、景色絕佳，古時稱為「近江八景」。它與富士山一樣被視為日本的象徵。

放在水缸裡，細細描摹它們游水的姿態。因為佛教戒律要求「不殺生」，所以在畫完之後，他就像餵寵物那樣給魚兒餵點吃的，然後將它們帶回湖裡放生。

興義法師的魚畫，觀者盡皆拍案叫絕。漸漸地轟動四方，變得聞名遐邇，眾多遊人不辭辛苦地從遠方趕來，就是為了能夠一睹他畫的魚。

不過，興義法師所畫的魚中，最活靈活現的，並非對照活魚繪出的作品，而是他憑藉夢中的記憶，所畫出來的一幅鯉魚圖。

話說有一日，興義正坐在湖邊，靜觀魚兒游水的各種姿態，不覺間倦意上湧，便伏在岸上打起瞌睡來。他夢見自己化身為鯉魚，與魚兒一起在水中嬉戲悠游，十分快活。醒來後，夢裡的景象仍然歷歷在目，清晰地保留在腦海中，他立刻揮毫潑墨，將夢中情景畫了下來。這幅畫，被他掛在自己禪房的臥榻旁，命名為「夢中之鯉」。

興義的每一幅魚畫，都不肯賣給別人。他常說，如果是山水風景、花卉禽鳥，自己十分樂意割捨，但魚畫是有生命的，不能賣給那些忍心殺魚來吃的人。而有閒錢買畫的人，都是些吃魚的富人。所以，不管是誰，無論出多高的價錢，興義的魚畫就是一張不賣。

某年的夏季，興義突然生了場大病，堪堪過了七天，病情就嚴重到口不能言、全身脫力的地步，看上去就像死了一樣。弟子們以為他已經圓寂，便着手為他料理後事。可是法事剛剛做完，一名弟子卻發現興義法師的身子仍有微弱的體溫。大家一合計，決定暫緩下葬，一起在法師的「屍體」旁守護。

這天下午，興義法師忽然甦醒，活了過來。他向守護在身旁的眾弟子問道：

「我失去知覺多久了？」

「超過三天了。」一個小沙彌答道：「大家都以為師父圓寂了，所以今晨請了您的好友和各地的信眾，來寺裡為您做法事。之後發覺師父的佛體並未完全冰冷，便決定且慢入葬。如今您果然醒轉來，我們都歡喜得很。」

興義法師點點頭，頗為稱許，說道：

「我有一件急事，你們要即刻去辦。馬上派人去平之助家，那裡有一夥年輕人正準備為平之助的生日大張宴席，席間有酒有魚。趕緊告訴他們：法師已然復活，敬請延遲開席，立刻到寺裡來。我有一件令人稱奇的事情，要講給他們聽……」

「趕快去吧。」興義繼續說道：「去看看，平之助和他的兄弟們，是不是正如我所說的，在準備生日宴席。」

一個小沙彌隨即動身，依命趕到平之助家裡。果然見到平之助和他的弟弟十郎，還有一個門客掃守，正在置辦酒席。小沙彌大為訝異，連忙將興義法師的話轉述給平之助三人。三人聞言，立即放下手頭的魚和酒，趕到了寺裡。

興義法師此時已在禪房的臥榻等着他們，見三人到來，微笑相迎。彼此見過禮後，興義對平之助說道：

「我的朋友，有幾個問題，需要請你回答，望能如實告訴我。第一：今天，你有否從漁夫文四那兒買過魚？」

「有。」平之助答道：「大師怎麼會知道？」

「稍後回答你。」興義打斷了平之助的問題，又問他：

「那漁夫文四今天去你家，是不是提着個魚簍，裡面裝有一條長約三尺的鯉魚？那時正是午後，你跟十郎在下圍棋，掃守在旁邊觀戰，還吃着桃子，是不是？」

「太對了！」平之助與掃守一齊驚呼出聲，對此極感意外。

「當時掃守看到了那條大魚」，興義繼續說道：「便決定買下來。而且掃守在付魚錢之前，還從盤裡挑了幾個桃子送給文四，並請他喝了三杯酒。然後，你們叫來個廚子，那廚子瞧過魚後，直誇魚又大又鮮。他按照你們的意思，打算把魚切成薄片，做成宴席的佳餚……所有的這一切，我是不是都說對了？」

「完全正確。」平之助答道：「這太令人吃驚了。今天我家裡所發生的事情，大師竟知道得清清楚楚。可否見告，您到底是怎麼知曉的？」

「好吧，該講講我的故事了。」興義說：「你們也知道，幾乎所有人都認為我圓寂了，還來參加了我的葬禮。可是，僅僅三天前，我還身體健朗，沒有任何不適。我記得那天真是太熱了，便想出去走走，透透氣，可能會涼快些。正當我從床上起身時，一個不小心扭傷了，只好撐着拐杖踱出去……也許這些都不過是幻覺而已，但你們聽完我的遭遇後，就能自行分辨真假了。我完全是依據所見到的情景，照直敘述……」

法師頓了頓，接着往下說：

「我走出禪房後，頓覺眼前豁然開朗，空氣清新、陽光明媚，令人精神為之一振。我彷彿剛逃出籠子的鳥兒般，心情愉悅，信步踱到了湖邊。湖水清澈澄碧，勾起了我下水一游的興致。於是我除下外衣，跳入湖中，盡情暢游。我在扭傷之前，還是個不識水性的旱鴨子，此刻，竟然如魚得水，游得甚是歡暢，這實在叫人驚奇……

「你們大概認為我是在癡人說夢話吧？那就繼續聽下去。就在我納悶，為什麼變得會游泳時，只見無數美麗的魚兒游了過來，圍着我來回打轉。剎那間，我突然羨慕起魚兒來。須知，不管人類的泳技有多嫻熟，都不可能像魚兒那樣長時間地在水下自在悠游。

「就在此時，一條非常大的魚游到我面前，口出男聲，說：『你的願望，實現起來輕而易舉，請在此稍候。』說完，大魚轉身游走，我就待在原地等着它。過得片刻，那條魚又從湖底游回來，背上負着一個身穿華服、頭戴冕冠的人，看上去像一位王子。那人向我說道：『龍王有旨，念在你平素放生積德甚多，頗具仁心的份上，特賜你一套金鯉衣。身穿此衣，即可暫時化為鯉魚，享受水中諸般樂趣。但你須時刻小心謹慎，不得吞吃小魚，亦不可貪食香餌，更不能靠近漁夫，以免喪失性命。切記切記！』說完，那人又坐着大魚沉入湖底深處，消失不見了。

「我低頭看看自己，只見全身都被包裹在金鯉衣中，鱗片有如黃金般熠熠閃耀，魚鰭也長出來了。原來我已經變成一條金鯉了。哈哈，我十分快活，從此以後，想去哪兒，就搖尾鼓鰭游去哪兒，真是逍遙極了。

「我游啊游啊，遊覽了包括近江八景在內的諸多風光名勝。有時候，我會仰頭欣賞在碧綠的水面上跳躍的陽光，或者讚歎倒映在水面上的千巖競秀……令我印象格外深刻的，是沖津島和竹生島，這兩島的水色山光充滿詩情畫意，映照在水面上，分外旖旎……

「有時候，我會游近岸邊，瞧瞧行人的臉，聽聽他們的話；還有些時候，我在水面打盹，不時被附近的划槳聲吵醒；到了晚上，月色清瑩，真是美極了。只可惜，漁船趨近的燈火，常常驚擾了我的好夢。而風雨如晦時，我便一直向下，潛入千尺之下的湖底嬉戲。

「如此愉快地過了兩三天後，腹中已十分飢餓，我只好游回變成鯉魚的那個地方，希望找到點吃的。

「恰在此時，漁夫文四來此釣魚。垂入水中的釣鉤上掛着香噴噴的魚餌，我聞到後垂涎不已，但想到龍王的警告，只好悻悻地游開了。

「我不斷在內心告誡自己：『我乃佛門弟子，無論如何，都絕不能吃那葷腥的魚餌。』但過了半晌，肚中的飢餓，使我再也無法抵禦誘惑。我又想：『就算文四抓到我，也不會傷害我，因為我倆是老朋友了。』如此一想，就放鬆了對釣鉤的警惕，魚餌的香氣變得愈發濃烈起來。我實在抵禦不住了，索性再度游回釣鉤下，一口氣將魚餌全部吞進了嘴裡。

「頃刻間，文四迅速提起釣桿，抓住了我。我朝着他疾呼：『你要幹什麼？放開我！』但是，文四似乎根本聽不懂我的話，立即用草繩穿過我的鰓幫，把我拋進魚簍裡，帶到了你們家。

「魚簍掀開後，我看到你跟十郎正在朝南的屋子裡下棋，掃守邊吃桃子邊觀戰。隨後，你們從屋裡出來，看到了我——一條大鯉魚，都相當高興。我高聲大喊：『我不是魚，我是興義法師！趕快帶我回寺裡去。』但你們置若罔聞，只顧着拍手叫好，商量着用什麼法子把我給吃了。

「接着，廚子把我帶到廚房，粗暴地將我扔到一塊砧板上，那上面還放着一把鋒利的菜刀。廚子左手摁住我，右手舉刀便斬，我嚇得大聲驚叫，對着他喊道：『你怎麼能這麼殘忍地殺我呢？我是一個佛家弟子呀！救命！救命！救命啊！』但那刀子還是在我身上狠狠地劃了幾下，痛極了！猛然間，我就醒了過來，發覺自己身在寺中。」

興義法師講完了他的故事，平之助兄弟都感到不可思議。平之助說道：「我現在記起來了，當我們看那條鯉魚時，魚的鰓幫子一直在翕動着，卻聽不到任何聲音……我得馬上把家裡剩下的魚，全部拿到湖裡去放生。」

興義法師的病，很快就康復了。此後，他又活了很久，創作了大量畫作。在他圓寂後，他畫的幾幅魚圖偶然掉進了湖裡，畫裡的魚兒竟然立即從絹紙上游了出來，悠然自得地在琵琶湖裡暢游呢！

三五 和解①

和解

從前，在京都有個年輕的武士，由於所侍奉的主家破落，致使他生計無着，陷入困境。迫不得已之下，只好離鄉背井，去遙遠的地方服侍新的主家。在離開京都前，這個武士狠下心腸，休掉了妻子——一個美貌善良的女人。因為他相信，只要另行攀到高門名媛，必能藉此發跡，擺脫這貧賤卑微的地位。

不久，他如願以償地在外地邂逅了一位名門之女，倉促間就匆忙結了婚。但草率的決定，使他們彼此缺乏溝通、缺乏瞭解，刻骨銘心的愛情他們根本體會不到。而且武士的第二任妻子脾氣暴躁、自私多疑，兩人在一起毫無幸福感可言。武士悔恨不已，每時每刻都思念着在京都的日子。直到這時他才醒悟到，前妻真的是樣樣皆好，對自己的愛也遠勝過後妻。

武士越想越覺得自己真是個薄情寡義之人，心裡的悔恨自責與日俱增，難以釋懷。他懷念前妻

① 本篇題名《和解》，但在改編為電影、舞台劇、廣播劇時，都譯為《武士之妻》或是《黑髮》。

溫柔的話語、美麗的笑靨、優雅的舉止，以及她不厭其煩的耐心與包容，簡直無可挑剔！有時候在夢裡，他也會朦朧憶起過往清貧日子的一幕幕：妻子為了補貼家用，沒日沒夜地坐在紡織機前辛苦工作；自己狠心拋棄她時，她絕望地跪在簡陋的小屋中，以袖掩面，泣不成聲。

這些記憶頻繁浮現，使得武士即使在工作時，也時刻想要回到前妻身畔。縈繞在他腦際的，總是諸如「她現在靠什麼謀生呢？會不會嫁了另一個男人？如果回去，她會原諒我嗎？」等等想法。他暗下決心，要儘快回到京都，乞求前妻的諒解，並用盡一切辦法補償她。

然而人在仕途，身不由己，武士在官位上根本無暇抽身，轉眼便過了數年。

終於，等到了卸任的那天，武士無官一身輕，心想：「現在，我得趕緊回去了，回到唯一真愛的人兒身邊！當年執意要拋棄她，實在是多麼殘酷愚蠢的行為啊！」於是他立即和後妻離了婚，幸好兩人沒有孩子拖累，武士晝夜兼程，匆匆忙忙地趕回了京都。他一心只盼望着能早日見到昔日的愛妻，連更換衣服的時間也不願浪費，就直奔故居而去。

當他風塵僕僕地趕到故居所在的街道時，夜色已深。這日正是九月初十，市面上冷冷清清，靜寂得好似墓場。藉着月光皎潔明亮的照映，武士沒費多少周折，就找到了自己的故居。

故居看上去，似乎因為年久失修的緣故，已然破敗不堪，屋頂上更是長滿了雜草。武士敲了敲門，無人應答。又推了推門，發現門沒有上閂，「吱嘎」一聲就開了，便順勢跨進屋門。

屋裡的前廳空空蕩蕩，一無所有，冷風從門板的縫隙中涼颼颼地吹進來，月亮的清輝也從裂開的牆縫直透入來。抬眼四望，但見觸目之處盡皆塵垢堆積，毫無有人居住的氣象。他微感失望，又想起後面還有一間小房，是前妻常去小憩的地方，不妨也去瞧瞧。

他來到小房裡，見屏風半掩，裡面微有亮光，不由生出一線希望，趕忙伸手撥開屏風，登時驚喜交集：他的前妻正坐在油燈旁，縫補着衣裳。

前妻抬眼見夫君歸來，也喜形於色，高興地笑道：「呀，你什麼時候回京都的？屋裡黑燈瞎火的，你怎麼找到我的？」

歲月的流逝並沒有改變她的容顏，她依然如記憶中那樣年輕美麗。武士沉浸在久別重逢的歡樂中，直到前妻銀鈴般悅耳的話聲響起，這才回神過來。他慌忙坐到前妻身旁，敘訴別來種種經歷，傾訴相思之苦。他為自己的自私無情，深深懺悔；為愧對妻子的恩情，內疚難安。他反覆道歉，乞求前妻諒解自己，並且許下重諾，一定會竭盡全力補償妻子。

前妻深情款款地回答他，懇求他中止一切自責，這正中他的下懷。前妻又說道，她迄今雖然仍對夫君的負心感到十分痛心，但也深感自己不配做他的妻子，知道他是因為貧窮才與自己分手的。因此，自己一直默默地為夫君祈禱着，為他新的婚姻祝福着，希望他能永遠快樂。至於補償，夫君能夠歸來，就是最好的補償了。即使只是短暫的相聚，也已經是莫大的幸福與安慰。

「短暫的相聚？」武士哈哈大笑，說道：「你以為我只是回來探親？親愛的，確切地說，除非你不准，否則我這一生都要永遠地陪伴着你呢！再也沒有什麼能把我們分開。我已囑咐朋友們，明天將我的財產積蓄都帶到這兒來，咱們請幾個僕人，你就不用那麼辛苦了。然後，再把這屋子好好修葺一番，弄得體體面面的。今晚——」

他繼續道歉說：「今晚，雖然我回來得比較晚，但我連衣服都來不及換，便匆忙趕了來，就是為了早點見到你，告訴你這些話。」

前妻深受感動，便也將武士離開京都後發生的事情，娓娓道來。她巧妙地隱藏了內心的傷悲，絕口不提任何可能勾起不快回憶的往事。他們就這樣聊到了深夜，前妻領着夫君來到一間朝南的較溫暖的屋子裡，這兒曾經是他們的寢室。

「沒有人幫你打理屋子嗎？」武士見前妻在鋪床，問道。

「沒呢。」前妻苦答道：「我可沒錢使喚婢女。你離開後，我都是孤身獨居。」

「呵呵，那從明天開始，就會有許多僕人供你差遣了。」武士道：「需要幹什麼，直接吩咐他們就是。」

當晚，他們躺在一塊兒休息，但怎麼也睡不着，彼此間說了很多貼心話。從過去聊到現在，又談到將來，直到天將破曉，武士才朦朦朧朧地合上雙眼，沉沉睡去。

當武士醒來時，已是正午時分。陽光從窗欞間灑進屋裡，他遊目四顧，驚訝地發現，自己竟然就躺在腐爛發黴的破地板上，什麼枕頭被褥，統統不見了。

「……我這是在做夢嗎？」武士喃喃自語，「不，不像是夢！還有她呢，她和我睡在一起。」

他扭過頭來，望向身旁的前妻。

「啊！啊！——」武士驚怖萬分，嚇得尖聲大叫起來。只見躺在自己身邊的，竟是一具女人的骷髏，骷髏上一絲血肉也無，僅用一層薄薄的床單包裹着骨架。一蓬零亂的黑髮，披散在骨骸之上……①

慢慢地，陽光照射到的地方越來越多，但他卻不寒而栗，總覺得像身染惡疾一樣難受。他的內心一陣陣抽搐，駭異恐懼久久難去。隨之而來的，是疑竇叢生，他感到事有蹊蹺，一定要查個水落石出。

於是，武士扮成初來乍到的外鄉人，向屋子附近的街坊，打聽前妻的事情。

「這屋子啊，早就沒人住了。」街坊說道：「幾年前，屋子的舊主人拋棄妻子，離開了京都。他的妻子受不了這個打擊，不久就病倒了。她又沒有親戚在京都，無人照料，貧病交加之下，在去年秋季的九月初十就過世了……」

---

① 此即為日本傳說中的著名妖怪——骨女（ほねおんな）。外表是完全的一副骷髏模樣，平時會以人皮掩飾真面目。她們生時被人欺辱、蹂躪、拋棄，憤恨而死後，憑着某種執念，即使肉體腐朽了，靈魂依然附着於冰冷的白骨上，驅動着自身的骨骸重回人世，並以妖豔的姿色引誘男人索命。不過，儘管骨女的殺氣和怨念都很重，但只對那些負心薄倖的男性進行報復，而不會去傷害無辜善良的人。有些骨女情深意重，甚至還會回到生前的愛人身旁。在愛情催化的作用下，骨女在愛人眼裡仍舊是生前的容貌和聲音，但在周圍的人看來，便是一堆白骨和活人依偎在一起，相當可怖。

三六

普賢菩薩的傳說

普賢菩薩の伝説

曾幾何時，在播磨國住着一位名叫性空上人的虔信高僧。長年以來，他每日沉思《普賢行願品》中關於普賢菩薩的章節；日夜祈禱，期盼着有一天能見到普賢菩薩以經書中所描述的形貌顯現真身。

一夜，僧人誦經時，睡意侵身，不覺間便倚着脅息①睡着了。他做了個夢，夢見一個聲音對他說：欲見普賢菩薩，必須到神崎的「首席藝伎屋」去。醒來後，僧人立即決定前往神崎。他日夜兼程，於次日晚間到達該地。

踏進藝伎屋後，僧人看到一大群人正聚集在這兒，多半是來自城市裡的，貪慕藝伎美名的年輕人。眾人吃喝作樂時，藝伎用嫻熟的技法，邊拍手鼓邊唱起了歌。她唱的是一首關於室住鎮神龕的日本古歌，歌詞是：

① 脅息是一種襯墊扶手，或臂櫈，形狀狹長，高約一尺。僧人在閱讀時，把一隻手靠在上面。

在室住的聖御手洗[1]內，無風亦起漣漪。

這甜美之音宛若天籟，沁人心脾。僧人坐在遠處的角落裡，聽後十分驚歎。突然，藝伎將目光投向僧人。那一瞬間，僧人看到藝伎竟變成了普賢菩薩的模樣，額上閃耀穿透宇宙極限之光，胯下乘雪白六牙之象。她還在歌唱，但歌詞已變了模樣，傳進僧人耳中的歌詞是這樣的：

在無垠的歎息之海上，
雖不起五塵六慾之風，
但深邃之海表，
卻掀湧起圓滿自身功德之巨浪。

那炫目的強光刺得僧人閉上了眼睛：但是神跡穿過眼瞼，還是能夠清楚地看到。他再次睜開雙眼時，一切都恢復了原來的模樣：只看到那輕擊手鼓的藝伎，只聽見那讚美室住之水的歌謠。但是，他發現自己一旦合上雙眼，就又能見到坐於六牙白象上的普賢菩薩，聽到關於歎息之海的神秘歌聲。而其他在場的人看到的卻只有藝伎，完全瞧不見菩薩顯靈。

這時藝伎忽然從宴客廳裡消失了——她何時離去、如何離去，皆無人知曉。自那一刻起，狂歡的盛宴中止，眾人臉上的歡顏被失落改寫。他們尋藝伎不見，等藝伎不回，紛紛鬱悶地散去。最後，帶着這一夜的無盡困惑，僧人也起身離去。他穿過大門的那一刻，藝伎出現在他面前，對他說道：「朋友，今晚你所看到的一切，請不要告訴任何人。」說完，她就消失得無影無蹤了——只留下空氣中瀰

① 御手洗（英文為 Mitarai 或 mitarashi），是在日本神道教的寺廟前，為信眾在禱告前漱口和洗手而準備的石製或銅製的水槽或水池。

漫的醉人芳香。

記載了這個傳說的僧人批註道：藝伎被迫犧牲色相，滿足男人們的淫慾，實乃身份低賤。因此，誰敢想像這樣一個女人會是菩薩的化身？然而，我們必須記住，佛陀和菩薩為了實現大慈悲的目的，會以無窮變幻的形象降臨世間，甚至選用最卑微的軀體，只要這些軀體能有助於救人脫幻境，引人回正途。

三七

屏風裡的少女

衝立の乙女

古日本著名作家白梅園鷺水，曾有言道：

「在中國與日本的諸多古籍中，均記載着：由古至今，某些栩栩如生的丹青佳作，常因其惟妙惟肖、形神兼具，而給觀賞者帶來不可思議的影響。這些傳神妍麗的畫作，但凡是出自大家之手，無論是花鳥畫或是人物畫，皆時有耳聞畫中的生物，會從宣紙或生絹中躍然而出。

「實際上，繪畫這種藝術形式，所反映的，正是自我胸臆的抒發與情感的表達。此一論斷由來已久，想必大家都聽說過。如今，人們普遍以此類論斷為依據，對享有盛譽的，菱川師宣①所繪的肖像畫點評賞鑒，稱道不已。」

鷺水述說至此，講了一個與菱川所繪的肖像畫

① 菱川師宣（一六一八—一六九四）：日本浮世繪創始人。浮世繪，就是表現江戶市井風俗人情的繪畫作品，分為肉筆畫和木版畫兩種，但主要是在木版畫形式上進行。一六七〇年，菱川師宣首次賣出描繪「浮世」內容的木版畫，故被稱為「浮世繪始祖」。他將版畫從小說插圖的範疇裡脫離出來，獨立編成繪本，並利用了當時新技術上的改進，使浮世繪版畫在質量上毫不遜色於手繪畫。菱川師宣的重要性在於有效地融合了早期各種短暫的繪畫和插圖畫流派，為其後兩個世紀的浮世繪大發展奠定了基礎。

有關的故事：

昔時，有一個名叫篤敬的青年儒士，家住京都室町街。一天黃昏，篤敬去朋友家拜訪後，歸途中經過一家專售二手貨的古董店，被店前展示的一座古色古韻的屏風給吸引住了。雖然這座屏風僅僅是紙糊的，但其上繪有一副少女的全身畫像，令篤敬不勝欽慕。他向老闆詢問屏風的價格，感覺相當便宜，便掏錢買下了屏風，帶回家中。

篤敬將屏風擺設於自己的寢室中，凝神細觀，只覺得屏風裡的少女，比之在古董店裡見到時，更加嬌美可人。但見她年約十五、六歲，栩栩如生，宛似真人。畫家的筆法極其細膩，小至眉眼、睫毛、櫻唇、秀髮，都曲盡其妙，無可挑剔。少女眼梢似芙蓉，秋水盈盈；紅唇若牡丹，帶笑含春；一張青春嬌豔的俏臉，美到言語已無法形容。倘若這世上真有一位與畫中一樣的美女，恐怕沒有哪個男人不想一親芳澤，博取她的芳心。

篤敬心想少女要是真有其人，那就好了，一定比畫中更美更動人。她是那麼地傳神，你向她說話，她彷彿也會答應似的。

從此，篤敬廢寢忘食，整日都在凝視着屏風上的畫像。他感到自己的心，已完全被畫中少女的魅力所征服。

「人世間真的有如此佳人嗎？」他邊賞畫邊自言自語：「若能攬她入懷，即便只有短暫的片刻光景，我也願意用自己整個的生命去換取。」

毫無疑問，篤敬是迷戀上這幅畫了。再也沒有哪個女子可以叩開他的心扉，他瘋狂地愛上了屏風裡的少女。可是，即使畫中的少女還活着，恐怕也已人老色衰，不再如畫中那樣年華豆蔻。更何況，這少女搞不好早在篤敬出生前就已經香消玉殞了呢！

就這樣日復一日，儘管已近於絕望，但篤敬的愛戀之情非但沒有消減，反與日俱增。他不食不眠，總是連續幾個時辰呆坐在屏風前，癡癡地望着屏風少女的倩影，心神恍惚，就連以往最喜歡的讀書做學問，也荒廢了。

終於，篤敬病倒了，而且病情每況愈下，他自知離棄世之日已然不遠了。

幸好，篤敬有一個朋友，是位受人敬重、恂恂儒雅的老學者。他對古畫研究頗深，也能體察年輕人的心事。

老學者聽說了篤敬病重一事，便前來探訪。當他見到屋裡的屏風後，登時對篤敬的病因瞭然於胸。篤敬向他訴苦，聲言若不能找到畫中女子，情願一死了之。

老學者以亦師亦友的身份，向篤敬鄭重說道：

「此幅人物畫，乃菱川師宣所繪，畫中人此刻早已不在人世。但由於菱川師宣在畫中傾注了極多心血，不單繪出了少女的身姿相貌，還畫出了她的精氣神。由此觀之，這幅畫是有靈魂的。所以，你想得到這位少女，也並非不可能的事。」

篤敬聞言，興奮萬分，從床上支起半個身子，熱切地望着老學者。

「首先，你必須為這位少女取個名字。」老學者繼續說道：「而後，你要每天都坐在畫前，腦中不停地想着她，並且在口中溫柔地輕呼着你替她取的名字，直到她向你說話為止……」

「向我說話？」年輕人迷惑不解。

「沒錯！」老學者答道：「少女肯定會回答你。

不過，你要準備好我所交待的東西，作為她回答你以後的禮物。」

「為了見到她，我甚至可以用生命來交換！」篤敬激動不已。

「不，無須如此。」老學者微笑道：「你只要向一百家不同的酒舖買酒，然後將酒裝滿一個酒杯。屆時，少女從屏風中走出來後，如果接受了這杯酒，事情就成功了一半。接下來怎麼做，她自會與你說。」

說完，老學者告辭而去。他的這席話，將篤敬從絕望中拉了出來。

篤敬立即前往百家酒舖採辦好美酒，隨後正襟危坐於屏風前，柔聲呼喚着少女的名字（到底是何名字，日本的原作者忘記告訴我們了——小泉八雲按）。一遍又一遍，語調溫和纏綿。

第一天、第二天、第三天……許多天過去了，少女都沒有回答。

篤敬毫不氣餒，繼續耐心地呼喚着。

又過了些時日，突然，某天晚上，當篤敬依舊對着屏風，輕呼少女的名字時，一聲低語傳來：

「我在！」

篤敬驚喜交集，以最快的速度端出裝滿酒的酒杯，小心翼翼地遞給少女。

那少女果然從屏風中走了出來，雙足踏在屋裡的榻榻米上，從篤敬手裡接過酒杯，吐氣如蘭，問道：

「你為什麼如此迷戀我呀？」

少女真的比在畫裡時還美麗數分，她十指纖細，嫩如春蔥；氣質高雅、玉貌花容，實是傾國傾城的絕代佳人。

（篤敬怎樣回答少女的問話，可惜並沒有記載下來，我也不知曉，只好請讀者們自行去猜想了！——小泉八雲按）

「但是，你不會很快就對我感到厭煩吧？」少女擔心地問道。

「在我有生之年，絕不會喜新厭舊！」篤敬斬釘截鐵地回答。

「然後呢？」少女又問。對於關係一生幸福的事情，少女是不會輕易相信的。更何況，日本的新娘，並不滿足於只做一生一世的夫妻哦！

「那，就讓我們立誓為證吧！」篤敬懇求道：「我願與你七生七世永為夫妻！」

「要是你變心的話」，少女說道：「我馬上就回屏風裡去。」

於是，兩人對天地盟誓，矢言永不相負。隨後結為了夫婦。

我想，篤敬肯定是個對愛情忠貞的好男人，因為新娘再也沒有回到屏風裡。屏風上，原本繪着少女身姿的位置，至今仍然空白着。

三八

騎在屍體上的男子

死骸にまたがった男

身體似冰般僵冷，心臟也停止了跳動，她早已死去多時。可居然沒有人說要埋葬這個女人，因為，她是死於被丈夫休掉的痛苦與憤怒的，埋掉她根本沒用，死人臨終時的復仇執念，可以在任何墳墓的地下爆發，掀起墳墓最厚重的石板。住在她附近的人全跑光了。他們知道，她在等待那個負心的男子回來。

她死時，那個男子正在外頭旅行。當他回來得知所發生的一切後，深深的懼意侵襲了他的全身。「如果天黑前沒人幫我」，他自言自語道：「她會把我撕成碎片的。」此刻雖然還只是辰時[①]，但他很清楚自己需要分秒必爭。

① 辰時，指的是上午七點到上午九點這段時間。

他馬上去找了一個陰陽師①，乞求得到幫助。陰陽師知道那個死去女人的事，他曾經見過那屍首。他對男子說道：「你已大禍臨頭了，但我會盡力救你，你必須完全按照我說的去做。目前只有一個法子可以救你，不過此法甚是兇險，除非你敢斗膽嘗試，否則她將把你撕成碎片。如果你有勇氣，請在黃昏時來找我。」男子渾身戰栗，答應完全按照陰陽師吩咐的去做。

日落時分，暮靄四合，陰陽師和男子一起來到停放女屍的屋前。陰陽師推開屋門，叫男子進去。

① 陰陽師，精通陰陽術的專家。他們不但懂得觀星宿、相人面，還會測方位、知災異，畫符唸咒、施行幻術，能看見一般人見不到的惡鬼或是怨靈，不論多麼強力的詛咒都能化解。藉由森羅萬象的卦卜和神秘莫測的咒語，陰陽師驅邪除魔、斬妖滅怪，成為上至皇族公卿，下至黎民百姓的有力庇護者！

「我不敢！」男子從頭到腳，全身都在顫抖，嚇得直喘大氣：「我甚至不敢看她一眼！」

「你將要做的事情，遠比看看她可怕得多。」陰陽師說：「你已答應照我說的去做。進去！」他強迫那負心漢進到屋子裡，走到屍體邊上，女屍面朝下躺着。

「現在你必須騎到她身上」，陰陽師說道：「然後緊緊地坐在她背上，就像騎馬那樣……快點！你必須這麼做。」男子已經抖得不行了，陰陽師推了他一把。「現在，抓住她的頭髮」，陰陽師命令道：「左手抓一半，右手抓一半——對——像握緊韁繩那樣抓緊了——雙手用力。就是這個樣子！……聽我說，你必須保持這個樣子直到天明。到了夜裡可能會很恐怖——原因很多——但是不管發生什麼事，千萬不要鬆開她的頭髮。如果你放手了，哪怕只一秒鐘，女屍的頭髮就會變白，到時候誰都救不了你！」

接着，陰陽師在女屍的耳邊唸了幾句咒語，對男子說道：「現在，為了我自己的安全起見，必須讓你一個人待在這裡了……保持這個姿勢！……無論如何，記住，千萬不要放開她的頭髮。」說完，陰陽師轉身就走，隨手關上了身後的屋門。

時間分秒流逝，夜，靜謐深沉，騎在女屍上的男子感覺到了黑暗中傳來的無盡恐懼，直到他的尖叫聲打破了這份死寂。猛然間，那女屍倏地跳了起來，試圖把身上的男子甩下去。她邊晃動身子，邊大喊着：「啊，太重了！我要把夥伴們都叫過來。」

然後她昂首站起，跳到門邊，衝了出去，跑進蒼茫夜色中，背上一直揹着那男子。男子緊閉雙眼，緊緊抓住女屍的頭髮，緊緊地、緊緊地，絕不敢鬆動分毫，儘管他心裡已害怕到極點。黑暗中，也不知道女屍跑了多遠，他什麼也瞧不見，只聽見光腳丫踏地的劈啪劈啪聲，還有她跑動時喘氣的嘶嘶聲。

最後，女屍精疲力竭，調頭跑回了屋裡，又躺到原來的地方。也不管那男子就騎在她身上，就這麼喘息着，哀歎着，直到雄雞唱曉。當陽光照進屋裡時，她恢復了平靜。

那男子嚇得牙齒直哆嗦，直愣愣地坐在女屍上等着陰陽師。

「看來，你一直沒有鬆開她的頭髮啊！」陰陽師進屋後，看了看屋裡的情形，十分高興：「這樣很好……現在你可以起身了。」他又在女屍耳旁唸了些咒語，然後對男子說道：「你肯定度過了一個極其恐怖的夜晚，但是除此之外沒有別的法子可以救你。從此你安全啦，不必再擔心她的報復了。」

這個故事的結局，似乎無法滿足傳統道德觀的要求。負心的騎屍者沒有得到懲罰，女屍的頭髮也沒有變白。我們所知的，僅是「他熱淚盈眶，感激地崇敬陰陽師」。據說，騎屍男子的孫子和陰陽師的孫子，現在依然生活在那個村子裡。

三九 弁天女神①的感應

弁天の感応

在京都有一座著名的女神廟，清和天皇的第五皇子貞純親王②，曾經作為僧侶，在此度過了他的大半生。寺中還有眾多知名人物的墓塚；在寺廟的殿宇中，我們能看到許多人在虔誠地禱告祈願。

然而，如今的寺廟已不是原先那座女神廟了。原先的女神廟在經歷了一千多年的風風雨雨後，早已朽敗不堪，不得不在元祿③十四年（一七〇一）

---

① 弁天女神：又名弁財天、辯才天等，來自印度佛教，是梵天從自己身體裡誕生出來的女神，同時也是他的妻子。傳入日本後，弁財天位列七福神之一，精通音樂、善於雄辯。日本人將她當作財富之神來膜拜。

② 貞純親王（八七三—九一六）：日本平安時代前期皇族，清和天皇的第六皇子。原文誤為第五皇子，特此說明。

③ 「元祿」是日本年號之一，時在一六八八年至一七〇三年。這一時期的天皇是東山天皇，江戶幕府的將軍是德川綱吉。

進行了重建。

女神廟重建完成後，舉行了大型的慶典，上千人參加了慶典，其中有個叫花笠的年輕書生，漫步在新建成的寺院花園中，對眼前的一切感到說不出的喜愛。當他來到以往時常小酌幾杯的泉邊時，驚奇地發現這裡已被改建成一個方形的水池。水池的一角，立着一塊木牌，上面寫着「重生水」。水池旁矗立着一尊雖不高大但十分氣派的弁天女神像。正當他在新廟中四處遊賞時，突然一陣風吹來，將一張長條詩箋吹到他腳下，詩箋上寫着這樣一首詩：

那就是定情信物，
該設宴祝賀；
備下珍珠瑪瑙，
來世亦不變心的婚約。

此詩由著名詩人田邊春嶺所作，是關於初戀的詩，花笠對此十分熟悉。他細觀這首寫在詩箋上的詩，但見字跡娟秀，顯然是出自女子之手。字與詩箋彷彿卓然天成，精美得令花笠不敢相信自己的眼睛。那纖細的文字間，飄散出一種淡淡的、說不出的優雅，可以看出書寫者正處於妙齡年華。墨跡的顏色純淨飽滿，彷彿從中能看到她純潔善良的心。

花笠小心地收起詩箋，帶回家中。當他再次拿出詩箋欣賞時，發覺上面的字跡比初次看時顯得更加優美、素雅。這使他愈發堅信，這首詩是一位非常年輕、聰明、善良的女子所書寫。

他自信地猜想着，漸漸地腦海中描繪出一個十分迷人的美女的形象。他發現自己已經狂熱地愛上了這位素未謀面的女子。那麼，首先要做的，當然是找到她，如果可能的話就娶她為妻……可是，該怎麼去找她呢？她是誰？家住哪兒？茫無頭緒的花笠，唯有寄希望於他所崇奉的女神能幫助自己找到這名女子。

當他想到弁天女神可能樂於伸出援助之手時，一陣風將長條詩箋吹向了他，似乎預示着女神十分願意幫忙。要知道，這位女神相當靈驗，不少男女都向她祈求得到幸福的姻緣。這也促使花笠迫切希望得到女神的幫助。於是，他立刻飛奔向女神廟的花園，來到「重生水」旁的女神像前，懷着一顆虔誠熾熱的心，向女神祈求道：「啊，女神，請憐憫我吧，幫我找到在詩箋上寫詩的那個女子吧！或者至少賜予我一次與她見面的機會，哪怕只是短暫的片刻！」禱告之後，他開始了七日虔誠的祀奉，以表示對神的敬意。同時發誓，在第七日夜晚，將於女神像前整夜不停地禱告。

第七日夜，他來到女神像前守夜。萬籟俱寂中，突然聽到寺院正門外，傳來請求開門的聲音，寺內有人答應着，隨後大門「吱嘎」一聲被打開了。花笠看見一位氣度不凡的老者，慢慢地踱步入寺。這位老者衣着華貴，滿頭銀髮，戴着一頂黑帽，從打扮上可以看出其地位頗高。他來到女神像前，雙膝跪下，神情謙恭，好像在等待神靈的什麼指示。緊接着，內殿的門也打開了，門上掛着半捲的竹簾，遮住了殿內的情形。一位神使走了出來，是個相貌俊美的童男。他的頭髮按古老的方式，挽成髮髻盤在腦後。神使站在殿門前，吐字清晰、嗓音洪亮，向老者道：

「有名男子正祈求一段姻緣，但這段姻緣與他目前的地位不相符，很難實現。不過此子誠心可嘉，非常值得我們同情。所以今晚把你叫來，想讓你看看能否幫助他。如果能確證他和心上人在前世就有宿緣，就讓他們相互結識吧！」

老者聽完，恭恭敬敬地朝神使鞠了一躬，隨即起身，從右邊長袖的口袋中抽出一條深紅色的絲線。他用絲線的一端環繞着花笠的身體，就像將他綁住一樣，線的另一端則投入一盞燈的火焰中。當絲線燃燒起來時，他三次揮舞手臂，彷彿在召喚某人從黑暗中走出來。

漸漸地，女神廟中由遠及近傳來了腳步聲，一位年約十五六歲，楚楚動人的少女，輕移蓮步向這邊走來。她的臉上帶着一絲羞澀，用扇子遮住臉的下半部分，跪在了花笠旁邊。神使對花笠道：

「近來，你在精神上遭受了極大的痛苦，不顧一切的愛，已使你的身體日漸消瘦。我們不忍心你再處於如此痛苦的境地中，所以就讓月老召喚來那位在詩箋上寫詩的女子。現在，她就在你身旁。」

神使言罷，立即隱到了竹簾後，月老也離開了。那位女子跟着月老，轉身離去。這時，女神廟晨鐘響起，天光破曉，東方漸白。花笠懷着感恩的心，向女神像叩拜後，離寺返家。他細細回味剛才的遭遇，感覺就像做了場美夢般，心頭甜絲絲的，還沉浸在見到夢寐以求的美麗女子的喜悅之中。但同時，他的心頭又隱隱不安，擔心再也見不到那位少女了。

當他穿過寺院大門來到大街上時，幾乎不敢相信自己的眼睛，只見一位少女獨自走在與他同向的路上。即使是在天色尚未大亮的拂曉，他也能立刻認出，此女正是在女神像前，神使介紹給自己相識的那位女子。他加快腳步，正欲趕上前去，那女子轉過身來，優雅地向他行了一禮。他心中鹿跳，強抑興奮之情，與少女攀談起來。少女甜美的聲音，令他感到無限歡喜。他們在寂靜的街上走着，愉快地聊着，不知不覺間，來到了花笠的住處。花笠停下腳步，誠懇地告訴少女，希望能娶她為妻，白頭偕老，永不分離。女子微笑道：「閣下有所不知，妾身此來，就是為了嫁予你為妻的。」說着，跟隨花笠進了屋。

就這樣，他們成婚了。妻子的賢慧、善解人意令花笠萬分欣慰。相處日久，他愈發覺得妻子比以往想像的更完美：不但寫得一手好字，還雅擅丹青，精通插花、刺繡藝術，對音樂、編織也頗具天賦。總之，秀外慧中，將家中一切打理得井井有條，夫妻相處十分融洽。

自初秋相識、結合以來，他們一直生活得美滿、平靜。花笠對妻子的愛與日俱增，直到冬天來臨。在這幾個月裡，他們沒有受到任何外來的打擾。唯一令花笠感到疑慮的是，他仍然對妻子的身世、背景一無所知，與此有關的事，她從未提起過。由於是神將她賜給自己的，故而花笠覺得不好過分探究。美滿姻緣來得如此容易，也使他時刻擔心有人會將妻子帶走。然而不論是月下老人，還是其他什麼人，都沒有來，也沒有任何人問起她。周圍的鄰居不知何故，都對他的妻子視若無睹，彷彿根本看不見她的存在。

花笠對這一切迷惑不解。終於，一次不期而至的相遇，解開了他的疑惑。

一個冬日的清晨，花笠路過城町中一個較偏僻的地方時，突然聽到有人在大聲喊他的名字，一名男僕站在一座府邸門前，向他揮手招呼。花笠見此人面孔甚為陌生，況且在京都這一區，自己並無相識之人，所以他對有人招呼自己感到十分意外。那名男僕走近前，致敬行禮後，說道：「敝主上希望能與閣下見面，說幾句話。望閣下能屈尊移步，到府中一敘。」花笠猶豫了一會兒，便跟隨男僕進了那座府邸。一位衣着華貴，一望可知是主人的老者站在門口迎接他，並客客氣氣地將他引到會客廳。兩人互相行過禮，主人面帶歉意，說道：「冒昧相邀，閣下一定深感唐突。請容老朽詳述此舉緣由，聽完解釋，或許閣下就會原諒老朽。老朽堅信此事是神明給予的指引。」

「老朽有一個女兒，年方二八，寫得一手好字，其他方面倒很一般。我們都希望為她找到一位好夫君，讓她得到幸福。於是我們時常向弁天女神禱告祈求，並且給京都每一座弁天女神廟，都送去了我女兒寫的詩箋。過得數晚，女神突然託夢給我，說道：『你的祈求我已聽見了，為此，我特意將你的女兒介紹給了一名男子，這名男子將成為她的夫君。冬天來臨時，他會來拜訪你。』對於這番神諭，我並不很明白其中的含義，所以感到十分困惑。我以為那只是一個普通的夢，無甚特別之處。但是昨晚，我又夢見了弁天女神，她對我說：『明天，我曾跟你提起過的那名男子，將會來到這條街上，你要把他喚入府中，讓他做你的女婿。他是個有為的青年，前程不可限量。』之後弁天女神詳細述說了你的名字、你的年齡、你的出身，還描述了你的相貌特徵、衣着。我把這些轉述給男僕，所以他非常輕易地就認出了你。」

聽完老者的解釋，花笠愈發困惑了，但他仍然禮貌地向主人行禮致謝，感謝他的盛情相待。隨後，老者將花笠請到另一間房中，介紹給自己的妻子，並宣稱要把女兒嫁給花笠。花笠面露窘相，但他無法推託，也無法在這種特殊氛圍中告訴老者自己已經結過婚。他更不能說出自己的妻子是女神賜予的，所以不能分離。他唯有報以沉默，在惶恐中跟隨主人，又來到隔壁的房間中。這裡，是老者女兒的閨房。

當老者向花笠介紹自己的女兒時，那一瞬間，花笠驚訝地發現，這位少女的相貌，竟與自己的妻子一模一樣！

然而細看之下，卻又發覺她們間略有不同。這種不同，主要體現在氣質和精神上。

原來，月下老人紅線牽來的，只是少女的靈魂。之前嫁給花笠的，也僅僅是少女的靈魂。只有花笠才能看見她的靈魂，其他人一律感知不到她的存在！所以花笠的鄰居們，才對花笠的妻子視若無睹。

而現在，花笠將要娶的，則是少女的肉體。

啊！弁天女神為她的崇拜者，創造了怎樣的奇蹟啊！

這個古老的故事講到這裡，突然中斷了，留下了很多不解之處。這樣的結局是無法令人滿意的。有的人想瞭解在少女的靈魂嫁給花笠期間，少女的肉體如何存在？有的人想知道靈魂到底是怎樣的，它真的能持久而獨立地存在嗎？作為靈魂已經獨立出去的肉體，是否在耐心地等待夫君前來迎娶？而靈魂又是否想去看看自己的肉體？但是這個故事的結尾，對以上問題全部沒有做出回答。

我的一位日本友人用他自己的理解，來解釋這個神奇的故事：

「其實，是新娘的靈魂書寫了那張詩箋，所

以新娘的肉體可能並不知道在女神廟中見面的那一幕。當少女在詩箋上書寫着娟秀的文字時，由於傾注了自己的靈魂，致使這些文字具有了生命力。因此，也可能是詩箋上的文字，幫助少女找到了有緣人。」

四〇 人魚報恩記
鮫人の恩返し

從前，有個名叫俵屋藤太郎的年輕人，住在近江國。他的居屋毗鄰大名鼎鼎的石山寺，離琵琶湖不遠。藤太郎雖然並非家資豪富，但托庇祖蔭，尚薄有資產，小日子過得倒也舒適安逸。只可惜年已二十九歲，仍是孤身一人。他最大的心願，便是娶一位貌若天仙的女子為妻。可是他並無什麼特別的本事，沒有能力去討到這樣一個美嬌娘。

某天，藤太郎行經瀨田長橋時，瞧見一個形貌怪異的生物正蹲在橋欄邊。這怪物，軀體似人，卻全身墨黑；顏面猙獰彷彿妖魔，雙眼碧綠好比翡翠，長髯飄舞又似龍鬚。藤太郎乍見之下，吃了一驚，但定睛細看，只覺那綠眼睛中滿是溫和友善的神色，並無惡意。躊躇片刻後，便壯起膽子，走上前去。那怪物口吐人言，說道：「閣下勿驚，我乃是雄性人魚①，此前一直在龍宮中服侍八大龍王。因為小小過失，就被龍王從龍宮中驅逐出來，漂流海外。既乏裹腹之食，亦無棲息之所，徘徊流浪，無處可去。若閣下能憐憫於我，求您賜些食物，並給個容身之所，可否？」

人魚苦苦哀求，語調淒涼悲愁，一副可憐兮兮的模樣，藤太郎不禁油然而生同情之心，說道：「隨我來吧。我的花園裡有個又大又深的池塘，你中意住多久都行。食物也充足得很，任你吃多少！」

那人魚便跟隨藤太郎歸家，見到池塘果然寬敞幽深，大喜過望，忙不迭地向藤太郎致謝。

從此之後的大半年時間裡，這個奇怪的客人就一直住在池塘裡，藤太郎每天都定時給他投餵適合海中生物吃的食品。

轉眼到了同年的七月，鄰近的大津城裡，有一座大佛寺——三井寺，特意舉辦了一場「仕女祈福法會」。藤太郎聞訊，也來到大津城觀禮。但見貴婦名媛、碧玉閨秀，如雲美女紛至沓來，令人目不暇接。就在這鶯鶯燕燕中，藤太郎發現了一位非常標緻的年輕女子，立即就被她吸引住了。那少女年約十六歲，面容潔白勝雪，清純明淨；小巧的香唇靈秀豐潤，如櫻桃般玲瓏可愛。可以想像，她嬌聲輕言時，音色必然宛若夜鶯鳴唱般悅耳動聽。

藤太郎對這少女一見鍾情，不由得神魂顛倒，見她轉身離開三井寺，急忙跟了上去，在其身後不疾不徐地尾隨着，終於知曉了女孩的住處。原來女孩和她的母親將在附近的瀨田村親戚家暫住數日。

① 人魚，中日兩國的古代典籍中，稱為「鮫人」。傳說其魚尾人身，生活在海中，部分與海相通的大河大湖裡也有少量鮫人。

藤太郎又向瀨田村的村民打聽，得知少女名叫珠名，尚未許配人家。她雙親不願將她嫁入平民之家，若有人想娶珠名，必須備齊一萬顆寶珠，放入首飾箱中，作為下聘之禮。

藤太郎不問則罷，一問之下失望至極，沮喪地回到家裡，心想珠名雙親的要求如此苛刻，自己不過是一介布衣，想娶珠名為妻，簡直難過登天。更何況全國都未必有一萬顆寶珠，即使有，也只有王公貴族才有能力收羅得到，自己肯定是沒指望了。

儘管如此，藤太郎卻怎麼也不能對珠名忘懷，把她的一顰一笑都深印在了腦海中。他每日裡寢食不思，日念夜想，眼前盡是珠名鮮活生動的娉婷倩影在晃動。日復一日，終於害了病，臥倒在床，精神萎靡，只得延醫診治。

醫生仔細把過脈後，長歎了一口氣，說道：「你這病，用任何藥都無法醫治，因為這是相思病。中國古代的琅琊王伯輿，就是得相思病死的。你還是及早準備後事吧。」

說完，醫生連藥方也沒開給藤太郎，便告辭而去。

住在後院池塘裡的人魚，聽說恩人病了，趕忙進屋，日以繼夜地照顧藤太郎。但他並不清楚恩人的病因，也不知道病情正逐漸加重。大概過了一週時間，藤太郎已心中有數，自己即將不久於人世。便喚來人魚，交代遺言：

「這段時間以來，承蒙你悉心照料，實是感激。我想，這或許是咱們前世結下的緣份吧。但現在我已經病入膏肓，日甚一日，這條命就像清晨的露珠一般，太陽一出來，就要消逝了……可是我最牽掛的還是你。以往我能夠時刻照顧你，給你吃的。要是我走了，就再也沒有人照顧你了……我可憐的朋友……唉！這世上的事，太多天不遂人願。」

不等藤太郎說完遺言，人魚已感動得泣不成聲，血色的淚水從綠眼眸中大滴大滴地流下來，滑過漆黑的面龐，掉落在地板上。不可思議的怪事發生了：那些血淚一碰到地面，立刻就變成了璀璨奪目、價值連城的紅寶珠。

原來，當人魚悲傷哭泣時，滾落的淚水就會變成美麗的寶珠，中國的成語「鮫人泣珠」即緣出於此。

見到如此神奇的事情，藤太郎驚喜若狂，霎時間神清氣旺，倏地跳下床，數起了人魚落下的淚珠，數着數着突然高聲叫嚷起來：「我的病有得治啦，太好了，太好了！」

人魚見恩公大呼小叫的模樣，驚詫莫名，登時便停止了哭泣。他困惑不解地向藤太郎詢問，為什麼說重病有救了？於是藤太郎便將自己如何邂逅那位美少女、如何得知求婚的聘禮竟要一萬顆寶珠、如何朝思暮想以致害了相思病等事，詳詳細細地全告訴給了人魚。

「本來我已經徹底絕望了，覺得要弄到一萬顆寶珠，根本毫無可能。」藤太郎笑着說道：「哪曾想，你卻在這時候幫了我一個大忙，讓我一下子得到了這麼多寶珠。只不過，現在這些寶珠還不夠一萬之數，拜託你，能否再大哭一場，將數量湊齊？」

人魚聞言，立時拒絕了恩人的請求，並且責備道：

「您看我像是個倚門賣笑的人嗎？說笑便笑，說哭便哭？不！妓女才會為了討好男人而流淚。而我是來自海底世界的生物，如果不是發自內心的真實悲傷，是絕對流不出眼淚來的！適才之所以流淚，是以為您快要死了，內心真正地感到難過，才會淚如泉湧的。如今，您已經痊癒了，我可就哭不出來了。」

「啊，那該怎麼辦？」藤太郎可憐巴巴地說道，「要是湊不夠一萬顆寶珠，我就娶不了那女孩啦！」

人魚思索了一陣子，回答道：

「請您聽好了，今天我是無法再哭了。不過明天，請您帶上美酒和一些魚，咱們一塊兒到瀨田長橋去，飲酒吃魚。我會面朝龍宮方向，回想起在那裡度過的歡樂時光，心底自然會生出思鄉之情，或許到時就哭得出來了。」

藤太郎歡喜不已，點頭應允了。

第二天清晨，他們帶着佳釀與各式魚餚，來到了瀨田橋上，擺好餐布，坐下飲酒食魚。人魚遠眺龍宮方向，依稀往事一件件浮上心頭。在美酒的作用下，去國懷鄉的傷感瀰漫胸臆，但覺有家難歸，情何以堪，不由得悲從中來，縱聲大哭。血色的淚水，大顆大顆地落到橋面上，變成了赤色的寶珠。藤太郎急忙拿出早已準備好的箱子，小心翼翼地將寶珠裝進去。一邊撿，一邊在心裡默數着，終於拾滿了一萬顆寶珠。

藤太郎大喜過望，眉開眼笑。

幾乎與此同時，從遠處的湖水中，傳來陣陣悅耳的絲竹管弦之聲，湖面上緩緩升起一座凌雲寶殿，金光燦燦，如日耀目。

人魚跳上橋的欄桿，舉目細觀，隨即笑顏逐開，手舞足蹈，扭頭向藤太郎說道：

「這一定是八大龍王已經原諒我了，在召我回龍宮去呢。現在，我必須跟您道別了。能有機會報答您的恩德，我非常開心。再見！」

說完，人魚躍身跳入橋下。從此以後，再也沒人見過他。

藤太郎帶着裝滿一萬顆寶珠的首飾箱，獻給珠名的雙親做聘禮，終於如願以償地娶了珠名為妻。

四一 振袖和服①

最近，在我穿過一條舊貨小街時，注意到一件叫「紫葵」的紫色振袖和服，華麗輕柔，掛在一間店鋪前面。看起來，它昔日的主人肯定是德川幕府時代的貴婦。我停下來，細看上面的五路紋飾，那一刻，我腦海中浮現出一段記憶：據說與此相似的一件振袖和服，曾導致江戶城的毀滅。

距今大概二百五十年前，幕府所在的江戶城裡，有位富商的女兒。某日，她來到寺院燒香禮佛，在如梭的人潮中，驚鴻一瞥，偶然間望見一位俊秀的青年武士，於熙攘庸碌的人群中，顯得那樣地氣質出眾，舉止不凡。少女頓時對這名武士一見鍾情，急忙讓隨行的侍從上前打聽，想知道武士來自何

① 所謂「振袖和服」，即長袖和服，是未婚的日本年輕女性正式的禮服，其製作與質地相當講究，融合了高雅氣度與深層內斂之本質，一般只在慶典、畢業、宴會，以及新年時穿着。

方。然而俊秀武士卻隱沒於人群中，杳渺不見蹤影。

因了這一眼，誤了這一生。少女從此對那位俊秀武士慕之念之，害起了單相思。那武士的身影、服飾，甚至他衣袖上的小小花紋，都清晰地烙印在了女孩的腦海中。特別是他那一身光鮮亮麗的服飾，與少女的美麗和服相比，也不遑多讓。武士穿着它，風度翩翩，最能吸引思春少女的迷戀。

於是，少女決定做一件質地、顏色、紋路都與那青年武士所穿的服飾完全相同的和服。她認為，只要穿上相同的衣服，茫茫人海中，必然可以最快速地吸引到武士的注意。

富商為女兒請了江戶最有名的裁縫，按照記憶，再結合當時的流行款式，精心製作出一套與青年武士的服裝花式相同的振袖和服。每次出門，少女都穿着這件和服，她那白皙的皮膚，配上雅緻的振袖和服，令許許多多人都被她的美貌與風姿所折服。但少女對無數熱情的目光一概不理不睬，她的心裡只有他。

在家時，少女又喜歡把振袖和服掛在屋裡最顯眼處，目不轉睛地注視着，腦中滿是心上人的音容笑貌。可是每當從夢幻中醒來後，現實又讓她觸景傷情，淚流滿面。

為了能早日見到那個青年武士，少女開始誦經求佛。她口中低誦着日蓮宗[①]的「南無妙法蓮華經」經文，心中默默祈求神明，希望有朝一日深愛的夢中情郎能夠出現，與自己共諧鴛盟。

可是日思夜念，伊人仍是渺渺。相思之苦，真

① 日蓮宗，係以創宗者日蓮（一二二二—一二八二）的名字命名的一個佛教宗派，奉《南無妙法蓮華經》為正法。

是折磨人。少女每日裡無望地守候着振袖和服，柔腸百轉，心中一忽兒是綺麗幻想的甜蜜，一忽兒又是恍然夢醒的失落。她被「情」之一字深鎖心扉，整日茶不思飯不想，終至纏綿病榻，回天乏術，一縷香魂歸了極樂天。

少女鬱鬱而終，她的父母萬分悲切，在辦好愛女的喪事後，特意將那件為愛而製的華美和服，佈施給一家檀那寺。①這種將亡者的衣物施給寺院的作法，是日蓮宗特有的風俗。

寺院的住持見這件和服修短合宜，係用上等絲綢裁製而成，而少女生前的淚痕，並未印留其上，便將其拿出來拍賣。

由於和服從外表上看，依舊豔麗奪目，品流出眾。所以人見人愛，很多女孩都搶着要。第一個買下這件振袖和服的，是一位與死去少女年齡相若的女孩。

正當女孩為自己的幸運而高興時，令人驚訝的怪事發生了：女孩僅僅穿了振袖和服一天，竟無緣無故地病倒了。她時而哭叫笑鬧、時而癡癡呆呆，目光迷迷離離，口中喃喃自語，只是唸叨着「美少年、俏郎君，你在哪裡？」沒有多久，這個女孩也撒手人寰。

振袖和服，再次被送進了寺院。

不久，和服又被住持拍賣給了另一個年輕的少女。但是，這名少女也是僅僅穿了一次和服，就得了同樣的怪病，好像被一個美麗的陰魂附體一般，精神恍惚，又哭又鬧，最終也和前兩位少女一樣，

---

① 施財之人，稱為檀越；「檀」即佈施之意。檀越所歸依的寺院，稱為檀那寺。

踏上了不歸路。

和服第三次被送回了寺院，住持驚異莫名，怎麼也不相信這是事實。為了驗證這件不吉利的振袖和服是否真有神秘之處，住持決定冒個險，最後再拍賣一次和服。結果，第四位少女被奪去了性命。

當和服第四次被送回寺院時，住持的驚懼達到了極點，他左思右想皆不得其解，便斷定振袖和服上必定附有妖魔鬼怪。難以形容的恐懼感驅使他在寺院庭中升起一堆火，顫抖着命令小沙彌，把振袖和服扔進了火裡。

令人瞠目結舌的事情發生了：隨着振袖和服被火苗逐漸吞噬，一團猩紅的文字竟然浮現在火光中，住持清清楚楚地看到了「南無妙法蓮華經」這幾個字，這正是第一位病逝的少女生前乞求神明時所唸唱的經文。

住持以前也聽聞過少女的死因，陡然間又見到相關聯的火焰文字出現，更是害怕到了無以復加的地步。那一片接一片的和服灰燼，裹挾着火字，如燃放的煙火般，飛上了寺院的屋簷、牆壁、庭柱，整座寺院頃刻間陷入了一片火海。住持眼睜睜地看着大火席捲了正殿、僧房、後院，就是動彈不得，彷彿中了邪一樣。

突然間，又起了一陣大風，火藉風勢，登時又燃到了附近的住家屋頂，接着整條街道都延燒開來。一條街又一條街，火魔肆虐了大半個江戶城。

這場舉國震驚的大火災發生在明曆三年（一六五五）正月十八日①，名為「振袖火事」，至今在東京的城市檔案裡仍有記載。老東京人提起此劫，亦是記憶猶新。

① 江戶大火是日本歷史上最慘重的火災，大火持續三天，將大半個江戶化為焦土，也使大批武家建築灰飛煙滅。正因為這場猛火，幕府才投下大量資金，重建江戶，為日後的東京市打下了根基。時為明曆三年，公元紀年應為一六五七年，原文誤作一六五五年，特此說明。

四二 牡丹燈籠[①]

牡丹燈籠

一

從前，在江戶牛込區住着一位旗本，名叫飯島平左衛門。他膝下僅有一女，名叫阿露，意為「清晨之露」，當真是人如其名，清麗脫俗。阿露長到十六歲時，平左衛門又娶了一個妻子，但很快他就發現阿露與繼母相處得並不融洽。於是他在柳島專門為愛女建了一座漂亮的別苑，並安排一個名叫阿米的婢女服侍她。

阿露在新居無憂無慮，生活得十分快樂。某日，常在飯島家出入的醫師山本志丈帶了一個年輕的武

① 怪談名篇《牡丹燈籠》源出中國明代瞿佑所著短篇小說集《剪燈新話》，原名《牡丹燈記》。該書「上承唐宋傳奇之餘緒，下開聊齋志異之先河」，刻版問世後，先傳至朝鮮，再傳入日本。寬文六年（一六六六），淺井了意在所編撰的《御伽婢子》一書中，將該故事改寫後，更名為《牡丹燈籠》，時代背景從元末群雄逐鹿時的浙江，改為戰國初期天文年間的京都，男女主人公分別是荻原新之丞與公卿之女彌子。文久元年（一八六一），三遊亭圓朝綜合當時流傳的各種《牡丹燈籠》故事，推出了《怪談牡丹燈籠》，時代背景轉為德川時代的江戶，男女主角也變為阿露與荻原新三郎。小泉八雲的版本，即是以三遊亭圓朝的《怪談牡丹燈籠》為底本改寫而成。其英文原題名為 *A Passional Karma*，日文譯本有直接按英文原意翻譯為《戀の因果》的，也有翻譯為《牡丹燈籠》的。拙譯考慮到本篇怪談與中國淵源頗深，中文譯本遂從《牡丹燈籠》之譯名。

士萩原新三郎前來拜訪。萩原新三郎住在根津清水谷，相貌堂堂、溫文爾雅，是個有名的美男子。阿露與他一見鍾情，在短暫的拜會結束前，他們背着老醫師許下了山盟海誓，決意廝守一生，永不變心。臨別之際，阿露低聲對新三郎說道：「記住，如果你不來見我，我絕不獨活於世！」

萩原新三郎對阿露的話無時或忘，一心一意想再找機會去見阿露。然而，禮教大防、門第阻隔都束縛着他，使他無法單獨去阿露那兒。他唯有等待山本志丈再去阿露家拜訪，因為這位老醫師答應再帶他一起去。不幸的是，老醫師沒有信守諾言。因為他已經察覺到兩個年輕人之間萌生了愛意，他擔心阿露的父親會追究自己的責任。要知道，飯島平左衛門一向以殘忍嗜殺而出名。萩原新三郎是自己帶去阿露別苑的，若是追究起來後果不堪設想。老醫師越想越怕，所以決定與新三郎斷絕交往。

轉眼數月過去，新三郎的爽約令阿露心灰意冷，她確信自己被冷落了。相思成疾的她日漸消瘦，沒多久就香消玉殞了。幾天後，忠誠的婢女阿米也因為傷心過度而告別了人世。主僕倆並排葬在谷中三崎町新幡隨院法受寺的墓園中，這座名剎坐落於足立區，以每年舉辦菊花展而聞名。

二

萩原新三郎尚不知阿露已不在人世，他在沮喪和焦慮中病倒了，不得不臥床將養。雖然身子在慢慢康復，但仍然很虛弱。就在此時，山本志丈意外地來看他了。這位老醫師不住地對自己的過失表示歉意。新三郎對他說道：「開春以來，我就一直病着，什麼也吃不下……您太無情了，為什麼都不來找我？我還想請您帶我再去一次阿露小姐家呢！我要送她些禮物，感謝她對我們的熱情款待。可惜，我沒法獨自前往。」

山本志丈神情嚴肅地說道：

「萩原君，我非常難過地告訴你，阿露小姐已經去世了。」

「什麼？」新三郎渾身一震，如受雷擊。「去世了？」他嚷嚷地重複着，臉色頓時變得煞白：「你說她去世了？」

老醫師沉默了一會兒，似乎在整理思緒。片刻後，他緩緩說道：

「我犯了個大錯誤，不該讓你們倆認識。你們似乎一見鍾情，避開我躲在小房間時，你肯定對情竇初開的她說了什麼甜言蜜語，使她對你一往情深。我察覺到了她對你的好感，所以開始不安，害怕她父親知道後，把所有的過錯都歸咎於我。因此很長一段時間我都不來找你，故意和你保持着距離。然而，就在幾天前，我正好去飯島家拜訪，極其意外地聽說他的女兒竟然去世了，還有婢女也隨主人一道去了黃泉。回想起曾經發生的一切，我可以肯定，她是相思成疾，為愛而逝……」

說到這兒，老醫師苦笑一聲，繼續道：「唉，萩原君，你才是真正的罪魁禍首啊！是的，就是你！難道你不覺得因為自己的英俊，而使女孩們為你相思至死是一種罪過嗎？好了，我們不說這個了，再深究也毫無意義。你現在要做的，就是為她誦經祈福……再見。」

老人說完，匆匆忙忙地走了。他希望能夠避開更深入的交談，因為他覺得這件讓人痛心的事，自己也有一定的責任。

三

萩原新三郎沉浸在阿露之死的悲傷中，難以自拔。他用木牌為阿露做了個靈位，將靈位擺在家中佛龕處，奉上祭品，請來僧人為早逝的戀人誦經祈福。從此以後，他每天都認真地擺放祭品，反覆誦經。阿露肉身雖死，卻永遠活在了新三郎的記憶中。

就這樣，日復一日，新三郎孤寂淒清地活着，生命對他而言，已沒有了意義。轉眼到了七月十三鬼節①，他開始清理屋子，為過節做準備。還在門口掛上燈籠，引導亡魂歸來，同時擺好了供品。

鬼節的頭天晚上，太陽下山後，他來到阿露的靈位前，焚香拜祭一番，而後點亮了門口的燈籠。

① 傳說七月十三是地藏王生日，從這天起到七月十五中元節，鬼門大開，地獄裡的厲鬼放假三天，到人間接受供奉。

月朗星稀，夏夜沒有一絲風，又悶又熱。萩原新三郎穿着一件薄夏袍，來到走廊乘涼。他坐在那兒心潮起伏，幻想着、悲傷着，時而舒展筋骨、時而吸口煙驅趕蚊子。他的住宅旁沒有什麼鄰居，也沒有多少路人經過，四周一片靜謐，他能聽到的，僅僅是附近溪水輕柔的流淌聲和昆蟲細微的鳴叫聲。

然而寂靜很快被突然傳來的女子穿着的木屐聲打破了——喀喇喀喇、喀喇喀喇，聲音越來越近、越來越快，直到屋子的籬笆邊，才停了下來。萩原新三郎心感詫異，自己已與外界斷絕往來，還會有誰來拜訪自己呢？他踮起腳尖朝籬笆外望去，只見兩名女子，一個婢女模樣的手提一盞漂亮的牡丹燈籠，另一個大約十七八歲、體態婀娜輕盈，身穿繪有秋花圖的和服，正背對自己，站在籬笆外。幾乎是同時，兩名女子一齊轉身面向萩原新三郎，新三

郎大吃一驚，他認出兩名女子竟然就是阿露和她的婢女阿米。

兩名女子也認出了新三郎，婢女驚叫道：

「啊！太不可思議了……是萩原君！」

萩原新三郎也朝婢女喊道：

「阿米，啊，你是阿米，我記得你。」

「萩原君！」阿米錯愕地喊道：「這怎麼可能！我們聽說你已經死了！」

「不會吧！」萩原新三郎驚訝道：「為什麼我得到的消息，是你們已經死了呢？」

「啊，太可怕了！」阿米回答道：「怎麼老是出現不吉利的死字呢？……是誰告訴你的？」

「進屋說吧。這樣更方便談話，我來開門。」萩原新三郎道。

三人進屋，互相問好後坐定，新三郎道：「請你們原諒，我那麼長時間沒有再登門拜訪。但是，大約一個月前，山本志丈醫師告訴我，你們都已經死了。」

「是他告訴你的？」阿米驚呼道：「真卑鄙，竟然這樣說！也是他對我們說萩原君去世了。如今想來，肯定是他有意欺騙咱們，這並不難做到，因為你太容易相信別人了。這件事情，起因可能是我家小姐不小心透露出對你的愛意，消息傳到她父親那兒，她的繼母阿國就秘密謀劃，要讓你們分開。我家小姐驚聞你去世的消息，立時便要削髮為尼。但我阻止了她，並最終說服她斷了這個念頭。後來，小姐的父親要把她嫁給某個年輕人，小姐堅決拒絕了。於是那個繼母便時不時地找茬挑釁，忍無可忍之下，我們只好搬出了別苑，在谷中三崎町找了一間小屋住下，靠做些雜活維持生計……小姐每天都在為你誦經祈福，今天是鬼節的第一天，我們剛去完寺廟，所以才會這麼晚了還遇上你。」

「噢，太不可思議了！」萩原新三郎喜出望外地叫道：「這是真的嗎？不會是夢吧？看，這是她的靈位牌，我每天也都在為她誦經祈福呢！」他指着阿露的靈位說道。

「嗯，對此我們深表感激。」阿米微笑地回應道。

「至於我家小姐」，——她轉向阿露，阿露始終用袖子半掩着臉，沉默不語，顯得端莊嫺靜。「我家小姐為了你，與父親恩斷義絕。她的父親已宣稱七世都不認她做女兒，甚至還要殺了她……唉，你們既然情投意合，那麼你今晚願意讓她留下來，陪你過夜嗎？」

萩原新三郎既驚且喜，面色蒼白，喉頭乾澀，用顫抖的聲音說道：

「請……請你們留下來……但不要大聲說話——因為這附近住了一個麻煩的人，是一個叫白翁堂勇齋的相士，他可以通過觀察人的面相，預測出那人的禍福。他這人十分古怪，所以最好不要讓他知道你們住在這兒。」

於是，兩名年輕女子便在萩原新三郎的家中宿了一夜。次日天亮前，她們匆忙起床，告辭回家。此後無論天氣好壞，她們夜夜準時來到新三郎家中，極盡纏綿之美事，就這樣持續了七天。萩原新三郎越來越迷戀阿露，他們倆如膠似漆，難捨難分。

四

在新三郎家附近，有一間小屋舍，住着一個叫伴藏的人。伴藏和他的妻子阿梅，都是萩原新三郎的僕人，他們認為在主人的幫助下，自己才過上了比較康定的生活，所以對主人忠心耿耿。

某個深夜，伴藏聽到主人房中傳出女子的陣陣歡笑聲，他心中大感不安。主人不是一直單身麼？怎麼房中會有女人的聲音？他擔心善良的新三郎會被水性楊花的女人給騙了。因此，他決定去探個究竟。在夜色的掩護下，他輕手輕腳地悄悄來到主人屋外，從門縫中向內窺視。透過寢室中的燭光，他依稀瞧見主人正和一個陌生的女子在蚊帳裡聊天。起初，因為女子背對着他，所以看不清女子的樣貌。但從衣着和髮型，可以看出她很年輕，並且體態婀娜。伴藏將耳朵貼在門上，清楚地聽到了他們的對話。那女子道：

「如果我父親跟我徹底斷絕關係，你願意娶我嗎？」

萩原新三郎答道：

「當然！我一百個願意！能和你白頭偕老，是我畢生的心願。但你也不必擔心會和父親斷絕關係，因為你是他唯一的女兒，他非常愛你！我擔憂的是，有一天我們倆會被殘忍地分開。」

那女子溫柔地答道：

「我從未想過接受其他人做我的夫君。即使我們的秘密被公諸於眾，我父親為此而殺了我，九泉之下，我也會想你念你的。而且我確信，如果你失去了我，也會活不下去的……」說完，她慢慢地靠近他，用雙唇親吻他的脖頸，他也動情地回以熱吻。

伴藏對所見所聞深感疑惑，這女子吐屬文雅，不像是一般的民間女子，地位看起來頗高，那麼她到底是誰呢？伴藏決定不顧危險，一定要看清這女子的容貌。他在屋子周圍來回地尋找合適的位置，終於找到一處可以看清女子面目的站位。他偷偷地向內一張，登時嚇得魂飛魄散。原來，他看到新三郎緊緊摟在懷裡的，竟是一具可怖的骷髏，披着齊腰的長髮，用只剩下骨頭的纖長手指，愛撫着情郎。牆上映出她瘦長的影子，鬼氣森森，令人毛骨悚然。在新三郎眼裡所見的大美女，在他人眼中，卻是醜陋可怖的骷髏。伴藏驚慌失措，正待扭頭逃跑，屋中另一名女子似乎已察覺到了他的存在，突然伸出手，迅捷地抓向伴藏。在極度的恐懼中，伴藏沒命地向白翁堂勇齋的屋子逃去。他瘋狂地敲着門，終於叫醒了勇齋。

五

相士白翁堂勇齋是一位年邁的老者，他一生遊歷過許多地方，見聞廣博，所以輕易不會對任何事情感到震驚。然而聽完伴藏的敘述，他既驚且怖，猛地想起曾經讀過的中國古代陰陽人鬼戀的故事。本來他覺得那只是虛構的傳說而已，現實中不可能發生。但此刻，他開始相信伴藏所說的不會是謊話，萩原的屋中正發生着某些怪異的事情。如果事實就是伴藏所猜測的那樣，那麼年輕的武士已危在旦夕。

「倘若那女子是鬼魂」，勇齋對受驚的僕人說道：「那麼你家主人的性命已岌岌可危了，除非用特別的辦法才能救他。要知道大凡鬼魂，臉上必會顯出屍氣。而活人臉上所顯現的是純淨的陽氣，將死之人則是陰氣沉沉。一為清一為濁，濁氣侵蝕清氣，凡人即便精血旺盛，能活百歲，也禁不起鬼魂穢邪的消蝕。所以我們必須儘快去救萩原君。伴藏，今晚發生的事，你千萬不要再對任何人提起，就連你的妻子也不能說。等天亮後，我去找你的主人。」

六

次日清晨，勇齋找到萩原新三郎當面質問，新三郎起初竭力否認，但再怎麼掩飾也沒用，而且他也感覺到眼前這位老者並無惡意，終於一五一十地將事情和盤托出。他懇求勇齋替自己保守這個秘密，因為他打算儘快與阿露完婚。

「天哪，太愚蠢了！」勇齋喊道，他萬分驚恐，再也沒有耐心慢慢勸解新三郎了：「萩原君，你知道嗎？每天晚上來和你幽會的那個女人，早已經死了！你正被某種可怕的幻覺所纏繞……你日思夜想的阿露，事實上已不在人世了。你不斷地為她誦經，在她的靈位前擺放祭品，這些就是證據啊！……現在，你被鬼魂的嘴唇親吻過、被鬼魂的手指愛撫過，從你此刻的臉上，我看到了死相——也許我這麼說，你並不相信。可是萩原君，如果你還想活命的話，請一定要聽我的，否則，你活不過二十天。她們告訴你住在谷中三崎町，你去過那裡嗎？沒有，你肯定沒有！那麼，今天就去吧！越快越好，找到她們的家，探個究竟！」

勇齋真誠地做出勸誡後，便告辭離開了。

萩原新三郎心驚肉跳，將信將疑，沉思片刻後，他決定接受勇齋的建議，去一趟三崎町。於是他立即動身，趕到了谷中三崎町，開始尋找阿露的住處。然而他走遍了每條街巷，在每個路口都細細察看，還問遍了每個行人，卻始終找不到阿米所描述的小屋。他耐着性子，又在村中逐人訪問，但所有人都不知道村裡有這樣一間小屋，還住着兩名女子。最後，新三郎帶着失望離開了三崎町。此時天色已晚，他決定抄近路回家，而這條捷徑恰好經過新幡隨院法受寺。

當他走到法受寺後園時，突然，他的目光被這裡的兩座墳墓吸引住了。其中一座墳墓造型普通，應該是地位較低者的；而另一座則佔地頗廣、宏偉肅穆，墓碑前掛着一盞漂亮的牡丹燈籠。新三郎覺得這盞燈，與鬼節那晚自己見到的，由阿米提着的那盞牡丹燈籠十分像，這個巧合令他疑竇叢生。他仔細地瞧了瞧墓碑，但上面什麼也沒有，連生前的名字也沒有刻，只有死後的戒名。於是，他決定去寺裡瞭解下情況。一位僧人告訴他，那個大的墳墓，是不久前為飯島平左衛門的女兒而建的。旁邊那個小墳墓，則葬着她的婢女阿米，阿米是因為傷心主人之死而謝世的。

一切都真相大白了。剎那間，萩原新三郎的腦海中浮現出那晚阿米說的話：「我們只好搬出了別苑，在谷中三崎町找了一間小屋住下。靠做些雜活維持生計……」萩原新三郎只感到一陣寒意從心底湧出，不由得驚懼萬分。他以最快的速度趕到勇齋家中，懇請他幫助自己。但勇齋卻對這種情況無能為力，他能做的就是把新三郎送到法受寺的長老良石大師那兒，請求最直接有效的幫助。

七

良石大師是一位德高望重、道行深厚的聖僧，能夠從他人的相貌上看出此人的種種遭遇，並探尋出本質。他聽了萩原新三郎的述說後，並不感到驚奇，而是緩緩說道：

「你如今的境遇相當危險。唉，一切皆是前世冤孽，有因故有果，因果報應，方有此劫。此刻你身上陰氣甚重，但多說你也不明白，貧僧只能告訴你，那鬼魂並非因為憎惡而要傷害你，她對你毫無敵意，相反，她對你滿懷熾烈之愛。你們的孽緣牽纏，也許在前世就已開始了。甚至於更早，在三世或四世前。雖然她的外貌、社會地位等，在每一世都不同，但都不能阻止她追慕癡戀你。所以，你想擺脫她是十分困難的……現在，我借一個極有靈驗的護身符給你。這是一個純金的佛像，叫作海音如來——因為他的講法聲能夠穿透整個世界，聽起來好似大海的聲音。你必須把這個純金佛像護身符放在腰間貼身處，它能保護你不受邪魔侵害。此外，我還要在寺裡做一場施餓鬼法事，超度那些孤獨的亡魂……這裡有一本佛經，叫《雨寶陀羅尼經》，你必須每晚在屋中認真誦讀。再給你一包法符，你把它們貼到家中所有的門窗處，無論多小的窗戶都要貼。只要你照我說的去做，就能死靈退散、逢凶化吉。記住，無論發生何事，都不能停止誦經。」

萩原新三郎恭恭敬敬地謝過良石大師，帶着純金護身符、佛經和一包法符，以最快的速度在太陽落山前，趕回了家。

八

在勇齋的幫助下，新三郎終於在天黑前將屋中所有門窗都貼上了法符。隨後勇齋離開了他的住處。

夜幕降臨，晚風清涼，明月皎潔。萩原新三郎門好門，將純金護身符藏在腰間貼身處，然後躲進蚊帳中，在微明的燭光下開始誦讀《雨寶陀羅尼經》。他囔囔地唸誦着佛經，儘管事實上並不清楚經中的含義。不久後，他感到有些倦乏，想要閉目休息，卻無論如何也睡不着。午夜已過，睡意全消的他，聽到了從佛寺中傳來的鐘聲，已是丑時。

鐘聲漸止，從老方向傳來了新三郎熟悉的木屐聲，但與以往不同的是，這次的腳步十分緩慢：喀喇……喀喇，喀喇……喀喇。新三郎的前額立刻冒出了冷汗，他顫抖着打開佛經，大聲誦讀起來。腳步聲越來越近，一直走到籬笆邊，突然停了下來。

說來也怪，萩原新三郎感到無法再待在蚊帳裡了，一股奇異的力量壓倒了他的恐懼心理，驅使他要出去看個究竟。他放下佛經，蹭到窗邊，從窗縫中往外看。只見阿露站在門外，阿米提着牡丹燈籠，兩人望着門口處貼着的法符，無法進屋。阿露今天顯得特別美麗，甚至比她生前還美，渾身散發出一種難以抗拒的魅力，萩原新三郎的心被她深深吸引住了，然而對死亡的恐懼又令他不敢輕舉妄動。愛與恐懼的掙扎就這樣痛苦地煎熬着他。

片刻後，新三郎聽到阿米對阿露說道：

「小姐，我們回去吧。萩原君肯定已經變心了。他昨晚許下的諾言都是騙我們的，你看，所有的門都閂上了，今晚我們是進不去了……很明顯，他不想再見你了。你要下決心不再想他，這樣做才是明智的。因為他對你的感情已經變了，你不必為一個負心漢而傷心。」

阿露淚如雨下，泣道：

「真不敢相信。昨晚還海誓山盟，今夜他就變心了……為什麼男人的心跟秋日的天空一樣陰晴不定呢！不，不會的，我不相信萩原君會這麼殘忍地拋棄我！……阿米，我求你想想辦法，讓我見見他……如果你不答應我，我永遠也不回家。」她不斷地為新三郎說着好話，並用長袖半遮住自己的臉，那模樣好似梨花帶雨，十分嬌羞動人。新三郎又愛又怕，躲在屋中不敢出聲。

阿米說道：

「小姐，你何苦癡情於這等負心漢呢？唉，這樣吧，咱們瞧瞧屋後有沒有地方可以進去。來，請跟着我！」

於是，阿米牽着阿露的手，一齊來到屋後。燈光忽明忽暗，映着兩個女子的冰冷面孔。她們細細察看一番，發現後門也受到法符衛護，根本無隙可入。懊惱之下，只得暫時退去。

九

夜復一夜，每晚丑時，兩個鬼魂都準時到來，萩原新三郎總會聽到阿露的哭聲，也總會看到阿米想方設法要進屋，最終都以失敗告終。現在，新三郎確信自己已經安全了，佛法的威力震懾了鬼魂，良石大師果然是值得信賴的高僧。

再說新三郎的僕人伴藏，向勇齋保證絕不把見到的怪事告訴任何人，甚至是他的妻子阿梅。可是過不多久，伴藏就受到鬼魂的騷擾。每天夜裡，阿米都來到他的住處，陰森森地叫醒他，逼他去主人屋後將門窗上貼的法符揭掉。出於恐懼，伴藏每次都假意應允在次日日落前一定辦好，但他從沒有真正去幹過，因為他知道如果那麼做，主人新三郎就會有麻煩。在一個風雪交加的夜晚，阿米又一次叫醒伴藏，在他枕邊彎着腰，威脅道：「你小心點，居然敢將我們的話當成耳邊風。如果明天晚上你還沒有照我說的去做，到時候你就知道後果有多嚴重了！」一說完，她突然露出猙獰的表情，把伴藏嚇得魂不附體。

伴藏的妻子阿梅，並不知道所發生的一切。她以為丈夫近日來的驚惶不安，只是因為休息不好，頻發惡夢所致。但當晚她突然被細碎的說話聲吵醒，側耳傾聽，竟是一名女子在對伴藏說話。當阿梅扭頭去看她時，說話聲登時停止了，透過微弱的燭光，阿梅見到丈夫因恐懼而顫抖蒼白的臉。陌生女子消失了，但門窗都緊閉着，看不出她是如何進來的。這引來了妻子的嫉妒，她開始斥罵並質問伴藏，伴藏不得不將這個秘密說了出來，同時告訴妻子自己正處在進退兩難的境地。

阿梅的憤怒頃刻消失了，取而代之的是驚慌和恐懼。然而她是一個精明的女人，立刻就想到了辦法搭救丈夫，那就是犧牲他們的主人。她在伴藏耳邊細述了一個巧妙的法子，教丈夫如何避開死亡的威脅並從中獲利。

次日深夜丑時，阿露和阿米再度前來。阿梅躲在一旁，聽着她們「喀喇、喀喇」的腳步聲，急忙讓伴藏趁着夜色出去與她們見面。伴藏壯起膽子，近前道：

「對於二位的指責，我誠心實意地接受。但是，我並非有意惹惱你們，之所以沒有將法符揭掉，是因為我和妻子要靠萩原君生活。在不能確保生存的情況下，我們當然不希望他有任何危險。可如果我們能得到一百錠黃金，那就十分樂意幫忙了，因為那時我們已不需要靠主人生活。所以，只要二位能給我一百錠黃金，我就幫你們揭去貼在門窗上的法符，而我們也不用擔心會失去唯一的生存支柱了。」

聽伴藏說完這番話，阿米和阿露互視一眼，沉默片刻後，阿米道：

「小姐，我早就勸過你，不要再為這個負心漢費神了。我們並不想傷害他，你也不必為他傷心煩惱了，變心的人不值得留戀。小姐，我再次懇求你，不要再牽掛他了！」

阿露凄然淚下，哀道：

「阿米你不明白，無論發生什麼事，我都無法控制自己不去想他！我知道你有辦法弄到一百錠黃金的，我請你幫幫這個忙，讓我有機會最後再見他一面。我求你了！」她用長袖遮着臉，語氣中透着幽怨與懇切。

「唉！你真的要我這麼做嗎？」阿米說道，「你也知道，其實我並沒有錢，可既然不管我怎樣勸說，你都堅持要見萩原君，我只好竭力去想辦法，儘量弄到這筆錢，明晚帶到這兒來……」她轉身對背信棄義的伴藏說道：「伴藏，我必須告訴你，萩原君身上有一個海音如來的護身符，只要將它貼身放着，我們就無法接近萩原君。所以你必須想辦法將護身符取走，還要將門窗上貼的法符揭去。」

伴藏低聲答應道：

「只要有那一百錠黃金，不管你們吩咐什麼，我都能做到！」

「嗯，小姐，」阿米道：「那就請你耐心等到明晚吧。」

「阿米！」阿露泣不成聲：「今晚又見不到萩原君了，真是可悲啊。」

阿露的鬼魂幽幽地哭泣着，在婢女鬼魂的帶領下，緩緩離去。

十

到了第二天，夜幕低垂，死亡也隨之臨近。當晚，哀歎聲只來自新三郎的屋中，門外已不再有歎息聲。因為在丑時，出賣主人的伴藏得到了一百錠黃金。於是他躡手躡腳地將窗戶上的法符揭走了一張，並趁主人洗澡時，用一個偽造的銅製護身符，替換了原先的純金護身符。之後他來到荒無人煙處，將法符和護身符盡數燒燬。如此一來，阿露和阿米的鬼魂就能夠自由出入萩原家而不受阻攔。她們用袖子遮着臉，化作一團輕煙，慢慢飄起，像水汽一般，從揭去了法符的窗戶中飄了進去。屋裡後來發生了什麼事，伴藏就不知道了。

夜色退去，東方現出魚肚白，伴藏壯起膽子，來到主人屋前敲門。然而多年來第一次他敲門卻無人應答，一股寒意湧起，令他內心感到不安。他開始大着嗓門，高聲叫門，裡面仍然沒有回應。伴藏急忙叫來了阿梅，在她的幫助下，進入了屋中。

伴藏獨自來到寢室前，輕聲呼喚着主人的名字，裡頭依然靜悄悄的。他捲起竹簾，讓陽光直射入屋，舉目一望，寢室中毫無動靜。最後，他戰戰兢兢地掀開了蚊帳，只一瞬間，他便驚叫着逃出了屋子。

萩原新三郎死了，死得很恐怖。從他臉上的表情，可以看出他死前一定受到了極大的驚嚇。在他的身旁，是一具女人的骷髏，只剩下森森白骨的胳膊、手指，緊貼着新三郎的脖子。

十一

相士白翁堂勇齋在賣主貪財的伴藏的苦苦哀求下，答應來查看屍首。當他見到那可怖的一幕時，也感到萬分驚駭。他用犀利的目光仔細觀察着，很快就發現，屋後一個小窗上貼的法符不見了；在檢查新三郎屍體時，他又發現，一個銅製的偽造護身符，替換了原先的純金護身符。他開始懷疑這一切都是伴藏所為，但人命關天，在採取進一步措施前，他決定將這件蹊蹺迷離的事，先與良石大師商量一下。因此，在完成屍檢後，他以最快的速度趕到了法受寺。

良石大師並沒有聽他說明此行目的，而是立即將他讓到了禪房中。

「你能來，我很欣慰。」良石大師道：「請坐，放鬆點……嗯，有件事我要告訴你，萩原君已經死了。」

勇齋大吃一驚，喊道：

「是的，他死了！可是，大師您怎麼會知道？」

良石大師答道：

「萩原君的死，乃因果報應的結果。他的僕人背信棄義，出賣了他。唉，宿因所構，緣盡還無。發生這一悲劇是不可避免的，他的命運在出生前就已經決定了。所以，你也不必再為此事傷腦筋了。」

勇齋道：

「此前曾聽人言，大師神通廣大，能知過去未來。今日方信此言非虛。不過尚有一事，在下有點擔心……」

「我明白你的意思，」良石大師打斷他的話：「是關於海音如來護身符被竊一事嗎？此事無須擔憂，護身符雖然被帶到荒野焚燬，但在來年八月，它又會重新回到我這裡。所以你不必掛懷。」

勇齋愈發驚訝，他小心翼翼地問道：

「在下雖然學過陰陽道和占卜，並以卜算為生，卻不明白大師是如何未卜先知的？」

良石大師肅容道：

「我如何未卜先知並不重要，我現在唯一關心的是萩原君的葬禮。萩原家族有自己的族墳，但把萩原君葬在那兒很不合適。因為他必須和阿露葬在一起，他們之間有着極深的孽緣，唯有今世葬於一處，才能了結這段孽緣。你必須出錢為他造一座墓，這是你欠他的。」

於是，萩原新三郎被葬在了阿露墓旁，就在谷中三崎町的法受寺墓園中。

這個傳奇的怪談故事——牡丹燈籠，至此結束。

四三 因果的故事

因果の話

從前，有位大名的正室患了重病，從文政十年①初秋開始，就一直纏綿病榻，氣息奄奄。勉強支撐到文政十二年（一八二九）四月，夫人自知大限之日將至，其時正值櫻花盛開之際，她回想起了往昔在後花園裡賞春櫻的美好時光，想起了孩子們，還有丈夫諸多的側室——特別是年僅十九歲的雪子。

這天，大名前來探視夫人，說道：「夫人啊，你身受病痛之苦已然三年了。這三年來，我們日日夜夜求神拜佛，希望你能夠痊癒。可歎費盡心力，你的病情也不見好轉，就連最好的醫生也束手無策。恐怕，人世是留不住你了……佛說，『三界無安，猶如火宅』，人生本是極苦，能得解脫便是安

① 文政，日本年號之一，文政十年即公元一八二七年。其時在位天皇係仁孝天皇，幕府將軍是德川家齊。

樂。因此，生離死別的哀傷，我們更甚於你。我已決定為你做一場盛大的法事，無論花費多少，無論你有什麼願望，只要對你的來生有所助益，我都會竭盡全力去做。願你奈何橋邊莫彷徨，速至極樂淨土，圓滿一切功德果位。」

大名的語氣極其親切和緩，溫柔地安撫着妻子。夫人合上眼瞼，以細若蟲鳴的聲音，輕輕答道：

「承蒙夫君不棄，妾身萬分感激。正如您適才所言，妾身罹病三年以來，身邊所有人確實待我無微不至，盡心盡力……在此彌留之時，妾身也該當參透生死了……本來我對這世間的事，再也不企求什麼——但是，我臨終前還有最後一個心願，唯一的心願……請您讓雪子到這兒來一趟。您知道，我視她如親生妹妹。我有一些關於這個家族的事宜安排，要同她講。」

大名趕忙傳喚雪子來到夫人的房裡。雪子跪在病床前，夫人張開雙眼，望着她，說道：

「呀，雪子你來啦？……很高興又見到你，雪子。……來，靠近些，這樣才能聽清楚我說的話，我已經無法大聲說話了……

「雪子，我快要死了。在我身後，希望你能好好地侍奉夫君，不可疏失怠慢……等我走了以後，正室的位置，由你來坐，你要時刻陪伴在夫君身旁……當然，夫君寵愛你早已勝過我百倍，很快你就能名正言順地成為他的正室了……我請求你，一定要看牢夫君，別讓其他的女人搶走了他。這是我最後的心願，雪子……你明白了嗎？」

「不，夫人！」雪子斷然地回答道：「我求求您，千萬別這麼說，我絕無任何非分之想。您也知道，雪子出身寒微，又怎敢有成為正室的妄念呢？」

「不！不！」夫人急了，嗓音嘶啞地說道：「我所說的絕非虛言，你我應坦誠相待才是。我保證，在我死後，你肯定能夠登上高位，成為正室！雪子，這件事情對我而言，比成佛更重要。……啊！我幾乎忘記了！尚有一事要拜託於你，雪子，你知道，在後花園裡有一株八重櫻，是前年從大和的吉野山移植來的。現在應該開得正盛吧？我很想去看看那些燦爛的櫻花……再過不久，我就要和飄落的櫻花一樣凋謝了。但在死前，我一定要看到那櫻花。來吧，雪子，請立刻揹着我去花園，雪子……揹上我……就是現在……」

說這些話時，夫人的聲音漸漸地變得清晰有力，語氣中帶着強烈的渴求，不容拒絕。孰料片刻之後，她卻又突然哭泣起來。

雪子不知所措，只好跪在床邊，眼望大名。大名點點頭，答應了夫人的請求。

「這是她最後的心願了。」大名說道：「她一直就很愛看櫻花。那株大和櫻盛開的美景，她想欣賞很久了。親愛的雪子，去吧！帶夫人完成這個心願！」

於是，雪子轉過身來，就像乳娘揹孩子那樣，將脊背趨向夫人床前，說道：

「夫人，您請上來吧！我準備好了。」

「好，就這樣。」瀕死的夫人努力攀住雪子的背膀，用盡全身的力氣，突然，將瘦弱的雙手，從衣襟中迅速地伸進雪子的腋下，而後一把抓住雪子的雙乳！雪子嚇壞了，只聽夫人嗤然冷笑道：

「我的心願終於實現了！櫻花的果實[1]現在被

---

① 日本的諺語與詩歌中，將女性美好的雙乳，比喻為櫻花的果實。

我抓住啦。雖然這不是後花園裡的櫻花，但在我臨死前，終於達成願望了……啊！我太高興了，太開心了！」

夫人大叫數聲，倒在弓着腰的雪子身上，就此一瞑不視。

原來，夫人早就對雪子的得寵，嫉妒萬分，臨死前念念不忘報復。她以正室之位相誘，使得雪子放鬆了警惕，冷不防便中了暗算。

侍女慌忙上前，想把趴在雪子背上的夫人屍身搬到床上去，但奇怪的是，這件原本看上去相當容易的事情，卻無法辦到。夫人冰冷的雙手牢牢地抓在雪子乳房上，就像生了根一樣，無論如何也拔不開。雪子在恐懼與疼痛雙重打擊下，昏了過去。

大夥誰都沒辦法讓夫人的手從可憐的雪子身上鬆開。大名便傳喚醫生前來，但醫生查看後，也是束手無策。因為夫人並不僅僅是用手指扣住雙乳那麼簡單，而是整個手掌都粘在了雪子的皮膚上。如果強行將雙手拔下來，雪子也必然會跟着受傷。

在場的人全都疑惑不解，不知道是什麼樣的神奇力量，竟使夫人的手掌會如此緊密地粘連着雪子的乳房。

當時在江戶最有名望、醫術最好的醫師，是一位荷蘭來的外科醫生。大名立即派人去請了他來。荷蘭醫生小心謹慎地檢查完後，聳聳肩，表示自己也查不出原因來。除非即時將夫人的雙手從屍體上切斷，否則別無他法解除雪子的困境。

大名無可奈何，唯有答應採用荷蘭醫生的方法。這位外科醫生便將夫人的雙手，自手腕處齊齊截去。然而，亡者的兩個手掌，依然緊緊粘住雪子的乳房，轉眼間，手掌就變得像去世極久的人的手一樣，黝黑枯乾。

這，還僅僅是令人戰栗的開始而已。

那一對乾枯失血的手掌，其實並未真正死去，時不時地，還會像巨大的灰蜘蛛般蠕動。每到夜裡的丑時，手掌便狠狠地捏住雪子的乳房，掐啊擰啊壓啊，令雪子痛苦不堪。等到了寅時，才慢慢停下來。

雪子備受折磨，難以忍受，只得出家為尼，法名脫雪。她無論行腳到何方，總是帶着一個靈位牌，牌上寫着夫人的戒名：「妙香院殿知山涼風大姊」。每天，脫雪都會低聲下氣地向靈位牌膜拜禱告，期望能平息夫人妒忌的執念。然而，宿因深種，惡果難消。每晚一到丑時，那對手掌就準時開始折磨、羞辱脫雪。

就這樣年復一年，十七年過去了。根據最後聽脫雪講述自己故事的那些人證實，那天晚上，她寄宿在下野國河內郡田中村的野口傳五左衛門家。當時是弘化三年（一八四六）。此後再沒有過關於她的消息。

四四

天狗的故事

天狗譚

在後冷泉天皇①時期，有一位德高望重的法師，住在清藤寺裡，寺院坐落於京都附近的比叡山。一個夏日，這位善良的法師，到京都遊覽之後，經由北野天滿宮回寺院去。途中，他見到一群男孩子正在虐待一隻鳶，他們用陷阱捕獲了這隻鳶，並用棍子狠狠地打它。「哦，這可憐的動物！」法師同情地驚叫道：「孩子們，你們為何要這樣折磨它？」一個男孩答道：「我們想殺死它，取得羽毛。」

出於憐憫，法師說服孩子們把鳶給他，他則以隨身攜帶的一把扇子作為交換。隨後，法師將鳶放生了，鳶因為未受到較大的傷害，所以還能振翅飛走。

完成了這件慈悲的善舉，法師心中愉悅，繼續他的行程。沒走多遠，他看到一個相貌奇特的僧人從路邊的一片修竹茂林中走出來。這僧人恭恭敬敬地向法師行禮，說道：「大師，承蒙您仗義相救，使我逃脫殞命大劫。現在，我要以適當的方式來報答您的恩惠。」

法師聞言大感驚詫，道：「真的嗎？可我不記

① 後冷泉天皇，日本第七十代天皇，一〇四五年至一〇六八年在位。

得曾經見過你呀。請告訴我你是誰？」

「我此刻這等模樣，您自然認我不出。」那僧人答道：「我就是在北野天滿宮被那些頑劣的孩子折磨的那隻鳶，是您救了我的命。這世上再沒有比生命更寶貴的了。所以我希望能以某種方式報答您。如果您想擁有什麼東西，或者想去瞭解、接觸什麼事物——簡而言之，任何我能為您做到的事情——都請告訴我。我恰好有一點點小神通，也就是超自然的能力，能夠滿足您幾乎所有的願望。」

聽了這番話，法師內心已然明瞭，自己正在和一個天狗談話。他坦白地說道：

「朋友，我今年已經七十歲了，早已心如止水，世上的名利榮耀都不能吸引我了。我唯一關心的，是我的來生，但那是一件任何人都無法幫助我的事，告訴你也沒用。真的，我想不出任何值得渴望的事情。

「我終生唯一的遺憾，就是當佛祖說法時，我不在印度，不能出席在靈鷲聖山上舉行的盛大法會。為此，沒有一天我不深感遺憾，早晚惦念不已。唉，我的朋友！如果能像菩薩一樣，穿越時間與空間，讓我親眼目睹到那妙不可言的大法會，我該多麼幸福啊！」

「為什麼不行呢？」天狗驚呼道：「這個虔誠的願望很容易實現的。在靈鷲山的那次法會，我至今仍然清楚地記得。我可以讓發生在那裡的每件事，都在您面前重現，保證和當時絕無二致。回憶這件神聖的事，真是與有榮焉，想來就令我激動不已。跟我來吧！」

法師被帶到了山坡上的一片密林中，天狗說道：「現在，請您閉上眼睛在這裡等一會兒。當聽

到佛祖說法的聲音時，再睜開雙眼。您可以盡情觀覽法會的每一個場景，但看到佛祖顯聖時，絕不能讓虔敬的情感以任何方式影響到您——絕不可以鞠躬行禮，或者祈禱驚歎。您必須一言不發，只要流露出哪怕一點點的恭敬之意，就會有非常不幸的禍事降臨到我身上。」

法師高興地連連點頭，答允遵守以上約定。天狗便轉身前去準備。

白日漸盡，暮靄四合，老法師耐心地在一棵樹下閉目等待。終於，美妙的梵音響起，悠遠飄緲，自空中穿雲而來。釋迦牟尼佛開始講法了，聲音清越洪亮，如同鐘鳴。

法師在耀目的光華中睜開眼睛，感覺一切都變了：自己處身之地，果然正是靈鷲山——印度的聖山；一切都和《妙法蓮華經》所描述的一模一樣。

此刻，他身旁的松樹消失了，取而代之的，是從未見過的由七種寶物做成的樹，七寶樹華美挺拔，樹葉和果實皆為玉石製成。花雨繽紛，大地被天女灑下的香花所覆蓋；夜色芬芳，天空被莊嚴壯麗的偉大佛音所充盈。法師看到佛陀端坐於半空中的寶座上，若月光籠罩大地。普賢菩薩在他的右手邊，文殊菩薩在他的左手邊，並諸菩薩摩訶薩，共相圍繞。一時佛光普照，光華直射空中，如星雨灑落世間。乃至天、人、阿修羅、畜生、餓鬼等，世間一切大眾，聞佛所說皆大歡喜，信受奉行。

法師還見到了舍利弗①、大迦葉②、阿難③，以及如來佛的所有弟子。還有大梵天王、四大天王、八龍王、乾達婆、迦樓羅、日神、月神、風神等等，一切諸天無數神。在這綿延不盡的無限榮光之上，他清楚地看見一束光從佛陀的前額射出，刺穿無盡的時空。光芒中顯現出東方佛土一千八百萬居住者、六道眾生，甚至已經寂滅涅槃的佛的身影。

① 舍利弗，釋迦牟尼十大弟子之一，又譯作鶖鷺子、舍利子。他持戒多聞、敏捷智慧、善講佛法，故號稱「智慧第一」。

② 大迦葉，釋迦牟尼的首徒，又譯為迦葉、迦葉波、迦攝波。他少慾知足，常修苦行，故稱為「頭陀第一」。「頭陀」是梵文 Dhuta 的譯音，意為清心寡慾，掃除世間塵垢煩惱，是佛教的苦行之一。

③ 阿難，釋迦牟尼十大弟子之一，其名意為歡喜、喜慶。釋迦牟尼五十五歲時，選阿難為常隨侍者。他竭力服侍佛陀，對佛的一言一語都謹記無誤，因此被稱為「多聞第一」。

他看到所有的神魔，皆在佛座前鞠躬行禮；他聽到一切有情眾生，都在稱頌佛宣講的大法，發出潮水般的讚歎聲。他心神激蕩，完全忘記了天狗的約誓，愚蠢地以為自己真實地出席了這場盛大的法會，流下了喜慰與感激的淚水，並忘情地大聲喊道：「佛祖保祐眾生！」

突然，大地劇烈顫抖，像一場地震似的，奇景消失了。法師發現自己獨處於黑暗中，跪在山腰的草地上。奇景的驟然而逝、自己食言做出欠妥的事來，都令他感到無比沮喪。他拖着沉重的腳步難過地往歸途走，那個古怪的僧人再度出現在他面前，以責備和痛苦的語氣說道：「由於您違背了對我的承諾，沒有克制住情感，大護法從天而降，極其憤怒地叱責我們：『爾等怎敢如此欺騙一位虔誠的信徒呢？』那些我找來表演的僧人們，都感到萬分恐懼。至於我，我的一隻翅膀被折斷了，從此再也不能飛翔了。」說完這些話，天狗就永遠地消失了。

四五

人偶之墓

人形の墓

萬右衛門哄着屋裡的一個小女孩進食。這孩子大約十一歲，聰明兼且溫順可人。她的名字叫伊根，就是「茁壯之稻」的意思。不過她嬌柔纖弱的身體，與這名字似乎並不契合。

在萬右衛門的婉言勸說下，她開始講述自己的故事。這時她清了清嗓子，換了種語調——我猜想她會講一些離奇的事情。她說話時用的語調，又尖又細、平緩均勻，雖微微帶着點甜美，但幾乎沒有任何情感，就好像爐灶上小水壺的噴氣聲。在日本，一個女孩或女人用這般淡定、平和、帶有滲透力的語調，講述一些或感人或殘忍或可怖的故事，並不常見。它暗示着訴說者在努力地壓抑控制自己的情感。

「家裡共有六口人，」伊根說，「母親、父親、年邁的祖母，還有哥哥、我和妹妹。父親是一名裱糊匠，裝裱屏風，也裱褙字畫。母親給人剃頭，哥哥是印章篆刻店的學徒。

「父親和母親的工作收入都不錯，母親甚至比父親賺更多的錢。因此我們一家衣食無憂，過着平凡而幸福的小日子，從未體驗過任何真正意義上的悲哀，直到父親病倒。當時正值酷暑，天氣炎熱，父親雖然染病，但他一向都很健康，所以我們並不認為他的病會危及生命，他自己也不以為意。出乎意料的是，到了第二天，他竟然就病死了。我們萬分震驚，母親竭力掩飾住自己的悲傷，一如既往地招待來理髮的客人。但她的堅強並沒有維持多久，父親走得那麼急，所帶來的悲痛實在是太深了，就在父親下葬後的第八天，母親也去世了。一切來得如此突然，家裡所有人都深受打擊。這時，鄰居告訴我們，必須馬上做一個『人偶之墓』來拜祭，否則家裡還會有人死去。我哥哥雖然相信鄰居的話，但沒有立刻去辦。也許是因為沒有足夠的錢，具體原因我不清楚。總之，人偶之墓沒有造起來……」

「什麼是『人偶之墓』？」我插話問道。

萬右衛門答道：「我想，你在日本肯定見過不少人偶之墓，只是你不知道它們是什麼、叫什麼罷了。它們看起來就像小孩子的墳墓，人們相信，當一家人中有兩人死於同一年時，就要提防會有第三人死去。因為有這麼個古諺：『三墳並立總難免。』所以，如果家中有兩個人在同一年下葬，必須緊接着在先前兩座墓的邊上，造起第三座墳，在墳裡埋一個小稻草人的人偶，最後豎起一塊帶有戒名的小墓碑。戒名要由墓地所屬寺廟的僧人在墓碑上書寫。大家都堅信，只要造了人偶之墓，就可以避免再一次的死亡……繼續講吧，伊根。」

女孩繼續說道：「這時家裡還有四個人，祖

母、哥哥、我和妹妹。我哥哥十九歲，父親去世前他剛學徒期滿，我們認為這是神明對我們的憐憫。作為家裡唯一的男人，他成了一家之主。由於他頭腦活絡、交遊廣闊，善於做生意，所以他有能力養活我們。第一個月，他賺到了十三日元，對於一個篆刻師而言，已經是很好的表現。然而，有一天晚上，他回家時身體不適，直嚷着頭疼，此時距母親去世有四十七天了。那晚他根本無法進食，次日早晨連起床都困難，發起了高燒。我們竭盡全力照顧他，徹夜守在病床邊，但始終不見他的病情有所好轉。在生病後的第三天清晨，他竟然迷迷糊糊地與母親對話，我們都被嚇壞了。那天是母親去世的第四十九天，也正是她的靈魂離開家的日子。哥哥說話時的模樣，就好似母親在召喚着他：『是的，媽媽。好的，我很快就來！』接着他告訴我們，母親拽着他的袖子，要拉走他。他試圖用手指出方向，對我說：『她就在那裡，那裡，你們看見她了嗎？』我們告訴他什麼也沒看見。他又說：『你們看的速度太慢，她現在躲起來了，就躲在地板下面。』整個早上，哥哥就這樣一直不停地嘟囔着。最後，祖母跳了起來，用腳使勁地踏着地板，大聲責備母親道：『你這樣做大錯特錯了。你生前我們對你多好啊，從來沒對你說過半句不客氣的話。你現在為什麼要帶走這個孩子？你要知道，他現在是家裡唯一的頂樑柱，如果你帶走他，就沒有人祭祀祖先了，也沒有人傳宗接代了，這個家族的姓氏就會徹底消亡。哦，你這樣做太殘忍了！可恥！卑鄙！』祖母氣得渾身顫抖，罵完後坐下來，失聲痛哭，我和妹妹也哭了起來。但是哥哥依然說母親拽着他的袖子……太陽下山時，他也死了。

「祖母淚流滿面，撫摸着我和妹妹，唱了一首她自己編的短歌。這歌我現在還能記得：

失去雙親的孩子呀，

好比海岸邊的千鳥。

日暮常哀泣呀，夜夜擰乾衣袖。

「千鳥這個詞——適用於多種鳥類——在這裡指的是海鷗。因為海鷗的叫聲，被認為是在表露悲傷與哀戚。日本傳統服裝的長袖，常常在難過時被用來擦拭眼淚並掩飾哀痛的神情。由於衣袖常被淚水浸濕，所以要『擰乾衣袖』——這在日本詩歌中是一種常用的抒情方式。

「第三座墳墓造起來了——可是，它並非人偶之墓，而是哥哥的墓——它奪走了我們家最後的希望。由於失去了生活來源，我們只好寄住在親戚家。冬天時，祖母也去世了。那是在一個寒冷的冬夜，當時沒有人發現，直到早上，我們才察覺她離開了我們，安靜得就像睡着了一樣。之後我和妹妹被迫分開了，妹妹被父親的一個製作草蓆的朋友收養了。他對她很好，甚至送她去學校！」

「這個故事真是太驚人了，簡直不可思議！唉……」萬右衛門感慨地喃喃道。緊接着是片刻的沉默，然後伊根行了個禮，起身準備離開。在她穿鞋的時候，我朝她剛才坐的地方走去，打算問萬右衛門一個問題。伊根察覺到我的用意，馬上給萬右衛門打了一個無法言說的奇特手勢，萬右衛門見了，立即制止了我，不讓我在他身旁坐下來。我很奇怪。

「她希望，」萬右衛門解釋道：「閣下在坐下前，請先鋪上墊子。」

「為什麼？」我驚訝地問道，同時發覺我的赤腳下面，那女孩子剛才跪坐過的地方熱氣尚存。

萬右衛門接着解釋道：「因為這位善良的女孩認為，如果不鋪上墊子而直接坐在他人先前坐熱過的地方，那麼後坐者將會傳染到先坐者一生全部的痛苦。」

但我並不相信，直接坐了下去，沒有鋪墊子。萬右衛門與我相視而笑。

「伊根」，萬右衛門道：「小泉先生已將你全部的悲傷，都轉移到他身上去了。因為他想要理解和體會他人的痛苦。你不必為他擔心，伊根。」

四六

鳥取的被褥

鳥取の布団のはなし

江戶時代，在本州鳥取城內，這日新開張了一家小旅館。首位前來投宿的旅客，是位奔波四方的商賈。這是開張的第一樁生意，為了討個好彩頭，讓自己的旅館有個好口碑，以便日後客似雲來，老闆恭恭敬敬地將商人迎進店裡，並準備了最好的酒菜，殷勤服侍，禮數周全。

不過，旅館雖是吉慶新張，店主卻是草根人家，並無鉅資可供旅館裝潢修繕。所以宿屋裡的擺設用品，悉數由二手貨商店購回。儘管陳舊了點，但旅館從整體上看，仍然給人樸素雅潔、賓至如歸之感。店主也竭盡熱情之能事，侍奉得商人心情舒暢，頗為滿意。

酒足飯飽後，商人處理完瑣事，在店主引導下來到二樓的客房，躺在潔白整齊的被褥上，打算美美地睡上一覺。

外頭風雪交加，天寒地凍，商人剛喝過甜酒，渾身暖和，再加上被褥綿軟舒適，心中又無事縈懷，很快就酣然入夢了。可是，過了些許時刻，宿屋裡竟清晰地傳來喃喃低語聲，將他從夢中驚醒。

商人豎起耳朵，認真傾聽。竊竊低語的是兩個小孩，正相互問話：

「哥哥，你冷嗎？」

「你也冷嗎？」

商人十分生氣，在這夜闌人靜時，屋裡竟有小孩的聲音來打攪入眠，真是令人心煩。只是除此以外，倒也沒什麼其他的事值得懷疑。

要知道，日本的旅館，在相鄰的客房之間無牆無門，只以紙窗隔開，聊避嫌疑而已。商人心中思忖，可能是隔壁房間的孩子，在黑暗中走錯了路，無意間闖入自己的房裡來。於是，他遊目環視四周，想找出兩個孩子，卻一無所獲。

短暫的寂靜過後，那兩個孩子哀淒微弱的聲音，又再度在他耳畔響起：

「哥哥，你冷嗎？」

「你也冷嗎？」

這互相問話聲，在靜謐的夜裡，顯得格外悲涼。商人再也無法入睡了，只好起身剔亮燈燭，由前至後，由後到前，來來回回將小旅館巡了個遍，依然不見有小孩的身影。每間客房的紙窗都緊閉着，可以躲人的壁櫥裡，也是空空蕩蕩。

商人有點迷惑了，懷疑自己的耳朵是不是聽錯了。他讓油燈亮着，自己則再次鑽入被褥裡。不一會兒，枕頭的彼端，又一次傳來小孩子的問話聲……

「哥哥，你冷嗎？」

「你也冷嗎？」

一瞬間，商人感到全身如冰凍般寒冷，禁不住打了個寒噤。屋外雖然冰天雪地，也比不上商人此刻的心寒徹骨。

兩個小孩的問話聲反覆持續着，一聲比一聲淒涼，一次比一次可怖。慢慢地，商人察覺到對話聲是從被褥中傳來的。他屏息凝神，全神貫注地傾聽，不錯，正是這床被褥，發出了令人膽顫心寒的聲音。

商人驚駭恐懼到了極點，慌忙收拾了行李，迅速衝下樓，向店主說了這件怪異的奇事。店主聽完他結結巴巴的敘述後，心裡很不高興，但臉上絕不顯露半分，只淡淡地說道：

「我們為您準備了最好的酒菜，服務也是第一流的，滿心希望您能稱心如意。適才所言之事，大概是您飲酒過多，迷迷糊糊地做的一場夢吧？請您放心回房休息吧，本店絕對安全。」

可是，不管店主好說歹說，商人就是不肯再住下去。他匆匆忙忙結了賬，搬到另一家旅館去了。

次日晚間，又有一位客人前來投宿。到得凌晨時分，這位客人竟也滿肚子的抱怨，前來向店主要求退房間，準備搬到別家客棧去。令店主迷惑不解的是，這回退房的客人睡前滴酒未沾，神志清醒得很。

店主雖然心裡直犯嘀咕，但仍然覺得，這是客人企圖敗壞旅館聲譽的藉口，甚至還可能是競爭對手想出來的卑鄙伎倆。他憋了一肚子的氣，提高嗓門大聲道：

「絕不欺瞞閣下，我們侍奉客人是下了大心思，竭盡全力去做的，而今您卻莫名其妙地說些有損本店清譽的話，我實在無法接受。這間小旅館，是我耗盡畢生積蓄，千辛萬苦才創起的事業，您說出這些令人畏懼的無稽之談來，讓我的小本經營如何維持下去？」

客人見店主滿面通紅，唾沫橫飛地厲聲叱責，不禁也動了肝火，隨即嚴詞反擊。兩人各不相讓，吵得面紅耳赤。

客人忿忿然離開旅館後，店主兀自半信半疑，便決定親自去查個究竟。他登上二樓的客房，翻檢被褥，就在此時，清晰地傳來了兩個孩子的對話聲。登時，他明白了，兩位客人並沒有故意挑剌，客房裡果然有一床被褥會發出聲響——幸好，僅僅這床被褥有異，其他器物皆寂然無聲。

店主將被褥帶回自己的寢室，裹着它入眠，直至天亮。在此期間，這床被褥不斷地發出：「哥哥，你冷嗎？」、「你也冷嗎？」的對話聲，店主為此憂心忡忡。

翌日一早，店主拎着奇怪的被褥，前往二手貨商店，要找老闆問個究竟。但他失望了，因為這床被褥是二手貨老闆從當鋪裡購來的。旅館店主連忙趕到街尾的當鋪去，繼續打聽。當鋪自然不會是被褥的源頭，而是從某人手裡典當來的。

旅館店主循着當鋪給的線索，終於訪查到，被褥係住在郊外的一戶貧家所有，這其中還有一個感人至深，催人淚下的故事：

被褥的原主人窮困潦倒，全家租住在一間每月只需六元租金的小屋裡，但這對於寒門而言，已是一筆巨大的開銷。男主人每月僅有兩、三元的收入，妻子又長年臥病。夫妻倆膝下有兩個男孩，一個六歲、一個八歲，俱都營養不良、身材瘦小。他們正是鳥取無數個被欺凌漠視的底層人家的縮影。

可歎屋漏又逢連天雨，有一年冬天，男主人得了一場重病，不到一週，即與世長辭。隨後不久，臥床不起的母親也跟着棄世，兩個年幼的孩子成了孤兒。沒有人願意幫他們，沒有人救濟領養他們，為了活下去，兄弟倆被迫將小屋裡還可換點錢的物品，拿到當舖去典當。

然而，清貧的家裡可以典當的物品能有多少呢？他們將去世父母的衣裳、自己的衣服，還有一些日常用品——鍋碗瓢盆、幾條床單，以及其他零碎的小玩意兒，每天典當一些，換來僅夠果腹的食物。最後，除了一床被褥外，家中已四壁空空，再無東西可以典當了。兄弟倆飯都吃不飽，小屋的租金就更拿不出了。

數九寒冬的一個晚上，滴水成冰，寒風凜冽，屋外積雪過膝，兄弟倆無法出門，只有一起裹着那床僅剩的被褥，打着哆嗦，互相偎依着取暖。弟弟問道：

「哥哥，你冷嗎？」

哥哥望着弟弟，也關心地問道：

「你也冷嗎？」

屋中絕無取暖之物，天色低沉，紛飛的大雪夾着冰雹強風，無情地撲打着小屋。

兩個可憐的孩子不但腹中飢餓，更要提心吊膽地擔憂屋主上門討取租金。那屋主面貌可憎、冷酷無情，總是兇巴巴地板着臉大吼大叫。

可是，兄弟倆最擔心的事畢竟發生了。當晚，愛財如命的屋主不顧疾風暴雪，上門向兩個孩子討要租金。他疾言厲色，咄咄逼人，將兄弟倆大罵一頓，當確定他倆肯定付不起錢後，便一把將他們推出了屋外，還奪走了他們僅有的那床被褥。屋主鎖上小屋的板門，氣沖沖地轉身就走，也不理會兄弟倆在寒風中瑟瑟發抖。

那床被褥，後來也被屋主賣給了當舖。

冰天雪地裡，兄弟倆只穿着一件單薄的藍衫，其他衣物早已進了當舖。他們想在別處找個能容身的宿所，可歎人情冷漠，處處碰壁。雖然不遠處就有一座千手觀音堂，但積雪過深，渾身乏力的他們怎麼也走不到那裡了。

無奈之下，兄弟倆趁着屋主遠去，偷偷摸摸地從小屋的後門溜回屋裡。嚴寒的天氣，加上整日粒米未進，他們的身體已經虛弱至極。為了暖身，哥兒倆緊緊摟抱在一起，昏昏沉沉地睡着了。夢中，觀音菩薩送給他倆一床嶄新的被褥，這床被褥雪白柔軟，世所罕見。蓋在身上，說不出地暖和舒坦。

兄弟倆再也不覺得寒冷了，他倆就這樣永遠地睡了過去……直到數日之後，一位好心人發現了他們凍僵的屍體，便把他們送進了千手觀音堂的墓地，並且幫忙做了兩口薄棺，讓兄弟倆永久地長眠於地下。

小旅館的店主將這床被褥的來歷訪查清楚後，唏噓不已，遂決定將這床會說話的被褥，奉送給千手觀音堂的僧人。僧人們高誦佛經，為兩個孩子的亡魂超度。

從此以後，被褥緘默靜寂，再也沒有發出任何聲音。

四七

買麥芽糖汁的女子

水飴を買う女

在仲原街，有一間小小的店舖，專門出售麥芽糖汁（麥芽糖汁是使用小麥和糯米製成的琥珀色汁液。如果母乳不足，人們就用它代替乳汁哺育嬰孩。——小泉八雲按）。這年夏天，每到夜深人靜時，總會出現一個身穿白衣、面無血色的女子，到小店舖中買一文錢的麥芽糖汁。店主見那女子身形瘦小、面色蒼白，兼且行路輕飄，不由心中好奇，便常常問她一些關心的話。但女子總是默不出聲，等店主將麥芽糖汁舀進帶來的器皿後，就轉身離去。終於，某天晚上，店主實在按捺不住好奇心，便偷偷尾隨女子，想瞧瞧她到底家住何處。不料一路跟着她，竟來到了大雄寺的墓園中。女子進入墓園後，一下子像輕煙般消失了。店主驚懼不已，不敢再跟到底，急忙返身回店。

次日夜間，那名女子再度前來。但這次她並未購買麥芽糖汁，而是招了招手，示意店主跟着自己走。店主叫上朋友，戰戰兢兢地跟在女子身後，到了墓園。只見女子輕飄飄地向一座墳塚走去，隨即消失無蹤。店主和朋友忽然聽到從墳塚下方，隱隱傳來嬰孩的啼哭聲。他們合力打開墳塚，提燈一照，眼前的景象令他們大吃一驚。躺在墓中的屍體，竟是那個常在深夜來買麥芽糖汁的女子；她的屍體旁，還有一個活生生的嬰兒。嬰兒見到燈光，小臉上露出了歡快的笑容。在嬰兒身邊，赫然放着一小杯麥芽糖汁。原來那位母親死時，已懷有身孕，她是帶着腹中還活着的孩子被埋葬的。她的骨肉就誕生在墓中，為了讓孩子活下去，母親的鬼魂就夜夜去小店買麥芽糖汁來哺育孩子。

「原來如此！」店主和朋友被深深感動了，他們在女子的屍體旁雙手合十，說道：「您的孩子，就交由我們撫養吧！您可以安息了！」從此以後，那個女子的魂靈再也沒出現過。

——愛的力量，遠比死亡的力量更強大！

四八 棄子

子捨ての話

古時，在出雲國持田浦某個小村中，住着一對貧寒的農夫夫婦。因為太窮，他們無力養大孩子，所以每次妻子生下嬰兒，他們都只好狠下心腸，將剛出世的嬰兒拋到河裡淹死。農夫對妻子說，如果有村民問起嬰孩的事，就用孩子一生下來便死掉的理由，搪塞過去。就這樣，陸陸續續地，夫婦倆一生下嬰兒，當天夜裡就偷偷棄入河中。生了六個兒子，棄殺了六個兒子。

隨着日子一天天過去，夫婦倆的家境慢慢寬裕起來，他們買了田地，開始有了積蓄。與此同時，妻子生下了第七個兒子。農夫說道：「咱們倆口子吃了半輩子苦，現在好不容易能養得起一個小孩啦！等到咱倆年老時，身邊能有人照顧，也很不錯。不過看起來，這孩子似乎不是能給咱倆養老的人。總之，先養養看吧！」

孩子一天天地長大，農夫越來越喜歡這可愛的孩子，感到自己以前的擔心都是多餘的。

某個夏夜，農夫抱着這個孩子，來到院子中賞月。孩子出生已滿五個月了。

「啊，今夜的月亮真圓啊！好久沒欣賞過圓月了。」農夫大聲讚歎道。

這時，他懷中的嬰兒突然瞪大雙眼，一眨不眨地盯着他，開口道：「父親大人，你已經拋棄我六次了，今夜月色皎潔，你是否打算再次拋棄我呢？」說完，嬰兒立即恢復到平常的模樣，從此再也不發一言。

農夫大驚，幡然醒悟，為先前的棄子惡行而深深自責。其後他出家為僧，苦修功德，以懺悔前愆。

四九

地藏菩薩

地蔵

我的朋友明告訴我，在一本名為《地藏本願經》的書裡，記載了一個與建長寺①地藏菩薩塑像有關的傳說。

很久以前，在鎌倉有一位中年女子，她是浪人的妻子，名叫十川貞義，靠着養蠶繅絲聊以謀生。雖然日子過得貧寒，但她仍然一心向佛，時常去建長寺裡參拜。某日天寒地凍，十川貞義又來到寺中拜佛，見地藏菩薩的塑像在寒冷的天氣中受凍，心生不忍，便打算做一頂鄉農冬天戴的帽子，敬獻給地藏菩薩。她回到家後，立即動手趕製，很快就做成了一頂帽子，又拿去寺裡，給地藏菩薩的塑像戴上，然後虔誠地說道：「真可惜我沒有多少錢，否則我就不僅僅只做一頂帽子了，而是縫製整套冬衣，讓您全身上下都能暖和。唉，像我這樣的窮人，只能敬獻這麼點不值得接受的供物了。」

那年的十二月，十川貞義突然撒手人寰，時年五十歲。但奇怪的是，整整三天，她的屍體都沒有

① 建長寺是日本臨濟宗的總寺，居「鎌倉五山」之首，由來自大宋的高僧蘭溪道隆創建。

僵硬，反而一直保有體溫。她的親屬們見此怪事，不敢將她抬去下葬。到了第三天夜裡，她竟然復活了。

十川貞義緩緩睜開雙眼，告訴親友她親眼所見、親身經歷的一件奇事。在她死去的當天，靈魂來到了冥界裁決者焰摩天的審判席前。焰摩天一見到她，立即怒氣沖沖地斥責道：「刁婦，你竟敢無視我佛不殺生的教誨，將無數蠶浸在滾燙熱水中，活活害了它們的性命。所以，你現在必須和它們受同樣的苦。我判你下焦熱地獄，在那裡受盡炎火燒炙之苦，直至贖清你的罪過。」話音剛落，立時撲上來幾個鬼卒，牢牢抓住十川貞義，把她拖到一個大火爐旁，爐中滿是熔化的各種金屬。鬼卒一起用力，將貞義拋進火爐中，貞義登時嚇得大聲尖叫。突然，地藏菩薩從天而降，落入火爐中，熾熱的熔液霎時間如油般平滑清涼，火焰也漸漸熄滅。地藏菩薩抱起貞義，飛出了火爐。他把貞義帶到焰摩天面前，懇請焰摩天放了貞義。原來她曾經做過的那件善事，令地藏菩薩頗受感動，所以才替她求情。焰摩天自然不會駁地藏菩薩的面子，便赦免了貞義，並讓她返陽復活。

「明，」我思考了一會兒，問道：「如此說來，按佛教的規定，所有人都不准穿絲綢嘍？」

「當然不是！」明回答道：「佛的教義只規定出家的僧人不得身穿綾羅綢緞。可是……」他的臉上浮現出一絲嘲諷的笑容，我分明聽出了他的話外音：「可是，幾乎所有的僧人，都穿着絲綢。」

五〇 弘法大師的書法

弘法大師の書

一

弘法大師是日本佛教高僧，真言宗①的創立者。他最早教會日本人以平假名進行書寫，並創作了「伊呂波歌」②。而弘法大師在諸多抄經名手和書法家中，更是卓爾不群，其作品章法暢達、筆意遒勁，堪稱一代大家。

《弘法大師傳》中記載了這樣一件逸事：當弘法大師尚在中國留學時，皇宮裡有間殿閣，牆壁上的題字因為年深日久的緣故，已被侵蝕得模糊不清。唐皇

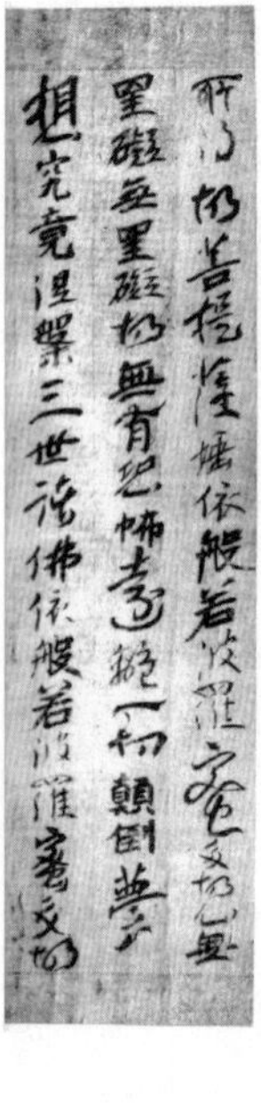

① 真言宗，流傳於日本的佛教密宗，以「即事而真」、「三密加持」為主要法門。因重視唸誦真言（即咒語），故得此名。始祖為弘法大師空海（七七四—八三五）。空海於延曆二十三年（八〇四）入唐，師事惠果學習密宗真諦；大同元年（八〇六）攜帶佛典經書、法物等歸國。弘仁七年（八一六），他在高野山創立真言宗。

② 「伊呂波歌」（いろは歌），又稱「色葉歌」，係空海根據佛教經學的教義，用四十七個平假名編成的歌謠，起到字音表的作用，類似於英文的字母歌。平假名，傳說是空海取漢字草書體，創制出來的日語表音符號。

便派人將他喚來，命他重寫一遍題字。弘法大師雙手各執一筆，左右腳趾間也各夾一筆，嘴裡又叼了一支筆，五管齊下，龍飛鳳舞地在牆上寫了數個大字。這些字圓轉妍美、俊逸瀟灑，此前在中國無人能書——它們含潤縟婉，好似河流中蕩漾的漣漪般，令人賞心悅目。緊接着，弘法大師又提筆站在遠處，將筆端的墨汁朝牆上潑濺開去。但見墨汁落處，斑斑點點，轉眼間竟變成了靈動之字。唐皇大喜，御賜弘法大師「五筆和尚」稱號，意為他能夠以五管毛筆同時書寫①。

另有一次，當這位聖僧定居京都附近的高野山時，天皇殷殷期待，希望他能為「金剛峰寺」②題寫名匾。於是便派了一個使者，扛着匾額去找弘法大師。天皇的使者來到弘法大師的居所附近時，才發現有一條大河擋在眼前，而且由於連日暴雨，河水猛漲，根本無法過河。幸好，過得片刻，弘法大師出現在對岸。他聽了使者帶來的天皇口諭，便讓使者將匾額高高舉起。使者依言而行，只見弘法大師掏出毛筆，就在河對岸朝着匾額凌空書寫。他筆走龍蛇，不一會兒，使者手中的匾額之上，就出現了幾個大字，字字鐵畫銀鉤、入木三分！

① 空海是「和式書道」，即日本書法的創始人，其書法最高傑作是《風信帖》。相傳唐朝皇宮牆上的王羲之墨跡，因年久而殘缺不全，唐德宗（一說唐憲宗）命空海填補闕字。空海揮毫而就，竟與書聖的真跡一般無二，唐皇遂讚譽他為「五筆和尚」。「五筆」指的是空海「篆、隸、真、草、行」五種書體皆工，而不是什麼「以五管毛筆同時書寫」。

② 金剛峰寺，空海於八一六年在高野山修建的真言宗總寺。

二

弘法大師很喜歡獨自在河邊沉思。一天，正當他冥思默想時，一個男孩忽然悄無聲息地站到他面前，好奇地凝視着他。男孩雖然衣衫襤褸，但面容清秀俊朗，靈氣非凡。弘法大師甚為驚奇。

男孩開口問道：「您就是弘法大師嗎？那位用五管毛筆同時書寫的『五筆和尚』？」弘法大師答道：「我就是。」男孩道：「如果您真的是他，我想懇求您在天空上寫字，可以嗎？」弘法大師一言不發，起身、提筆，向着天空運筆揮毫。天空中登時顯出字跡，字字飄若浮雲、矯若驚龍。男孩喜形於色，說道：「讓我來試試。」也像弘法大師那樣，在天上寫了幾個字。

隨後男孩又對弘法大師言道：「我想懇求您在河面上寫字，可以嗎？」弘法大師便在河面上縱筆寫下一首關於水的讚美詩。詩中字字瀟脫秀逸、神采動人，在河面上停留片刻後，如樹葉飄落水中般，隨波逐流而去。

「現在換我試試看！」男孩說道。隨即揮筆在河面上寫了個草體的「龍」字。這個字一直停留在水面上，竟然不被流水沖走。弘法大師見男孩漏寫了龍字上的那個點，就問道：「為何不添上那一點呢？」男孩答道：「哦，我忘記了。請您幫我添上吧！」於是，弘法大師提筆為「龍」字添上了那一點。只聽天崩地裂的「轟隆」一聲，草書「龍」字霎時變成了一條真龍，在河裡上下翻騰。天上則烏雲密佈、電閃雷鳴。那條龍張牙舞爪，伴着暴風驟雨騰空飛起，呼嘯而去。

弘法大師問男孩道：「你到底是誰？」男孩答

道：「我乃受世人頂禮膜拜的五台山大智慧文殊菩薩。」一面說，一面變化身形，隱去男孩的幻相，顯出菩薩真身。只見他周身散發着神佛特有的光華，柔和玄妙，殊非言語所能形容。隨後文殊菩薩頷首微笑，徐徐飛向天空，消失於雲海之間。

三

弘法大師有一次為皇宮的「應天門」題寫匾名，可這回他自己也忘了給「應」字加點。京都的天皇便問他為什麼，弘法大師答道：「我忘了。但我馬上就能添上這個點。」天皇立刻命人搬來梯子，因為匾額此刻已高懸於門樓之上。奇的是，弘法大師並不順梯攀爬，而是站在應天門前的大道上，瞅準匾額，將毛筆輕輕一擲。只見「嗖」地一下，毛筆已應聲落到「應」字上方，不偏不倚，剛好添上了那一點。旁觀眾人無不驚歎。毛筆在空中劃了個弧形，又飛回弘法大師手裡。

弘法大師還曾為京都皇宮的「皇嘉門」題寫過匾名。有個住在宮門附近，名叫紀百枝的人，對弘法大師的題字嗤之以鼻，指着匾額嘲笑道：「怎麼這些字看上去就像大搖大擺的相撲手啊？」就在當天晚上，紀百枝夢見一個相撲手來到床頭，跳到自己身上，揮拳便打。把他打得遍體鱗傷，哭喊着從夢中醒來。定睛一看，那個相撲手變成了被他嘲笑過的字，回到了宮門的匾額上。

又有一個著名的書法家名叫小野德，也曾經嘲笑過弘法大師的題字。他手指弘法大師所題「朱雀門」三字的匾額，譏笑道：「這個『朱』字，真像極了『米』字啊，哈哈！」當晚，小野德夢見被他嘲笑過的「朱」字，變成了一個男子，跳到他身上，將他狠狠地飽揍了一頓，並在他臉上不停地跳着，上上下下，彷彿在舂米一般。那人邊跳邊說：「看清楚，我是弘法大師的使者。」小野德驚醒後，發現自己鼻青臉腫，就像真的被人蹂躪踐踏過似的。

弘法大師逝世後，隨着歲月流逝，皇宮中「美福門」與「皇嘉門」的題字，幾乎消磨殆盡。天皇便命大納言[①]幸成負責修繕門匾。但幸成擔心惹惱弘法大師，會有厄運降臨到自己身上，對天皇之命猶疑不決。躊躇再三，幸成在弘法大師的牌位前擺上祭品，祈求得到弘法大師的指點與首肯。當晚，弘法大師出現在幸成的夢裡，和藹親切地笑道：「別怕，照天皇的旨意去辦吧。」幸成這才放膽修繕門匾，順順利利地於寬弘四年（一〇〇七）一月修繕完畢。茲事見於《本朝文粹》一書。

以上所有故事，皆由我的朋友明告訴與我。

---

① 大納言，正三位高官。負責將政務上奏天皇，同時向下宣詔天皇敕令。大納言位列上卿，還負有參議政事、大節禮儀等職責。

五一 鏡之少女

鏡の乙女

足利幕府時期，南伊勢大河內的大明神社，因年久日深，已然朽蝕頹壞，腐毀不堪。當時統治伊勢國的大名北畠氏，由於長期征戰以及其他要務分心，導致無財力亦無精力去修葺神社。神社的宮司①松村兵庫只好孤身進京，向實際上掌握幕府大權的細川氏求助。

細川氏鄭重接待了松村宮司，優禮備至，並允諾將修葺大明神社一事，上稟給幕府將軍。但同時他也認為，茲事體大，必須細細考察籌劃，方能正式動工重修神社。而考察一事頗費時日，因此，他建議松村先暫住京都，等待消息。松村答應了，將全家老小都接到京都，在京畿老城一帶，賃屋住了下來。

這棟華屋重簷斗拱、廊寬廳敞，卻相當長時間沒有人居住。聽說這是棟不祥的凶宅，宅子的東北角，有一口井，傳聞先前曾有數人落井，而原因卻始終未知。但松村身為神官，自然不懼邪魔。全家人很快就搬進了新居，日子過得倒也舒服安樂。

① 宮司，神社中神職最高者，事務總負責人。

轉眼炎暑已至。這年的夏天特別酷熱，連續數月久旱不雨，京都周圍五國皆遭了旱災，河床乾涸、井中水枯，整個京都的用水嚴重匱乏。可是，松村家庭院裡的那口井，卻依然水量充沛，就像從山泉中湧出來一般；而且水質清涼澄澈，略微帶點青苔味。

在這酷暑難熬的時日裡，京都的人們聽說松村宅的井水源源不絕，紛紛從四面八方湧來，汲水取用。松村來者不拒，慷慨地滿足了大家的要求。儘管來打水的人絡繹於途，井水卻絲毫不見乾涸的跡象，反而越湧越多。

然而，可怖的事情發生了。某日清晨，井裡忽然浮出一具年輕男僕的屍體，這男僕就住在附近，連日來一直到井邊汲水。

沒有人知道男僕的死因，有人猜可能是自殺，但又不像。松村驚駭之下，憶起關於這口井的種種不祥傳言。他開始懷疑，井中或許隱藏着什麼不為人知的秘密。

為此，松村特意來到井邊勘察，打算建一圈籬笆牆把井圍起來。就在他佇立思考時，突然，一瞥眼間，發現水面上隱隱有活物在粼粼晃動。松村一驚，定睛細看，當晃動停止後，水面上那活物的身形輪廓逐漸清晰，現出一位少女的倒影。

少女年約十九、二十歲，濃妝豔抹，一抹胭脂唇嬌嫩欲滴，尤為撩人。起初，少女只側着半邊臉，隨後將美麗的容顏慢慢轉向松村，嘴角邊淡淡含笑。

霎時間，松村如飲瓊漿，內心湧起一陣衝動，只覺頭暈目眩、天旋地轉。這清麗的笑靨，宛如明月在天，皎潔美好，簡直無與倫比。引誘得他恍恍惚惚，失魂落魄，便要縱身躍入那暗不見底的深淵……

但松村內心深處隱隱覺得大為不妥，遂竭力閉上雙眼，收斂心神。強自鎮定下來後，才睜開眼睛，只見那少女的媚態美顏已經消失，四周恢復了一片明亮。他一低頭，發現自己正站在井邊上，險些就掉進去了。倘若這令人心迷神醉的美色誘惑，再多持續一會兒，恐怕從此再也見不到陽光了……

回到屋裡，松村立即喚來家人，囑咐他們千萬不可靠近水井，也不准再到井邊打水。次日，他在井的四圍，築起了一道嚴實的籬笆牆。

籬笆牆築好一週後，忽然狂風大作，雷鳴電閃，暴雨傾盆而下，整個京都盡皆籠罩在一片陰翳中，持續數月的乾旱得到了極大程度的緩解。

然而，滂沱大雨連綿不絕，直下了三天三夜，風馳雨驟、雷電交加。京都以前從未有過如此暴雨，鴨川水位猛漲，洪水氾濫，多座橋樑都被沖塌了。

到第三日晚間的丑時時分，一個少女在松村宮司的住所外猛敲宅門，並且大叫大嚷，要求開門放自己進去。松村心懷警惕，猜想那日在井邊見到的，可能就是這少女。他吩咐僕人不要開門，自己則隱身門後，問道：「誰在外頭敲門？」

少女答道：「請恕冒昧。我叫彌生……有要緊事，要跟松村大人說。請您開開門……」

松村謹慎地打開半邊門，探頭一看，門外女子的面孔，正是此前出現在井裡的那張嬌美的臉龐。只是這次，臉上已沒有了微笑，反顯得十分憂愁。

「你不能進來，」松村厲聲拒絕道：「你不是普通人，而是井裡的妖怪……為什麼要引誘殺死那些無辜的人？」

井中少女聲音甜美，如環佩叮咚，清脆悅耳，答道：「我要跟您說的正是此事……我本意絕不想傷害任何人。可是，自古以來，那口井裡就住了一條大毒龍，它是井中之主，井水之所以長年不竭，正是由於它的精氣生生不息。許久以前，我不小心掉進了井裡，從此就被逼當它的僕人。這毒龍愛喝活人的鮮血，便強迫我用色相去勾引男子，將他們誘入井中溺死。

「但是，這幾日天神命令毒龍，遷往信州國一個名叫鳥井池的大湖去。而且，永遠都不准再回京都。今晚，那毒龍終於走了，我才得以出來向您求助。現在，因為毒龍的離去，井裡的水已經很淺了，求您派人下到井底，搜尋出我的屍骸。請不要再猶豫了！如果您幫了我這個忙，我一定會回來報恩的……」

說完，少女轉身便走，沒入風雨中消失無蹤。

天光破曉，暴風雨終於止歇了。一輪紅日自東方昇起，晴空如洗，萬里無雲，一片湛藍。

松村一大早就命人下井，找尋那少女的遺骸。眾人來到井邊，全都大吃一驚，原本湧水汩汩的井裡，而今已幾近乾涸。一夥人很容易就下到了井底，但只找到了一些頗具古風的髮飾，以及一面罕見的古銅鏡，此外再沒有發現任何人類或動物的屍骸。

松村心想，這面古鏡似乎與某種神秘的力量，有着極大的關聯。所有這樣的銅鏡，都具有靈性，擁有自己的靈魂；且附着其上的靈魂，大多來自女性。

這面銅鏡，因年深日久，外表已有了斑斑鏽跡。松村請來巧手匠人，細心清潔研磨後，一幅奇妙的圖案浮現在鏡背上。圖案中的花紋細膩精美，襯托着一些符咒般的文字，大部分字元已模糊難辨，但尚能依稀辨認出一行日期：三月三日。

在舊曆中，陰曆三月三是一個節日，稱作「彌生節」①，松村記起井中女子也自稱「彌生」，便推斷昨晚來拜訪自己的少女，可能就是附在鏡中的魂靈。

松村決定暫不理會鏡中的魂靈，先將古鏡拋光再說。他吩咐工匠小心翼翼地磨亮古鏡，重新鍍銀，而後將它收納在用名貴木材做的錦盒裡，鄭重地安置於古董房內。

當天黃昏時分，松村正獨坐書房看書，忽然眼前人影一閃，彌生霍然現身。她看上去比先前更加嫵媚動人，宛若夏夜的皎月般清醇明麗。

彌生恭恭敬敬地向松村致禮問候，聲音仍然那麼清脆甜美：

① 彌生節，始於公元七七〇年前後的傳統祭典，作為「宣告這一地區春天來臨的節日」而倍受人們喜愛。

「此番我特為報恩而來，多謝恩公將我從寂寞淒清的深井中救拔而出……您所料不錯，我正是古鏡中的魂靈。齊明天皇②在位時，我從百濟被帶到日本，從那時起，直到嵯峨天皇③治世，期間我都住在皇宮裡，並被加茂內親王奉為至寶。

「其後，到了保元年間④，我又被藤原氏收藏，

② 齊明天皇，日本第三十五代和第三十七代天皇。第一次在位時期：六四二年一月至六四五年六月；第二次在位時期：六五五年一月至六六一年七月。她是一位女天皇。

③ 嵯峨天皇，日本第五十二代天皇，八〇九年四月至八二三年四月在位。

④ 「保元」是日本第七十七代後白河天皇的年號，時在一一五六年四月至一一五九年四月。期間鳥羽法皇病死，後白河天皇與崇德上皇爆發了爭位之戰，即著名的「保元之亂」。最終崇德上皇敗走，源平爭霸開始。

成為藤原家的傳家寶。那幾年，京都戰亂不已，我便在此時被人扔入了井中。年深月久，人們也就慢慢忘記了我。

「而那條大毒龍，原本棲息在附近的大湖裡，因為天皇要建宮殿，下令將大湖填埋掉。毒龍無處可去，便佔據了那口水井作為棲身之處。我落井之後，無可奈何，只有聽憑毒龍擺佈。它強迫我服侍它，還逼我用美色惑人，戕害無辜。幸好，天神明察秋毫，將毒龍永久地放逐到了外地……

「現在，我要報答於您。請您將我晉獻給將軍足利義政，他和我的舊主頗有淵源。只要您按我說的去做，好運必然降臨。此外，松村大人，我還必須告知您，您即將大禍臨頭了，這屋子後日就會坍塌，您和家人們絕對不能再住下去了……」

如此叮嚀示警一番後，彌生再次消失於無形中。

松村事先得到警告，立即帶着家人與財產，轉移至其他地方住下。隔日，瓢潑大雨驟然而降，比上次更加猛烈，洪流滔天，將松村先前住的屋子徹底沖毀了。

風雨停息，洪水退去後，松村經由細川氏的安排，正式覲見幕府將軍足利義政。他將這件令人驚奇的異事，寫成文稟，連同古鏡一起呈給將軍親覽。

鏡之少女的預言，果然應驗了。將軍得到這件珍貴的禮物，歡喜異常，不僅賜予松村大量的昂貴禮品，還捐了大筆金錢用來修葺南伊勢的大明神社。

五二

畫貓的男孩

貓を描いた少年

在很早很早的時候，日本的一個小村子裡，住着一位貧窮的農民和他的妻子。他們心地都非常善良，膝下育有多個子女。可是要全部養活這些孩子，卻是極其困難的事情。其中的長子年僅十四歲，身體已十分強壯，能夠幫助父親幹活了。而小的女孩們，差不多一學會走路，就要學着幫母親料理家務。

家裡的老幺，是一個聰明的小男孩，打小就身體瘦弱，幹不了粗活重活，人家都說他永遠也養不大。但他的頭腦很好，比哥哥姐姐們都聰明，尤其是喜歡畫畫。他的父母認為，與其讓他當一輩子農夫被埋沒，不如送他去寺廟裡學點技藝。於是男孩的雙親便向當地寺廟的老住持懇求，希望住持能收小男孩為徒，教他修行向佛所必需的知識。

老住持慈藹地與小男孩談了談，問了幾個頗難的問題，結果男孩回答得相當巧妙，老住持很喜歡他的伶俐聰慧，就答應收他入寺，做了一個小沙彌。

老住持盡心教導男孩，男孩也很聽話，很快就學會了老住持教的東西。但是男孩有個缺點，喜歡在上課時畫貓，只要有機會獨處時就畫，甚至還在經書的邊緣、寺裡的屏風、牆壁、柱子等不該畫的地方上，仍然大畫特畫各種姿態的貓。老住持為此告誡過他多次，但他依然故我，還是不停地畫着，因為他實在是忍不住。他簡直就是個繪畫的天才，可正因為如此，他不適合出家當沙彌，一個好沙彌應當時刻誦經學典才是。

有一天，男孩又在紙上畫了多隻惟妙惟肖的貓，老住持再也無法容忍了，非常嚴厲地對男孩說：「孩子，你永遠也當不了一個好和尚了，你回去吧！離開這間寺院，也許你會成為偉大的畫家。現在，我要給你一個忠告，晚上住宿的時候，千萬要待在狹小的空間裡，別在寬敞的地方歇睡。切記切記。」

男孩雖然對老住持說的「要待在狹小的空間裡，別在寬敞的地方歇睡」不明所以，但想老住持的話總歸沒錯，便點了點頭，將這個忠告牢牢記住。然後收拾起包裹，和老住持說聲「再見」，傷心地離開了寺院。

男孩不敢直接回家，他擔心會被父親處罰。想起離此十二里遠的鄰村，有一間極大的寺廟，寺裡也有不少僧人，便決定去那裡瞧瞧，看能否繼續做沙彌。言念及此，邁開大步朝鄰村的方向走去。

實際上，那座寺廟早已關閉許久了，男孩卻不知道。寺廟關閉的原因是有一個可怕的妖怪在作祟，把和尚們全嚇跑了，妖怪趁勢佔據了寺院。一些勇敢的武士曾經夜襲寺院，欲除去這個妖怪，卻無一生還。自然地，就沒有人來告訴男孩這些事情。所以他仍然一路走向鄰村，希望那兒的僧人會熱忱地收留自己。

等到達鄰村的時候，天已經黑透了，村民們全都歇下了。男孩望見大寺廟就在街道另一頭的山丘上，廟裡隱隱透出一絲燈光。據講故事的人說，這亮光是妖魔引誘孤身旅人前來投宿用的。男孩迎着燈光走了過去，咚咚咚敲門，裡面聲息全無。他敲了又敲，還是沒有人來開門。無奈之下，只得輕輕地推了推門，那門沒有上閂，一下就被推開了。男孩高高興興地踏進了廟門。

他東張西望，希望能看見一個僧人。但廟裡唯有孤燈一盞，不見人影。他以為很快就會有僧人迎出來，便坐下來等待。遊目四顧，但見廟中裡裡外外，都蒙上了一層灰塵，結着厚厚的蜘蛛網。男孩心中想到，僧人們必然需要一個沙彌來幹灑掃清潔的活兒。可他又覺得很奇怪，和尚們怎麼會讓寺院這麼髒呢？

不過讓男孩驚喜的是，在角落裡有一大塊白屏風，這很適合用來繪畫。雖然已經很疲累了，但男孩又湧起了畫貓的衝動，他從包裹裡取出筆墨，在屏風上畫了許多隻貓。

畫着畫着，上下眼皮子開始打架，他就地一躺，正想睡去。

可是，內心深處好像有什麼在提醒他：不能睡，不能睡，還有件很重要的事情。男孩猛地一個激靈，想起了老住持的叮囑：「千萬要待在狹小的空間裡，別在寬敞的地方歇睡。」

這座寺廟面積廣大，他又是孤零零一人，難免感到害怕。儘管不瞭解這句話裡的含義，但男孩依然決定找個「狹小的空間」來睡覺。他在佛像後找到了一個有拉門的小櫥櫃，就鑽了進去，把門拉上，躺下來，一會兒就睡着了。

夜半時分，男孩被一陣囂鬧的聲音給吵醒了——似乎櫥櫃外有人在廝打爭鬥。廟裡的油燈已經熄了，可怕的聲音不斷傳來，而且越來越猛烈，整座破廟都彷彿在顫抖。恐懼讓男孩不敢透過小櫥櫃的裂縫窺看，他屏住氣息，直挺挺地躺着，絲毫不敢動彈，直到清晨的陽光透進了小櫥門的縫隙。

櫥櫃外面已經安靜了下來，男孩小心翼翼地從櫃子裡爬出來，四處張望，先是看到廟裡的地上灑滿了血，接着看到一件更恐怖的事，地面正中央有一具碩大的屍體，那是一隻嘴牙猙獰的老鼠，它的身軀比小牛犢還大！

到底是誰或是什麼東西殺了巨鼠？廟裡根本沒有任何人或動物啊！驚訝萬分的男孩注意到了屏風上的那些貓，只見它們的嘴上和爪子上都沾着殷紅潮濕的血跡。男孩這才恍然大悟，原來妖魔變成老鼠，想要加害借宿的旅人，但是自己躲在窄小的空間裡睡覺，巨鼠龐大的身子鑽不進來，最後被畫在屏風上的貓給咬死了。他終於明白睿智的老住持為什麼要告誡自己：「千萬要待在狹小的空間裡，別在寬敞的地方歇睡。」

這個畫貓的男孩，後來成為一個非常著名的畫家。他畫的一些貓畫，直到如今，還在日本各地被遊人參觀着。

五三 蜘蛛精 化け蜘蛛

在一些非常古老的書籍中，記載了日本蜘蛛精的許多傳說。

部分傳說甚至宣稱，直到現在，日本還有蜘蛛精。白天時，它們同普通的蜘蛛一樣，但等到了夜靜更深，所有人都睡着的時候，它們就會變得身型巨大，做出極其恐怖的事來。人們相信，蜘蛛精擁有一種特異的法術，可以變成人類的模樣，然後去欺騙善良的人。現在就有一個在日本非常有名的，關於蜘蛛精的故事。

從前，在某個偏遠的鄉村，有一座鬧鬼的寺院。

沒有人敢住在裡面，因為蜘蛛精控制了整座廟宇。很多勇敢的武士都曾經自告奮勇去寺裡，為了殺死那些作祟的蜘蛛精。哪知，他們入寺之後，竟悉數下落不明，杳無音訊。

最後，出了一個以勇敢和強悍著稱的武士。一個月朗星稀的夜晚，他決意前往寺廟除妖。出發之前，他對同伴說：「如果到了明天早上，我還活着的話，就會擊打寺裡的鼓報信。」隨後，他就孤身進了寺廟，身邊僅帶了一個燈籠來照明。

夜幕降臨，武士蜷縮在一張神台下面，神台上放了個佈滿灰塵的佛像。剛開始的幾個時辰，並無任何異相出現，他也沒聽到什麼聲響。但半夜過後，一隻蜘蛛精現身了，它只露出半邊身子和一隻眼睛，嗅了嗅，說：「這兒有人的味道！」武士屏息靜氣，不動聲色，蜘蛛精找不到人蹤，便走開了。

緊接着，又出現了一個僧人。這個僧人彈奏着三弦琴，悅耳動聽。武士心想，如此魅惑人心的樂音，彈奏者一定不是人類。於是他拔刀而起，迎上前去。僧人也看到了他，哈哈大笑道：「你以為我是蜘蛛精嗎？不是的，我是這座廟裡唯一一位僧人，我必須靠琴音來驅趕蜘蛛精。三弦琴的音色聽起來還不錯吧？你要不要也試試？」

說着，他將三弦琴遞給了武士，武士警惕地用左手接過琴。就在這一瞬間，三弦琴突然變成了一張巨大無比的蜘蛛網，僧人也露出了真面目，變成一隻碩大的蜘蛛精。武士的左手被蜘蛛網死死纏住，無法擺脫。他拚命地掙扎，同時右手舉刀狠劈蜘蛛精，把蜘蛛精砍成重傷。但武士整個人都被蜘蛛網縛住，動彈不得。

幸運的是，受傷的蜘蛛精爬走了。日出時，人們大着膽子來到寺廟，發現武士被困在一張可怖的蜘蛛網裡，趕忙將他救了出來。他們見地面上留有蜘蛛精的血漬，便順着血跡走出寺廟，來到一個荒廢花園的洞口處，洞裡斷斷續續地傳出可怕的呻吟聲。人們互相鼓勵着，進到洞裡，發現了受傷的蜘蛛精，於是齊心協力，把它給殺了。

五四

丟失飯團的老奶奶

団子をなくしたおあさん

很久以前，有一位天性樂觀，愛說愛笑的老奶奶，喜歡用糯米做飯團。

一天，正當她又做了一堆飯團來當晚餐時，骨碌碌，一個飯團掉到了地上，滾進了小廚房的一個洞裡面，不見了。老奶奶伸手進洞，想把飯團摸出來，突然，地板「呼啦」一聲裂開了，老奶奶掉進了洞裡。

那洞很深，她跌下來卻毫髮無傷。當她站穩的時候，發現自己站在一條小道上，這條小道跟她家前面的道路很相似。此時天光熹亮，她看到身畔的稻田一眼望不到邊，但稻田裡卻空無一人。為什麼會這樣，我也不知道，看來老奶奶似乎掉進了另一個國度。

老奶奶落身的這條小道，十分陡峭傾斜，她在道上找飯團，可想而知，自然是徒勞無功。她想，大概是滾到斜坡下面去了吧？於是就一路朝小道的下方跑去，邊跑邊喊：

「我的飯團，我的飯團，我的那個飯團去哪裡了？」

跑了一會，見到一尊地藏菩薩的石像立在路

邊，她便上前問道：

「地藏菩薩啊，您有見到我的飯團嗎？」

地藏菩薩說：「有呀，我看到它從我跟前的這條路直滾了下去。但我奉勸你最好不要再找了，因為有個惡鬼住在下面，他會吃人的。」

老奶奶只是笑笑，又囔囔着繼續往下跑。「我的飯團，我的飯團，我的那個飯團去哪裡了？」這時，她遇見了另外一尊地藏菩薩石像，於是她又問道：

「地藏菩薩，您有看到我的飯團嗎？」

地藏菩薩說：

「有呀，我剛剛看到你的飯團滾過去。但是你不能再跑下去啦，因為下面住着個吃人的惡鬼。」

老奶奶依然只是笑笑，又喊着跑了下去。「我的飯團，我的飯團，我的那個飯團去哪裡了？」

隨後，她遇見了第三尊地藏菩薩石像，於是她再度問道：

「尊敬的地藏菩薩，您有看到我的飯團嗎？」

地藏菩薩答道：

「現在就別提你的飯團了，惡鬼就要來啦！快，蹲下來，躲在我袖子後面，千萬別出聲。」

不一會兒，惡鬼來到地藏菩薩的石像前，他停了下來，躬身作揖，說道：「您好啊，地藏菩薩。」

地藏菩薩也禮貌地回禮問好。

便在此時，惡鬼突然吸了兩三下鼻子，聞了聞周圍的空氣，疑惑地叫道：「地藏菩薩，地藏菩薩，我聞到了人的氣味，你有聞到嗎？」

「哦？」地藏菩薩說：「可能是你弄錯了。」

「不，不會的！」惡鬼又吸了吸鼻子，說：「我的確聞到了人的氣味。」

「呵呵呵。」老奶奶忍不住笑出聲來。惡鬼將他多毛的手掌，伸向地藏菩薩的袖筒後，一下子把老奶奶拽了出來。老奶奶仍然一臉的笑瞇瞇。

「啊！哈！」惡鬼大喊。

這時地藏菩薩說話了：「你打算把這位老奶奶怎麼樣？你不能傷害她。」

「我不會的。」惡鬼答道：「但我要把她帶回去，專門做飯。」

「呵呵呵！」老奶奶笑着。

「那就好，」地藏菩薩說：「但你必須善待她，否則我會很生氣的。」

「我一定不會傷害她！」惡鬼發誓道：「她每天只要幹少許時間的活兒即可。再見了，地藏菩薩。」

於是，惡鬼帶着老奶奶向着小道下坡走去，來到一條又寬又深的大河邊，岸上繫着條小船。惡鬼把老奶奶放到船上，渡河來到鬼之家。鬼之家的面積非常大，惡鬼將老奶奶帶到廚房裡，命令她做晚飯，給自己以及另外一個同屋住的惡鬼吃。他給了老奶奶一柄小小的木飯鏟，說道：

「記住，你只需要在鍋裡放一粒米，然後用這個木飯鏟攪拌，米就會成倍成倍地增加，直至裝滿飯鍋。」

老奶奶照惡鬼說的，僅放了一粒米入鍋，然後用木飯鏟開始攪拌。在她攪拌的過程中，米粒由一變二、二變四、四變八、八變十六，然後三十二、六十四……她每攪動一次飯鏟，米粒的數量就會增加，不到幾分鐘，飯鍋就滿了。

此後，這位樂觀的老奶奶在惡鬼的家裡待了很長一段時間。每天，她都為惡鬼和他的朋友做飯，惡鬼也從來沒有傷害她或嚇唬她。由於惡鬼吃得比任何一個人類都要多，所以老奶奶每天都要做極大分量的米飯。不過幸好有神奇的木飯鏟，她的工作變得十分輕鬆。

然而，日復一日，老奶奶開始覺得很寂寞，便想回到她自己的小屋，做她自己的飯團。終於有一天，機會來了，惡鬼們有事離開了鬼之家，老奶奶覺得是時候逃跑了。

她先把神奇的飯鏟藏入圍裙裡，然後跑到河邊。四下一望，見沒有人看到她，船也停在岸邊，便立即跳上船，往彼岸划去。老奶奶的船划得真好，不一會兒就離岸邊很遠了。

可是河道相當寬，就在她划了差不多四分之一的時候，惡鬼和他的朋友回到了家中。

他們驚訝地發現廚師不見了，連同神奇的木飯鑵也不見了。大怒之下，匆匆忙忙地追到河邊，看見老奶奶正在快速地划着小船。

惡鬼們不會游泳，也沒有船，唯一能捉住老奶奶的法子，就是在老奶奶到達對岸前，把河裡的水喝光。他們跪在河邊，大口大口地喝水，老奶奶尚未划到河中央，河水就差不多快乾了。

老奶奶用盡全力，不停地划，但此時河裡的水位已經很淺了，惡鬼們不再喝水，開始涉水過河。老奶奶靈機一動，拋下船槳，掏出那柄木飯鑵，對着惡鬼亂揮，並做出種種鬼臉，惡鬼們都被逗得哈哈大笑。

就在他們縱聲大笑的剎那間，剛剛喝進肚裡的河水，全都吐了出來，於是河水又滿了。惡鬼們過不了河，快樂的老奶奶則安全地抵達了彼岸。她一上岸就拔腿飛奔，跑啊跑啊，直至回到自己家。

從此以後，老奶奶的生活幸福極了，因為她可以隨心所欲地做飯團，那個神奇的木飯鑵能夠為她提供無窮無盡的米飯。她把做好的飯團，賣給鄰居和遊客們，很快就變得十分富有了。

五五 穿武士服的小人

ちんちん小袴

在日本，居室裡的地板被一層草質柔軟的榻榻米鋪蓋着。榻榻米的質地嚴實，你可以用一把小刀輕而易舉地在中間劃過。榻榻米通常一年就要更換一次，且必須時刻保持清潔。日本人在居室內從來不穿鞋子，也不像英國人那樣用椅子或者沙發等傢具。他們在榻榻米上打坐、睡覺、吃飯，甚至有時連寫字都在榻榻米上，所以榻榻米必須保持清潔。日本兒童在他們剛會說話的時候，就被教導不能隨意損壞或弄髒榻榻米。

現在大多數的日本兒童都很優秀。凡是寫過關於日本旅遊書籍的西洋人，都會認為日本的兒童比英國的兒童更懂得服從，至少不那麼調皮。他們不會隨意損壞或者弄髒任何東西，甚至也不會弄壞他們的玩具。一個日本小女孩不會弄壞她的洋娃娃，相反會很好地愛惜它，並且能一直保持到她結婚生子時。接着，她會將這個洋娃娃再送給她的女兒當玩具，她的女兒也會像媽媽一樣愛惜玩具，這個過程將周而復始。在日本，我就看到一個洋娃娃在百年之後，仍舊和剛買來時一樣可愛。從而也就能想像得到，日本人的居室肯定能夠保持一貫的潔淨整齊，不會被隨意任性的行為所破壞。

也許你會問，是否所有的日本兒童都是如此優秀呢？答案是否定的。雖然大部分很優秀，但仍有一些淘氣包。在這些淘氣包的家裡，榻榻米會是什麼樣子呢？沒有你想像的那麼糟糕，因為有妖精在保護它呢。這些妖精會懲罰，至少是嚇唬那些隨意弄髒榻榻米的孩子。我不很肯定那些妖精是否還住在日本，因為新式鐵路和電話把許多妖精都嚇跑了，但仍有一些關於他們的故事留存下來：

從前，有一個十分可愛卻又異常懶惰的小女孩。她家境富有，父母又極其溺愛她，僱了許多僕人服侍她。這些僕人為小女孩包辦了一切事情，其中也包括本應由小女孩自己做的事。這大概就是她懶惰的根源。當她長大，變成一個美麗的少女時，仍然懶惰得很。她的僕人們每天都要幫她穿衣梳妝，使她看上去明媚動人，讓人察覺不到她有什麼缺點。

後來，少女嫁給了一個勇敢的武士，隨夫君住進了另一座屋子。但是，新居裡只有很少的幾個僕人，她先前事事都要依靠僕人或者父母，到了這裡卻再沒有人殷勤地侍候她了。她感到很無助，既不會自己穿衣，也不會梳妝打扮，漸漸地，變得不像以往那樣整潔漂亮了，因此也就無法栓住夫君的心。她的丈夫作為武士，常要隨軍遠行，所以，她仍可像以前一樣繼續偷懶；而她的公公婆婆已然年邁，兼且和藹溫良，也不會為懶惰一事斥責她。

一天晚上，她的丈夫又隨軍出征去了。她剛歇下，就被一陣奇怪的聲音吵醒，趕忙點亮油燈，環顧四周，一副不可思議的景象呈現在她眼前：只見數以百計酷似日本武士的一寸小人，正圍繞在她的枕邊手舞足蹈。他們穿着華麗的裃[1]——這種服裝她丈夫只在節日時才穿——頭髮紮成髻束，腰兩邊別着兩把小劍，一邊跳舞一邊瞅着她笑，同時齊聲高唱道：

我們是穿着武士服的小人兒，
夜深了，安睡吧，
尊貴高尚的人。

歌詞聽上去好像蠻客氣，但很快，她就看到其中有個小人朝她扮鬼臉，接着，大家都一起朝她扮鬼臉。

她撲上前去，努力地想抓住他們，但小人們迅速散開了，令她撲了個空。她又想將他們從屋裡趕走，但他們非但不走，口中還不斷地唱着「我們是穿着武士服的小人兒」，嘻嘻哈哈地嘲笑她。

一時間，她想起了一個妖精的故事，登時驚惶起來，忍不住淚珠瑩然，哭出聲來。那些小人也不理會她，在她身邊繼續唱歌跳舞，通宵達旦，直到天亮後，才如閃電般迅捷消失。

少婦羞於向別人傾訴昨晚發生的怪事。因為她是武士的妻子，不希望被別人認為沒有膽量。

接下來的每個晚上，那些小人們都如期而至，唱歌跳舞、嬉鬧喧嚷，夜夜如此。而且出現的時間

---

① 裃，音讀「Kamishimo」，是日本特用漢字，指的是江戶時代武士的正式禮服。其質地主要是亞麻布，由上身肩衣下身袴組合而成，式樣精緻美觀，且上下身同色，故名「裃」。另外，袴，在中文裡是褲的異體字，在日本指男性傳統禮服的下裳。

都相同，皆在淩晨兩點左右，也即是日本老一輩人稱之為「丑時」的時候。少婦因為缺少睡眠，又經不住這樣的精神折磨，病倒了。但那些小人依舊晚晚必來。

她的丈夫歸來後，見到妻子躺在病榻上，深感抱歉，連忙噓寒問暖。起初，少婦不敢將病因告知丈夫，擔心丈夫笑話她。但後來丈夫慢慢地哄她，終於令她道出了原因。

出乎意外的是，丈夫聽完並沒有嘲笑她，反而表情嚴肅地低頭沉思，而後問道：「那些小人大約什麼時候來？」

她回答說，總是在相同的時間，丑時。

「好的，」丈夫說道：「今晚我藏起來，暗中觀察他們，你不要害怕。」

當晚，丈夫藏在臥室的衣櫥裡，透過一條細縫觀察着外面的情況。丑時一到，只見小人們列隊從榻榻米上面走過來，開始了他們的歌舞，依然唱着：

我們是穿着武士服的小人兒，
夜深了，安睡吧，
尊貴高尚的人。

他們看起來相當怪異，舞姿滑稽、荒腔走板，丈夫忍俊不禁，幾乎要笑出來。但一瞥眼間，瞧見嬌妻臉上畏懼的神情，忙即收斂。跟着又想到日本的幽靈鬼怪都害怕武士刀，便拔出佩刀，挺身衝出衣櫥，向那些小人砍去。頓時，小人們立即變成了——

你猜，變成了什麼？

牙籤！

這些小得不能再小的一寸人，就是一堆牙籤，癱倒在榻榻米上。

原來，年輕的妻子懶惰到連牙籤都不願意及時扔掉。每天用完一支新的牙籤，就隨手扔在榻榻米上。守護榻榻米的妖精對她的這種行為非常惱火，就決定懲罰她。

丈夫厲聲責罵懶惰的妻子，她自己也感到十分羞愧。一個僕人被叫進來，把牙籤帶走燒掉了。從此之後，那些小人再也沒來過。

（還有一個與此類似的，關於懶惰女孩的故事。這個小女孩經常吃完李子，把李子核藏在榻榻米中間，長期下來越積越多。最後妖精生氣了，決定懲罰她。於是每天晚上，都有眾多的小婦人，穿着紅色的長袖和服，一起從地板裡跳出來，唱歌跳舞，朝她扮鬼臉，干擾她入眠。湊巧，有天晚上她的母親起來看她，見到了這些小婦人，將她們全部趕走，才發現小婦人竟都是李子核變的。此後，這個小女孩變得非常勤快。）

五六

返老還童之泉[①]

若返りの泉

很久很久以前，在日本某處的深山裡，住着一個貧窮的木版雕刻師和他的妻子。他們都已年至耄耋，膝下無兒無女。每天，當丈夫獨自去森林裡伐木時，妻子便留在家中紡紗織布。

有一天，老人深入到比以往任何時候都要遠的，森林的最幽僻處，去尋找一種特殊的木材。其時暑熱蒸騰，而他又辛勤工作，因此感到十分口渴。

① 本篇又名《青春不老泉》，是小泉八雲最後一篇怪談作品，在其辭世十八年後的一九二二年方才發表。

突然，他發現了一眼自己此前從未見過的小泉，泉水異常清冽冰涼，他趕忙脫下大草帽，跪下來就着泉水痛飲一氣。

喝完泉水，老人猛地感到一股暖流遊遍四肢百骸，渾身上下登時精力充沛，舒適無比。泉水彷彿正以一種奇特的方式使他身強體健起來。他低下頭，泉水中映出了自己的倒影，一看之下，驚得他向後直跳開去：泉水映出的雖然依舊是他的面容，但與他平日在家中銅鏡裡所見到的完全不同，那竟是一張年輕人的面孔！

木版雕刻師無法相信自己的眼睛，他伸出雙手摸了摸頭頂，頭上剛才還是光禿禿的，他還用隨身帶的小藍毛巾擦過，現在竟然已被濃密的黑髮覆蓋了。不僅頭髮長了出來，而且皮膚也變得像少年人一樣光滑，所有的皺紋都不見了。同時，體內源源不斷地生出了新的力量。他驚奇地瞧着自己因歲月流逝而變得乾癟的四肢，現在已變得勻稱有力，肌肉隆起。

原來，在不知情的情況下，老人喝了可以返老還童的泉水，恢復了青春。

他高興地又蹦又跳，縱聲歡呼，然後以一生中從未有過的速度跑回家裡。當他步履匆忙地跑進家門時，妻子被嚇壞了，因為她把他當成了一個陌生人。丈夫興奮地將發現返老還童之泉的事告訴妻子，妻子起初難以置信，但過了一陣子，她就相信了這個奇蹟。因為站在眼前的年輕人，將夫妻倆在生活中的瑣事說得絲毫不差。

隨後，丈夫將泉水所在的方位詳細地告知妻子，叫她與自己一塊兒去那裡。

妻子說道：「親愛的，你現在已經變得如此年輕英俊，是不會繼續喜歡一個老太婆的，所以我必須馬上去喝那泉水。但我們兩人不能同時離開這所房子，我去的時候，你就待在屋裡看家吧。」說完，她孤身進了森林。

依照丈夫的指點，妻子輕易就找到了返老還童之泉，她急不可待地跪下來，拚命地汲飲泉水。噢，泉水是多麼清涼甘甜，她不停地喝呀喝呀，中間僅停過一次喘口氣，又不停地喝呀喝呀。

她的丈夫在家裡不耐煩地等着她回來，他期望看到妻子變成一個漂亮窈窕的大美女。但是妻子始終沒有回家，丈夫開始有些擔心了，便關好家門，去森林裡尋找妻子。

他尋到泉邊，在周圍細細搜索，卻找不到妻子。正當他沮喪欲返時，聽到泉邊一處高高的草叢裡，有哇哇的啼哭聲傳出。他連忙奔過去，發現了妻子的衣服和一個非常小的女嬰，頂多只有六個月大。

原來，貪心的妻子喝了太多神奇的泉水，以至於返老還童過了頭，跨越了青年時期，回到了不能說話的嬰兒期。

年輕的丈夫把女嬰抱在懷裡，女嬰以一種悲傷而異樣的眼神望着他。他把女嬰帶回家，對着她喃喃自語，心中充滿了憂鬱，這件事真是大出意料之外啊！

譯後記

一

首先必須予以說明的是，《怪談》、《骨董》等書，最開始係小泉八雲用英文寫成的，其後由戶川明三、平井呈一、平川佑弘、森亮、田代三千稔、繁尾久、船木裕、小林幸治等人翻譯為日文，又陸續由不同的出版社出版。因為譯者的不同，造成日譯本的諸版《怪談》，在所收錄的篇目與數量上均存在差異。這些差異，給中譯本篇目的敲定，帶來一定的困擾。所以本書初版時，難免有遺珠之憾。

本次增補修訂再版，譯者對小泉八雲作品的大量版本進行了「竭澤而漁」式的全面檢索，確定了本書的翻譯，日文版參考《小泉八雲全集第八卷——怪談·骨董》（みすず書房，一九五四年）、《小泉八雲作品集第九卷——霊の日本、明暗、日本雜記》（恆文社，一九八四年）、《怪談·奇談》

（角川書店，一九七九年）、《小泉八雲怪談奇談集》（河出書房新社，一九八八年）、《怪談·奇談——小泉八雲名作選集》（講談社，一九九〇年）、《怪談——小泉八雲怪奇短篇集》（偕成社，一九九一年）、《完訳怪談》（筑摩書房，一九九四年）、《妖怪·妖精譚》（筑摩書房，二〇〇四年）、《対訳小泉八雲作品抄》（恆文社，二〇〇九年）、《怪談》（國書刊行會，二〇一一年）等書，逐一與英文原版核對並選定篇目，力爭以最嚴謹的態度，將《怪談》的全貌呈現給廣大讀者。

二

小泉八雲的五十六篇日本怪談故事，散見於：

《怪談》，一九〇四年出版，全書共計二十篇，包括正文與附錄兩部分。正文收錄了十七篇誌異傳說，附錄則是三篇與怪談無關的、以昆蟲為主題的小品文。

《骨董》，一九〇二年出版，全書共計二十篇，包括十一篇誌異故事，九篇與怪談無關的抒情散文與雜感。

《日本雜錄》，一九〇一年出版，書中收錄六篇怪談，其餘篇目與怪談無關。

《明暗》，一九〇〇年出版，書中收錄六篇怪談。

《靈之日本》，一八九九年出版，書中收錄四篇怪談。

《佛國的落穗》，一八九七年出版，書中收錄一篇怪談。

《陌生日本的一瞥》，一八九四年出版，書中收錄五篇怪談。

小泉八雲逝世後出版的《天之川綺譚》（一九〇五年）中，也收錄了一篇怪談。《日本童話集》收錄五篇。

本書所選定之篇目，剔除了以上諸書中與怪談故事無關的小品文、抒情隨筆、昆蟲研究、遊記雜感等篇目，完整保留了所有怪談故事。是迄今為止收錄小泉八雲的怪談，篇目最齊全的中文譯本。

另外，為方便讀者比對，本書在目錄中保留了所有篇目的日文名。

三

特別值得一提的是，為使全書譯文做到精益求精，關甯女士，還在百忙中認真閱讀了《怪談》的英文版 *Kwaidan: Stories And Studies Of Strange Things*（Tuttle Publishing, 2005）、《骨董》的英文版 *KOTTO: Being Japanese Curios, with Sundry Cobwebs*（Cosimo Classics, 2007）、《日本雜錄》的英文版 *A Japanese miscellany*（New Ed, 2002）、《明暗》的英文版 *Shadowings*（Clack Press, 2008）等書中的相關篇目，以英文版參校筆者的譯文，進行細緻的二度把關，做到中、日、英三語互勘互補，務求令譯文臻於完美。

此外，青年學者倪考夢、日語專業翻譯林愛民等朋友，在本書的翻譯過程中，也給予譯者熱情的幫助，在此一併致謝。

王新禧